소설 반야심경

2권

소설 반야심경 2권

발행일
2021년 5월 11일 초판 1쇄

지은이   ● 혜범 스님
펴낸이   ● 김종해
펴낸곳   ● 문학세계사
출판등록   ● 1979. 5. 16. 제21-108호

주소   ● 서울시 마포구 신수로 59-1
대표전화   ● 02-702-1800
팩스   ● 02-702-0084
이메일   ● mail@msp21.co.kr
홈페이지   ● www.msp21.co.kr
페이스북   ● www.facebook.com/munsebooks

ⓒ 혜범 스님, 2021
ISBN 978-89-7075-998-2 03810

소설 반야심경

2권

혜범스님 장편소설

문학세계사

| 차례 |

1

시작도 끝도 처음도 나중도 없는 곳
오고 가는 자 너는 누구인가

1

시작도 끝도 처음도 나중도 없는 곳
오고 가는 자 너는 누구인가

"스님, 만행 좀 다녀오겠습니다."

그날, 신문지 위에 처음으로 난을 그렸던 날. 성호 스님이 무설당을 찾았다.

"만행? 원래 뜨겁고 괴로운 게 삼계거늘 또 어디로 가시려고?"

노스님이 성호 스님한테 물었다. 해인은 물끄러미 반쯤 눈을 감고 앉은 노스님의 얼굴을 바라보았다. 붓을 놓은 노스님은 가부좌를 한 채 미동도 하지 않았다.

"주지 맡은 거야?"

"……아닙니다."

성호 스님이 말했다. 성호 스님이 만행을 떠나려는 게 아니라 선방, 무문관이라는 곳으로 들어가려고 한다는 건 해인도 들어 알고 있었다.

"스님이 나가서 산 게 10년인가. 올해로 속가 나이 서른 넷?"

"예, 스님."

해인은 속으로 성호 스님 편을 드는 자신을 발견할 수 있었다. 가끔 성호 스님이 외출을 했다 돌아오면 사중 식구들 몰래 컵라면 여러 개가 든 검은 비닐봉투를 쑥 내밀곤 했다.

"떠난다면 어디로 가려 하느냐?"

"해인의 길을 걸어 화엄의 바다로 가렵니다."

성호 스님의 말은 알 듯 모를 듯했다. 해인은 눈을 깜박거렸다. 해인은 '나의 길? 나도 언젠가 이렇게 노스님과 삼촌에게 인사를 하고 떠나가 겠지. 잘 보아 두어야지' 하며 신경을 바짝 모았다.

"아이고 이놈아. 삼천 대천세계가 다 해인이고 화엄이거늘……."

해인은 나지막이 한숨을 내쉬었다. 해인이 예상하길 노스님이 성호 스님을 쉽게 보내주지 않으리라 여겼는데 아니었다.

"만행이라. 바람에 풀리지 않는 화두 번뇌를 담고 구름 따라 물 따라 역마처럼 떠돌겠다. 그럼 그럼. 한 소식 찾아 떠나야지."

"……네, 부처는 절집에만 있는 게 아니니까요. 그런데……어떤 것이 가는 건지요?"

"가는 것도 오는 것도 없다. 깨달음을 얻지 못한다면 오히려 다른 업 만 더 짓게 될 뿐이야."

그때 지월 노스님의 거처인 무설당 처마에서 풍경 소리가 울렸다.

"저 소리가 들리느냐?"

"……무슨 소리 말씀이신지요?"

노스님은 이 문제만 풀면 보내 주겠다는 듯 성호 스님과 해인에게 따 스한 눈길을 주었다. 긴장하고 있던 해인은 동그랗게 눈을 떴다가 깜빡거 렸다.

성호 스님이 되물었다. 다시 풍경 소리가 울렸다.

"아이고 이놈아. 그래 저 소리도 못 듣는단 말이야?"

해인이 씩 웃었다. 눈이 마주치자 성호 스님이 눈을 크게 떴기 때문만은 아니었다.

"……풍경 소리 말씀이십니까?"

그제야 성호 스님이 되물었다.

"그래, 저 소리가 있다고 할 것이냐? 없다고 할 것이냐?"

그때 마침 바람이 불지 않아 고요하기만 했다.

"지금은 없습니다."

그런데 마치 성호 스님과 해인을 약 올리기라도 하는 듯 다시 풍경 소리가 울렸다.

"허어, 그래, 이놈아. 삼세의 제불, 부처가 있는 것이냐, 없는 것이냐?"

"……."

엉뚱하고 우스꽝스런 노스님의 선문禪問에 해인은 고개를 갸웃했다. 노스님은 못마땅하다는 듯 성호 스님의 얼굴을 노려보았다.

"그럼, 다시 일러 보거라."

"……."

성호 스님은 대답을 하지 못했다.

"그럼 해인아."

"예."

"네가 절에 들어와 산 지 벌써 삼 년이 되었는데, 밥값을 했는지 안했는지 네놈이 한 번 일러보겠느냐?"

나쁜 꿈을 꾼 듯 입술을 잘근잘근 깨물고 섰던 해인은 갑자기 든 생각에 입술에 침을 발랐다.

"삼세에 부처가 있는가, 없는가 하는 문제죠. 대답해도 뭐라 그러시거나 안 때리실 거죠, 저 욕할 건데?"

"허어, 그놈. 자비의 문중인 절집에서 누가 폭력을 쓰더냐?"

"일체가 다 마음이 만든 것입니다. 일체유심조, 일체유심좇, 일체유심

졸라라고."

해인은 눈을 씀벅이다 생각나는 대로 대답했다.

"……뭐 인마? 일체유심줯? 푸하하하 그놈 참……. 그래 됐다. 그렇다면 오고 가는 자, 너는 누구인가?"

"……."

해인은 말문이 막혔다.

"어느 누구도 생로병사生老病死에서 벗어날 수 없다. 우리가 인생을 살면서 필요한 것을 얼마나 가지고 있는가가 아니라 불필요한 것에서 얼마나 자유로워져 있는가에 있다. 불운하다고? 불행하다고? 인생을 등에 지면 짐이 되지만 생生을 가슴에 품으면 수행이 되는 거다. 깨달음으로 가는 길, 삶은 곧 길이다. 우리는 서로 함께 걸으며, 서로를 향해 걸어가는 거다. 사람 사는 게 수행이야. 가라. 모든 것이 모두 잘 이루어지도록 하고."

노스님이 성호 스님의 만행, 그리고 선방행을 허락해 주었다. 성호 스님이 자리에서 일어나 노사에게 삼배의 예를 올릴 때 해인도 일어서서 합장을 하고 서 있었다.

심연 저편의 추억 속을 유영하던 해인은 '스님' 하고 도연이 부르는 바람에 끔찍한 현실로 돌아왔다.

"우리 나가요."

"……그럴까?"

앞이 보이지 않는 어둠 속은 늘 차갑고 어두웠다. 살아났다는 게 기적이고 대단하다 했었다.

"하늘은 어때?"

휠체어를 타고 병실을 나왔다.

"뭉게구름이 여기저기 피어 있고요. 색깔은 음……. 울트라 블루요."

"넓어?"

"네, 무한 천공요."

"수술이 잘되면 일출도 일몰도 보고 바다의 흰 갈매기, 파도도 볼 수 있을 텐데."

해인의 말에 도연 스님이 쓸쓸히 웃었다. 해인도 웃다가 두 팔을 벌리고 공기를 한껏 들이켰다. 심장이 마구 요동쳤다. 바람이 물결처럼 불어와 살갗에 찰랑찰랑 부딪혔다. 그 감촉이 좋았다. 해인은 입을 사려 물었다. 병원을 옮기고 처음 나온 산책이었다. 입 안이 깔깔했다. 수술이 결정되면 신관 병동 무균실로 옮겨가게 될 것이고 면회가 당분간 불가능하다고 했다.

"수술 절차가 결코 만만치 않네요."

"……."

수술 날짜가 지연되는 건 장기 매매 방지를 위해 장기 기증 절차가 복잡해졌기 때문이라고 했다.

"다 잘 될 겁니다."

지난 병원에 있을 때 마지막 수술은 왼쪽 귀 위쪽을 절개하고 이상 부위가 좌우로 퍼지지 않게 좌우 뇌 중앙 연결 부위를 절단해 주는 수술이라고 했다. 깜빡깜빡하는 뇌전증. 사람들은 지랄병이라고 불렀다. 서른몇 해를 지니고 있던 병으로 아무에게도 알리지 않았던 간질병이었다. 오, 빌어먹을. 돌이켜 보면 모든 것이 엉망이 되어버린 지금 부모의 역할이 얼마나 중요한지 깨달을 수 있었다. 머리가 아프다고 두통과 어지럼증을 호소했을 때 엄마 아빠가 살아 있었다면 병원으로 가서 조치를 취했을 것이다. 그토록 벗어버리고 싶었던 승복, 벗어나고 싶었던 유년. 그래도 '괜찮군, 괜찮아,' 하며 살았다. 이번이 불운의 끝이겠지 했다. 하지만 불행의 끝이 아니었다. 끝이기는커녕 삶과 죽음의 경계로 몰아세우곤 했다.

해인은 심한 갈증을 느꼈다. 개운치 않은 몸을 일으켜 물 좀 달라고 했다. 물을 마시던 해인은 문득 서럽게 느껴져 길게 한숨 섞인 신음 소리를 냈다. 화두를 드는 것보다 멍 때리는 시간들이 더 많아졌다. 통장과 도장을 도연에게 맡겼다. 수술비는 도연에게 일임하기로 했다. 도연이 부담하게 되는 금액은 나중에 갚기로 했다.

손과 발, 팔과 다리에 제법 힘이 붙었다. 이젠 물리 치료를 받으며 수술 확정 날짜만 기다리면 되었다. 굳은 근육을 푸는 거 외에는 수술 날짜를 기다리는 것 말고 딱히 특별한 치료 방법이 없다고 했다.

"스님."

"누구?"

해인은 입술을 깨물고 귀를 쫑긋거리며 물었다.

"오빠, 저 지혜에요. 합장 삼배해요. 반야."

"……."

"저승길이 멀긴 먼 모양이야. 염라대왕이 오빠를 잡아가지 않은 거 보면."

지혜가 자원봉사 간호사인 척 해인을 속였다는 게 괘씸했다. 목소리를 변조해 자원봉사를 해주던 지혜가 그 지혜였는지 알아차린 건 얼마 되지 않았다.

"오지 말라니까 또 왜 온 거야?"

"스님한테 빚 갚으려고 왔지."

"병원비 중간 중간 결제를 한 게 바로 너였구나."

"또 한 번의 기적을 보여 주세요."

누군가가 병원비를 중간 계산하고 간다는 이야기를 도연에게 들었다. 각막 이식 수술을 위한 검사와 수술 계획은 의료진들의 결정에 따를 수밖에 없었다.

지혜가 땅바닥에 앉았는지 손을 휠체어 위로 내밀어 해인의 손을 잡았다. 해인이 가만히 손을 뿌리쳤다. 순간 해인은 흡 하고 숨이 멈출 것 같았다. 지혜에게서 엄마 냄새를 맡은 것이다. 수술비 걱정일랑 하지 말라는 지혜의 말에 세상이 아뜩해지고 머릿속이 새까매졌다. 심장이 팔딱거렸다. 누워서 할 수 있는 게 아무것도 없었다. 할 수 있는 건 더 악착같이 살고 싶다는 마음뿐이었다. 한참을 멍하니 있자니 어지럼증이 조금 가시어서 어금니를 사려 물었다.

　본관 병동 뒤에 환자와 면회객들이 앉아 쉴 수 있는 원두막과 같은 여럿이 앉아 있을 수 있는 그늘막이 있었다. 비를 피할 수 있는 정자와 같은 공간이라고 했다. 의사와 환자들이 밥을 먹고 나면 병실에서 나와 커피를 마시거나 담배를 피울 수 있는 공간이라고도 했다.

　"오빠는 왜 항상 날 밀어내려고만 해? 뇌전증 때문에 그랬던 거야?"

　핏대를 올리며 지혜가 본성을 드러냈다. '너를 보면 내가 자꾸 아슬아슬해져.'라고 헛웃음 치며 속으로 말하던 해인은 하품을 하다 말고 입을 다물었다. 그래도 기억에 지혜 앞에선 눈이 뒤집어져 입에 버글버글 게거품을 물며, 패대기쳐진 개구락지처럼 몸을 비틀고 허우적, 버둥거리는 모습을 한 번도 보여준 적이 없다는 생각이 들었다. 화장을 하지 않은 듯했는데 몸에선 여전히 은은하게 토마토 냄새가 풍겨났다. 샐쭉 웃어 보이는 거 같았고 부끄러운 듯했지만 행동 하나하나를 주저하는 태도는 보이지 않았다.

　"엄마는 늘 오빠 얘기를 꺼내곤 했어. 오빠는 다른 사람들하고는 달랐다고."

　"그게 다 지랄병 때문이었겠지 뭐……."

　지혜가 '아냐, 오빠 누구보다 성실했어.'라며 쓴웃음을 지었다. 휠체어 앞에 앉은 지혜가 가만히 해인의 손을 잡았다. 해인은 지혜의 손을 떼어 놓았다. 그러나 지혜가 다시 해인의 손을 잡았고 '나 매일 기도해. 오빠가 다시 눈을 뜰 수 있게 해달라고.' 하고 말하는 지혜의 손을 해인이 다시 떼어 놓았다.

"지랄, 다른 기도 들어주시느라 엄청 바쁘신데. 뭣 때문에 네년 사랑 타령까지 들어주시겠냐?"

해인의 말에 세 사람이 웃었다.

"오빠가 당달봉사, 눈이 멀어서 그렇지 내 미모를 볼 수 있었다면 아마 이따위로 대하진 못할 텐데."

"됐다 그래. 이년아. 고깃덩어리, 죽어서 구더기 디글디글할 네년 몸뚱이. 미모 같은 소리하고 자빠졌다."

해인의 비아냥대는 말에 지혜가 삐친 모양이었다. 가까이에서 수런대는 사람들의 소리가 들려왔다. '주위에 앉아 있는 사람들은 뭐해?' 하고 물으니 담배를 피우는 사람, 멍하니 긴 의자에 등을 기대고 앉아 있는 사람, 링거가 걸린 뽈대를 두고 이야기 나누는 환자와 보호자들이 있다고 했다.

해인은 짧게 신음을 삼켰다. 온몸의 신경을 바짝 긁어모으며 경계를 하고 있는 자신을 발견했다. 여전히 지혜의 몸에서 토마토 냄새를 감지할 수 있었다. 엄마에게도 토마토 냄새가 났다. 해인이 지혜에게 말했던가. 토마토 냄새에 예민해진 해인의 몸에는 이미 소름이 돋아 있었다.

지혜를 생각하면 관음사 식구들이 생각나곤 했다.

"너 누구야? 뭐하는 놈이냐니까? 지금 뭐하고 있는 거냐고, 인마?"

지혜의 아버지 성진 스님이었다. 해인만 보면 잡아먹질 못해 소리쳤다. 성진 스님은 사사건건 간섭하고 트집을 잡고 나섰다.

"법당 청소가 이게 뭐냐고? 상단에 촛농이 떨어져서 덕지덕지 붙어 있잖아."

"……."

"인마. 너 이따위로 하려면 집에 가."

해인이 미운지 성진 스님은 소리치며 꿀밤이라도 한 대 쥐어박을 태세였다. 그러면 해인은 지독한 외로움에 빠져들곤 했다. 성진 스님의 어깃장에 코웃음만 쳐댈 수 없었다. 무엇 때문일까. 노스님이나 성운 스님은 해인이 실수를 해도 감싸 주곤 했다. 그런데 성진 스님은 아니었다.

"야, 이놈아. 여기가 고아원인줄 알아?"

속이 뜨끔했다. 무슨 잘못을 크게 저지른 것처럼. 해인과 지혜가 함께 있으면 성진 스님은 바락바락 소리를 질러댔다. 엉거주춤 서 있는 주눅이 잔뜩 든 해인을 뚫어져라 노려보고 '왜, 잘났다고 까불더니. 왜 꿀 먹은 벙어리가 됐어? 귀머거리까지 된 거야? 여기가 너희들 놀이터인 줄 아냐? 두 새끼들 다 내 눈 앞에서 안 꺼져?' 하며 욕설을 퍼부었다. 그럴 때마다 고까워진 해인은 양명원 종찬이 형한테 늑신나게 얻어터진 기분이 들었다. 지혜는 눈물을 보였고 해인도 어찌할 줄 몰랐다. 공연히 억울하기도 하고 서글퍼져서 머리카락이 쭈뼛쭈뼛 솟아올랐다.

잔정이라고는 눈곱만큼도 없지만 절집도 사람 사는 곳이었다. 딱 한 스님, 사교성도 붙임성도 없이 무소불위의 권력을 휘두르며 버럭 소리를 질러대는 주지 성진 스님만 잘 피하면 그런대로 관음사에서 살 만했다.

해인은 그렇게 '말려들면 안 돼. 견뎌야 한다, 버텨야 해.' 하고 숨을 크게 들이켜고 뜀박질했다. 응석이나 어리광 부릴 나이는 지났다. 그래봐야 절에선 그 누구도 관심을 주지 않았다. '무엇하러 왔는가? 후유, 빨리 어른이 되어야지. 거꾸로 매달아 봐. 시간은 간다.' 하며 해인은 관음사를 오르고 내리는 길을 달렸다. 달리다 숨이 턱까지 차오르면 멈춰 섰다.

새벽 3시 40분이면 성운 스님이 마당에서 목탁을 어우르며 해인의 방문 앞에서 도량석 목탁을 내려쳤다. 다디단 잠을 깨웠다. 이불을 덮어 쓰지만 귀를 파고드는 목탁 소리를 막아낼 수는 없었다. 해인은 쏟아지는 잠결에 몸을 일으켜야만 했다. 법당 그리고 산신각에 올라가 촛불을 켜고 향을 사루었다. 그 다음은 각 단의 다깃물을 채워야 한다. 칠흑 같은 어둠, 무명을 뚫는 도량석을 시작으로 산사의 하루가 시작되었다.

"또르륵 똑똑 또르륵 똑똑."

번뇌를 가르며 적막을 깨는 그 새벽을 여는 목탁 소리에 맞춰 스님들은 이를 닦고 세수를 하고 법의로 갈아입었다. 아마 산짐승들도 목탁 소리, 대종 소리, 북 가락에 몸을 일으킬 것이다. 그렇게 맑고 깨끗한 새벽 공기와 함께 눈을 비비며 법당에 들어가 새벽 예불, 각단 기도를 준비하는 게 해인의 소임이었다. 그러면 성운 스님이 대종과 고루의 북을 치고 법당에 들어와 법당 종을 치기 시작했다.

원차종성편법계願此鐘聲遍法界
원컨대 이 종소리 법계에 두루 하여
철위유암실개명鐵圍幽暗悉皆明
철위산의 깊고 어두운 무간지옥 밝아지며
삼도이고파도산三途離苦破刀山
지옥, 아귀, 축생의 고통을 일체를 여의옵고 도산지옥 무너져
일체중생성정각一切衆生成正覺
모든 중생 바른 깨달음 이루어지이다……
파지옥진언 옴 가라지야 사바하……

해인이 그렇게 그림자처럼 법당 왼쪽 구석에 앉으면 주지 성진 스님이 법당에 들어와 두 무릎, 두 발꿈치, 이마를 땅에 붙여 오체투지로 삼배를 했다. 그리고 목탁을 집어 들었고 '계향 정향 해탈향 해탈 지견향' 하고

목탁을 내리고 반배하며 새벽 예불을 구성진 목청으로 뽑아 올렸다.

"해인아, 너 이거 좀 내 방에 가져다 줄래?"

노스님과 성호 스님은 법당에 들어올 때도 있었고 들어오지 않을 때도 있었다. 노스님이 법당에 들어오지 않는 날은 꼭 탈이 나곤 했다.

예불이 끝나면 성진 스님은 자기가 주지라는 듯 거들먹거리며 개인 심부름을 시켰다. 처음 몇 번은 아무 말 없이 말을 들었다.

거기다 삼각형 원숭이 머리에 약간 검고 찢어진 독사눈을 가진 성진 스님이 온통 뻐드렁니를 드러낸 채 해인에게 신경질적으로 명령질을 해댔다. 승복만 입지 않았으면 조폭이라 해도 믿을 거였다. 우락부락한 얼굴이었다. 툭하면 신경질에 짜증, 명령질, 지적질에 못마땅하다는 듯 인상 잔뜩 찌푸리는 히스테리는 양명원의 까칠녀 종숙이 누나 수준이었다.

"싫어요. 저 스님의 가사 장삼이나 스님 방에 가져다 두려고 절에 들어온 거 아니거든요."

해인도 만만치 않았다. 고개를 빳빳이 쳐들고 말했다.

법당 앞의 화단에는 매화나무 하얀 꽃들과 목련꽃들이 몽실몽실 뭉울져 있었다. 해인은 금붕어처럼 눈을 끔뻑끔뻑이며 성진 스님을 얄밉다는 듯 노려보았다. 심술이 나고 속이 상한 해인은 '괜히 유별나게 구는 성진 스님 눈앞에 얼쩡거리는 게 아닌데, 재수 옴 붙었네.' 하며 입술을 깨물었다. 자제력을 잃은 해인은 심장이 팔딱거리고 몸이 금세 불덩이처럼 뜨거워졌다. 벌써 이렇게 사람 무시하고 으름장을 놓는 게 한두 번이 아니었다.

"뭐 인마? 네놈이 이제 부처님한테 왔으면 부처님 아들 노릇을 해야 될 거 아니야?"

"부처님 제자, 부처님 되러 왔지. 스님 부하 하러 온 건 아니라니까요."

성진 스님은 묘하게 사람의 신경을 긁는 재주가 있었다. 해인은 '엄마가 세상은 온통 지뢰밭이라더니.' 하며 지뢰를 밟은 듯 어금니를 꽉 깨물었다. 성진 스님의 커다란 손바닥이 뒤통수로 한 방 날아온 것이다. 잘못했으면 '아, 쓰발'이란 욕이 입 밖으로 튀어 나올 뻔했다.

"뭐, 인마? 앞도 깜깜 뒤도 깜깜 앞뒤 꽉 막히고 주변머리 없는 게 핏줄은 못 속이는구나. 어쩜, 네 삼촌이랑 똑같냐?"

"근데, 왜 삼촌은 흉보고 그래요? 누가 아뿔싸 맙소사 주지 아니랄까봐."

"뭐, 이 자식아."

끔찍하다는 듯 오만상을 찌푸린 얼굴로 씩씩거리다 해인이 볼멘소리를 했다.

여차하면 '이거 보래요, 노스님. 성진 스님이 폭행한대요. 절에서 폭력을 쓴대요.' 하고 과하다 싶게 악을 쓰며 소리칠 작정이었다. 여전히 해인은 뒤통수를 손으로 잡은 채 가슴을 콩닥거리며 성진 스님을 노려보았다. 성진 스님은 어이가 없는지 해인의 눈을 물끄러미 바라보며 가소롭다는 듯 입을 실룩거리다 한순간 픽 웃음을 지었다.

노스님이 해인을 찾았다. 아침에 있었던 일이었다.

"주지 스님한테 가가 오늘 사시 예불 끝나고 쪼매난 불공 있다고 재준비하라 캐라."

"네, 큰 스님."

해인은 성진 스님 방 앞에서 학교에 가려고 가방을 멘 채 '스님, 주지 스님' 하며 여러 번 불렀다. 그래도 성진 스님은 방문을 열지 않았다. 학교는 늦었고 애가 탔다. 그때 마침 법당에 기도하러 들어가던 성운 스님이 무슨 일인가 하고 멈춰 서서 쳐다보았다.

"스님, 성진 스니임."

"왜 인마, 또?"

성진 스님은 핸드폰을 들고 통화하고 있다가 못마땅하다는 듯 방문을 열고 해인을 노려보았다.

"큰 스님께서 이따 사시에 불공 있다고 준비하시랍니다. 생신 불공이랍니다."

해인은 성운 스님도 들으라고 큰 소리로 말했다. 성진 스님 쪽에서는 성운 스님이 보이지 않았다.

"……알았어."

"그럼 전 학교에 갑니다요. 분명히 전했습니다. 공양주 보살님, 성운 스님한테 꼭 전하셔야 합니다."

해인이 합장 배례를 하자, 성진 스님이 귀찮다는 듯 손으로 내저으며 방문을 도로 닫았다. 그랬는데 아마 성진 스님이 전화 통화를 하는 바람에 깜박하고 공양주 보살님과 성운 스님에게 일러주지 못했던 모양이었다. 성운 스님은 분명 그 말을 듣고도 못 들은 척 '저는 몰랐는데요' 하고 발뺌을 했다고 했다.

사시가 되었고 불공이 준비되지 않자 성진 스님은 노스님에게 엄청 깨진 모양이었다. 공양주 보살님께 얘기를 듣다 '꼬시다, 아싸…… 사사건건 시비고 구박을 하시더만' 했다. 그때 하필이면 성진 스님이 공양간에 들어오다 뒤에서 해인의 말을 들은 모양이었다. 분명 내일 아침 무설당 노스님 방 안에서 차를 마실 때 성진 스님은 삼사십여 분간을 무릎 꿇고 앉아 차를 마셔야 할 게 분명했다.

"야 인마?"

성진 스님이 해인의 말을 듣고 소리쳐 불렀다.

"……야 인마, 전마 하지 마세요. 제 속명은 선재, 아니고 김산. 법명은 해인이거든요."

해인은 그렇게 말하고 공양간에서 슬금슬금 도망치다 딱 걸린 것이다. '뭐 이 자식, 아뿔싸 맙소사 몹쓸 주지?' 하고 성진 스님이 다가와 다짜고짜 해인의 머리통에 꿀밤을 한 방 사정없이 먹였다.

"따따부따 꼬맹이가 따지면서 말은 잘해요."

해인이 아프다는 양 흘끗 쳐다보자 '네놈이 나랑 한 번 붙어보자는 거지, 이놈아.' 하고 잡아먹을 듯 호통치며 눈을 부라렸다. 뻣뻣하게 서 있던 해인은 '아야' 하는 신음 소리와 함께 머리통을 감싸 쥐며 인상을 찌푸렸다. 그렇듯 경상도 출신인 성진 스님은 매사에 저돌적이고 공격적이었다. 밥맛없고 피곤한 스타일로 결코 공감대가 형성되지 않는 스님이었다. 사람을 미치고 팔짝 뛰고 환장하고 돌아 버리게 하는데 천부적 재능을 가지고 있었다. 보기만 하면 거스르고 들이받고 싶었지만 분란을 만들지 않겠다고 삼촌과 약속했던 것 때문에 참고 참았는데 그게 되지 않았다.

절일이라는 게 그랬다. 아무리 잘 해보려 했지만 낯설고 서툴러 매끄럽지 못했다. 잘하면 아무 말 없지만 못하면 말도 많고 탈도 많은 곳이었다.

"아니거든요. 이건 아니거든요. 그건 스님이 하실 일이잖아요. 이건 옳지 않은 일이에요, 전 바르지 않은 일은 하지 않아요. 보아하니 주지 스님이시라면서 머리만 깎았지 전달 사항도 제대로 이행 못 하시고 공부도 안되고 수행도 안된 순 길거리 땡중 스님 같은데요."

순간 '그래, 나 땡중이다. 어쩔래?' 하고 성진 스님이 잡아먹을 듯 노려보았다. 쩔쩔 맬 줄 알았는데 도리어 큰소리를 뻥뻥 내질렀다.

"이 새끼, 꼴통 같은 새끼. 야 이 미친 새끼야, 또라이. 너 뒤질래?"

"그래요, 저 미친 새끼? 또라이요? 맞아요. 그런데 전 아직 시작도 안 했는데요. 앞으로도 놀랄 일이 많으실 걸요."

달랑 불알 두 쪽 가지고 입산했는데 무서울 것도 없었다. 성진 스님이 '네놈이 겁대가리 상실했지?' 하며 상대할 가치도 없다는 듯 해인의 머리통을 손바닥으로 탁 때렸다.

"왜 때려요?"

순간 해인이 소리쳤다.

"제발, 고아원으로들 꺼지라고. 이 거지발싸개 같은 새끼들아. 여기가 고아원인 줄 알아?"

"못 가요. 스님이 제 아버지잖아요."

그때 지혜가 도끼눈을 뜬 얼굴로 나서서 대들었다.

"이년아, 내가 왜 너의 아버지냐? 니넌 엄마가 어떤 새끼랑 붙어먹고 나한테 덤터기를 씌우는 거냐고?"

성진 스님이 대뜸 지혜의 뺨을 올려붙이며 말했다.

"으이그, 정말 사람 못 된 게 중 된다고."

해인이 들은 소리를 하며 지혜의 앞을 막아섰다.

"안 비켜? 이 절밥 도둑놈의 새끼들. 내 인생 말아먹은 놈 새끼들."

성진 스님이 해인을 밀쳤고 그 바람에 해인은 바닥에 넘어지며 돌부리에 부딪혀 머리에서 피가 철철 흘렀다. 결국 여덟 바늘을 꿰매는 사건이 벌어지자 지혜는 관음사에 더 머무를 수 없었다.

운이 나빴다고 밖에는 할 수 없었다. 뒤통수를 득득 긁어도 정말 재수 없는 날이었다. 아무리 법당을 빗질하고 걸레질을 해 쓸고 닦아도 주지인 성진 스님은 늘 시답잖다는 듯 꼭 꼬투리를 잡아냈다. 차분하고 냉정해야지 했지만 유난을 떠는 성진 스님 앞에 서면 그게 잘되지 않았다.

서녁 산으로 해가 지고 있었다. 해인은 깊게 한숨을 내뿜았다. 온 산으로 노을이 번지는 걸 보며 해인은 침을 꿀꺽 삼켰다. 똑같은 말을 해도 마음을 후벼파 상처받게 하는 성진 스님이 얄밉기만 했다. '인마 손톱의 때가 그게 뭐냐? 까마귀가 친구하자고 하겠다.' 그러지 않아도 입을 빼물고 주뼛주뼛 서 있던 해인이었다. 성진 스님이 해인의 손톱에 때가 낀 걸 보고 한소리했던 거였다. 손톱을 깎고 싶었지만 손톱깎기가 없었다. 해인은 끓어오르는 감정을 억제하지 못하고 그만 얼굴을 붉히고 표정을 일그러뜨렸다. 창피했다. '아 젠장, 재수 옴 붙었네.' 하며 '내일 아침 학교 앞의 문방구에 가서 손톱깎이 먼저 사야지, 헐.' 하고 긴 한숨을 집어 삼켰다. 심장이 터질 것만 같았다. 성진 스님에게 한소리 들은 게 억울하고 분해서 하마터면 '쓰발' 하고 욕설을 입 밖으로 내뱉을 뻔했다.

'내가 자꾸 왜 이러지? 성진 스님이 틀린 말을 한 것도 아닌데.' 하고 진저리를 치다 멈춰 선 해인은 울상을 지었다. 설움이 북받쳤다. '너 내 말 안 들으면 여기서 못 살아. 내 별명이 미친개, 독사, 밥맛없는 저승사자라고.' 자기 때문에 관음사에 살지 못하고 쫓겨나간 스님들이 부지기수라며 오늘이라도 쫓아낼 수 있다는 듯 겁박까지 하며 다그칠 때까지는 괜찮았다. '네놈이 집에서 너무 귀염만 받고 자랐지?' 왜 그랬을까. 밝고 활기찼던 해인이었지만 그 말을 듣는 순간 눈물이 핑그르르 돌았다. 해인은 법당 뒤에 돌아가 털썩 주저앉았다. 울지 않으려 했는데 그만 어깨를 들썩이며 소리 내 울고 말았다. 그때 지혜가 다가와 옆에 앉았다.

"오빠?"

"응?"

"울지 마. 성진 스님은 나쁜 새끼야."

해인은 지혜의 눈을 피하며 손등으로 눈물을 훔쳤다. 맑은 눈매와 오뚝한 콧날. 그렇게 지혜는 울지 말라는 표정을 지었다.

"해인아. 밭에 가자."

그때 성호 스님이 해인을 불렀다. 성호 스님의 등장으로 사태는 종결되었다.

노기등등하던 성진 스님은 노스님, 성호 스님에게는 꼼짝도 못했다.

강한 사람에게는 약하고, 약한 사람들한테만 강한 성진 스님이었다. 그러나 성진 스님의 비밀을 알고도 입 꾹 닫고 아무 말도 하지 않았다.

"해인아."

"네, 스님."

그날 밭으로 내려가던 길에 성호 스님이 무슨 일 있었냐고 물었다. 해인은 아무 말도 하지 않았다.

"나그네처럼 왔다 가는 인생. 어디 간들 우리 해골 누일 곳이 없겠느냐? 우리 하루를 살아도 참되고 바르게 살자. 사람 되는 게 부처다. 법당 상단에 앉아 있는 부처는 불상佛像일 뿐이란다."

성호 스님을 만나 어쨌든 다행이라는 생각이 들었다.

비록 양명원에서 도망 온 도망자이긴 했어도 비겁자, 배신자가 되고 싶진 않았다. 그날 밤 신경질이 가득한 표정을 짓긴 했지만 끝내 해인은 노스님에게 자비행 보살님이 썼다는, 지혜가 성진 스님 딸이라는 유서에 대해서 일언반구도 하지 않았다.

"있잖아요, 오빠. 나 오빠 닮은 잘생긴 아들 하나 낳게 해줘."

지혜의 말에 해인과 도연이 낄낄대고 웃었다. 순간, 해인은 술 냄새를 맡았다. 누군가가 와서 손을 드는 것 같았고 지혜와 도연이 일어서서 합장을 하는 것 같았는데 그냥 앉으라고 손짓하는 거 같았다.

성진 스님이라는 걸 눈치 챌 수 있었다. 어찌 그 목소리를 잊을 수 있었겠는가.

그때 그날, 출혈로 머리를 꿰매던 날. 성진 스님이 직접 해인을 데리고 병원에 가서 엑스레이며 CT를 찍어 주었으면 얼마나 좋았을까. 해인의 인생이 충분히 바뀔 수 있는 계기가 되었으련만.

뇌를 둘러싸고 있는 막을 수막髓膜이라 한다는데 이미 수막종은 있었다는데 외상 후 바이러스에 의해 비활성화 상태였던 종괴들이 충격으로 인해 활성화되었다고 했다.

"찰나생利那生, 찰나멸利那滅이라."

"스님은 스님도 제대로 제도濟度하지 못하면서 지금 주제도 모르면서 누굴 제도濟度하겠다고 찰나생 찰나멸 같은 소릴 해대는 거예요?"

지혜가 못마땅하다는 양 성진 스님에게 톡 쏘았다.

해인은 한숨을 나직이 쉬었다. 겨우 아찔했던 몸부림쳐 왔던 날들을 견뎌 왔는데 다시 지리멸렬 속으로 빠져드는 기분이었다.

"이래도 한세상, 저래도 한평생. 중 노릇 다 똑같다. 지계나 파계나. 너 노스님께 못 들었나. 계라 카는 건 지범개차持犯開遮다. 앉아서 받고 서서 파할 수도 있다고. 우리도 사람인 기라. 똥 마려운데 똥 누지 말라 카믄 똥 싸라는 얘기밖에 안 되는 기라."

"……어쩌다 우리가 여기까지 왔을까?"

성진 스님이 말했다. 해인은 길게 하품을 했다.

"……난 내가 싫어."

"……."

"미안하다 해인아."

성진 스님이 걸망에 넣어 가지고 온 소주를 컵도 없이 병째 마시는 모양이었다.

해인은 피로감에 어서 병실로 돌아가 눕고 싶다는 마음밖에 들지 않았다.

"배 아파. 나 들어갈래."

해인은 갑자기 배가 싸르르 아파왔다. 보기 싫은 사람을 만나서 괴롭다고 했던가. 고품라 했던가. 지혜가 여러 가지 음식을 싸왔지만 김밥 몇 개 집어 먹었을 뿐이다.

"안 되겠네. 도연 스님, 스님 모시고 병실로 들어가세요. 전, 성진 스님 알코올 클리닉 센터 오늘 입원하기로 약속했으니 입원시켜야 하니까요. 사람들이 이리로 오기로 했어요. 남은 음식은 도연 스님이 다 드시고요."

성진 스님과 당황한 표정을 짓던 지혜가 잠시 있다가 병실까지 따라 와 할 말이 있다고 했다.

새로 배정받은 간병인 역시 연변 조선족 출신이라고 했다. 간병인이 말하기를 실제 우리나라에 거주하는 조선족은 80만 명이나 된다고 했다.

"아유, 반갑습네다. 길티, 내레 열심히 간병해 드리겠습네다."

지난번 병원 간병인이 했던 말 중 인상 깊었던 말은 '어쩌다 인생 조졌네?'라던 말이었다. 함경도 사투리가 어색하게 들리지 않았다.

통증에 포위된 채 홀로 칠흑 같은 어둠을 견뎌내고 있을 때였다. 축 늘어진 허탈한 모습으로 드러누워 있던 해인을 간병인이 모로 눕혔다. 뜻하지 않았던 돌발적 사고에 대한 전율도 시간이 갈수록 희미해져 갔다. 머릿속에서 엉겨 붙어 아직 풀어지지 않는 추억으로 심사가 복잡했다. '지지리도 내가 못났지. 다 지나간 일인데.' 입에선 해인도 모르게 신음 소리가 새어 나왔다. 의사들도 이제는 마약성 진통제를 놓아주지 않았다. 지혜가 의사에게 몸에 좋은 음식이 어떤 종류가 있는지 물었다. 도연은 그런 질문을 의사에게 하지도 않았다. 주치의는 회복이 상당히 빠르긴 하지만 우선 물리 치료를 하고 뼈 유합에 시간이 더 걸리므로 앞으로 보름 후에나 웨이트 운동 같은 걸 가볍게 할 수 있다고 말했다. 정형외과의는 여전히 근육통이 있을 수 있다고 근이완제, 진통 소염제와 소화제가 처방될 거라고 했다. 안과 약과 함께 매끼에 먹는 약은 한 주먹이 넘었다.

"많이 아픕네까?"

"……"

간병인이 조심스레 팔을 들어 팔꿈치를 굽혔다 폈다, 다리를 들었다 놓았다를 반복했다. 혼자 병실의 네 명의 환자들을 맡아 간병하고 있었다. 해인은 목이 컬컬했지만 물을 달라고 하지 않았다. 옆 환자가 간병인을 부르고 있었기 때문이었다.

"수술 날짜 잡혔어요. 모레 오전 아홉시래요."

지혜가 병실로 들어와 말했다. 그때 성진 스님이 지혜의 뒤를 따라 들어오고 있었다.

"성진 스님 가시라고 해."

해인이 말했다. 해인의 태도가 심상치 않자 도연이 성진 스님을 병실 밖으로 끌고 나가는 것 같았다.

그리웠던가. 보고 싶었던가. '좋아했던 게 뭐였지? 내가 뭐할 때 행복했지? 그런데 이제 열심히 할 수 있는 게 아무것도 없네' 하고 웅얼거렸다. 해인은 술래처럼 도망 다녔고 지혜는 그런 해인을 잘도 찾아내곤 했다. 그러나 해인은 내색하지 않았다. 지난날, 길고 길기만 했던 그날들. 싫어도 싫다, 좋아도 좋다, 내색하지 못한 채 오늘까지 살아온 순간순간의 선택의 결과가 바로 오늘이었다.

"오빠는 무엇 때문에 그렇게 성진 스님을 미워해? 언짢았다면 내가 대신 용서를 구할게요."

지혜가 입술을 빱빱거리더니 쫑알거렸다. 시큰둥해 하던 해인은 그저 쓸쓸히 미소지었다. '야이, 보리 문둥이 새끼야.' 경상도에서는 그냥 하는 욕설인데 그 말이 왜 그리도 아팠던지. 지혜와 도연이 옆에 있을 때 간병인은 곁으로 다가오지 않았다.

"빌어먹을."

창문 밖에서 여전히 후드득 빗소리가 들리고 있었다. 얼마나 해인이 회한에 잠겨 있었을까. 미우나 고우나 그렇게 끌어안고 살았던 육신이 만들어냈던 과거들이었다.

빗소리가 처량하기만 한 저 유리창 밖 풍경은 어떤 모습일까. 평생 씻을 수 없는 내면의 상처 속으로 빗물이 스며드는 것 같았다. 청춘은 가고 어이없는 과거만 남았다. 해인은 그 알 수 없는 그리움으로 부르르 몸을 떨었다. 빗소리들이 무리 지어 울고 있었다. 유리창에 슬픔은 슬픔대로 빗물은 빗물대로 흘러내리고 있으리라. 육신이란 그렇게 바람에 사선으로 떨어지는 저 헌 누더기 빗방울에 지나지 않는 것을.

"오빠는 참 운이 좋은 사람이에요."

오빠라는 말이 낯설었다. '오빠라고 부르지 말고 스님이라고 불러' 하던 지난날을 떠올린 해인은 이맛살을 찌푸렸다. 평상시에도 주위 사람들에게 곰살맞게 대하는 스타일이 되지 못했다.

"아침은?"

"……먹었어."

"좌우간 오빠는 가망 없는 인간이라니까."

정형외과의 40년 차인 의사도 그렇게 말했다. 처음에 교통사고 환자로 응급차에 실려 왔을 때, 깨어 보니 거의 가망이 없었다고 했다. 해인은 뒤통수를 긁적이다 계면쩍다는 표정을 지었다.

"다른 인간들은 나만 보면 다 뜯어먹으려 들던데."

지혜가 뜸을 들이다 코맹맹이 목소리로 말했다.

"너한테 나를 대입시키지 마."

"히이, 통증을 치료한다고 고통이 사라질 줄 알아? 고통의 원인을 제거하는 거라고. 팔이 아프면 팔을 자르고 다리가 아프면 다리를 확 잘라버려. 머리가 아프면 머리통을 확 잘라버려. 오빠를 보면 꼭 고통을 즐기는 사람 같아."

"그러지 않아도 매일 그 생각뿐이야."

해인의 말에 도연이 어이없다는 양 피식 웃었다. 성진 스님을 바래다 주고 돌아온 도연이 민망하다며 '왜, 내가 자리라도 피해 드릴까요?' 하고 농담을 던지는 것이었다.

손으로 눈두덩을 만지니 뜨거웠다. 금방이라도 눈알이 튀어 나오고 피가 콸콸 쏟아져 나올 거 같았다.

"……오빠라는 새끼는 완전 꼴통이라고."

복잡해진 해인의 속내를 읽기라도 한 듯 지혜가 쫑알거렸다.

"맞아. 우리 스님 가끔 사람 속을 뒤집어 놓을 때가 있어."

그때 핏줄 아니랄까 봐 도연이 끼어들어 지혜의 편을 들어주었다. 두 사람의 대화를 듣던 해인은 입가에 야릇한 미소를 흘렸다.

"오빠. 제발 지치지 않기. 지겹다고 생각하지 말기. 조금씩 변하고 있으니 포기하지 않기."

지혜가 보호자라도 된 양 입바른 소리들을 내질렀다.

"난, 지효 스님도 좋았지만 지월 노스님이 더 좋았어. 노스님이 그려준 난은 지금도 가지고 있어. 참 오빠, 큰 스님이 주신 추사 난. 그건 어떻게 했어?"

지혜가 분위기를 바꾸려는지 옛날 이야기를 꺼냈다.

"……도둑맞았어."

해인의 자조적인 대답에 지혜가 '칠칠맞게' 하며 맑게 웃었다.

노스님은 선 묵화禪 墨畵로 유명한 선승이었고 지효, 삼촌 스님은 거의 야승野僧에 가까웠다.

"내가 오빠의 엄마 대신 오빠의 지울 수 없는 상처들을 핥아 줄게."

뜬금없는 지혜의 말에 해인은 갑자기 정신이 몽롱하게 흐려졌다. 몸 여기저기 지울 수 없는 흉터들이 들고 일어나는 것만 같았다.

"성수 대교가 무너졌대."

"말짱하던 다리가 왜 무너져?"

"으이그, 술 냄새. 나 나대는 인간들 정말 싫거든."

인상을 찌푸리던 지혜가 해인의 발꿈치를 툭 쳤다.

"미안."

"이젠 나 찾아오지 마. 나 사실 오빠 좋아한 적 없거든."

"그럼?"

"오빠가 불쌍했어. 오빠를 보면 나를 보는 거 같아서."

피가 거꾸로 흐르는 듯했다. 순간 그 말에 해인이 옆에 앉은 지혜를 쓰러뜨렸다. 할 말을 잃고 어이없어하던 지혜가 '미쳤어?' 하고 날카롭게 소리쳤다. 왼손으로 지혜의 두 손을 그러잡고 오른손으로 교복 치마 속의 팬티를 끄집어내렸다. 지혜가 몸을 이리저리 비틀며 완강하게 저항했다. 그러나 해인의 찍어 누르는 힘에는 옴짝달싹할 수 없었다. 지혜의 몸에 몸을 바싹 붙였다. 그리고 손으로 지혜의 가슴을 더듬었다. 당황해서 어찌할 바를 몰라 하던 지혜가 '죽여 버릴 거야'라고 말했다. 해인이 온 힘을 다해 지혜를 안았다. 발버둥치면 칠수록 더욱 세게 안았다. 압박감에 지혜가 고통스러워했다. 지혜가 비명을 내질렀다. 숨이 턱까지 차올랐다. 하지만 어느 순간부터 지혜가 억눌린 신음 소리만 내뿜을 뿐 가만히 있었다. 한순간 해인이 부르르 몸을 떨었고 사정했다. 나른한 기분에 해인은 힘을 빼 지혜의 옆으로 쓰러졌다.

"씨발놈."

깜짝깜짝 소스라치게 놀라던 지혜가 몸을 일으켰다. 해인도 몸을 일으켰다. 해인은 손을 떨며 호주머니 속에 들어 있던 담배를 꺼내 태워 물었다. 머리가 터질 것만 같았다. 지혜가 해인의 뺨을 올려붙였다. 해인은 지혜에게 미안하다고 하지 않았다. 그리고 지혜가 해인을 연신 발로 걸어

찼다. '고등학교 졸업하면 주려고 했는데, 나쁜 새끼' 하며 한 번 더 걷어
차고는 '개새끼' 하고는 돌아섰다.

노스님은 어린 해인이 아침 문안을 들어가도 '그래 우리 부처님 오셨
는가?' 하고 합장반배 허리 숙여 해인을 반겨 주곤 했다. 거개의 아침들이
그랬다. 노스님은 우리가 사는 게 말짱 헛것이고 가짜라고 했다. 그래도
사중 식구들이 아침 공양을 하고 노스님의 방, 무설당으로 모이면 여럿이
함께 절부터 나누고 차를 마셨다. 크고 작은 절간의 대소사들을 둥그렇게
모여 앉아 차를 마시며 결정했다. 처음에 해인은 맛도 없는 차를 마시는
게 거북했지만 차츰차츰 길들여져 갔다.

성운 스님은 그동안 가수계만 받고 정식 계를 받지 못하다 중학교 졸
업 자격 검정고시에 합격하자 해인과 함께 정식으로 수계 받을 수 있었
다. 다음해부터는 종단에서 단일 계단을 실시한다는 공문이 내려왔다는
것이다. 단일 계단에서는 고졸 이상이어야 수계를 받을 수 있게 되어 있
는데 5년간 가수계를 받고 행자 생활을 한 성운 스님에 대한 배려라고 했
다. 해인의 은사 스님은 노스님이었지만 성운 스님의 은사 스님은 지묵
사숙 스님으로 결정되었다. 지묵 스님은 성운 스님의 법명을 운곡雲谷이
라고 지어 주었다. 그러나 승적에만 그렇게 올렸지 관음사에선 거의 성운
스님으로 불리었다.
"목욕은 했느냐?"
"네, 스님."
해인은 대답을 하고 습관처럼 한숨을 내쉬었다.
삼월 지장재일 날이었다.
"삭발례削髮禮를 올려라."

"네?"

노스님의 지시에 따라 해인은 성운 스님과 함께 법당에서 삼배를 올렸다.

"앉아라."

펌프 가에 서서 성운 스님에게 선 채 합장 삼배하고 쭈그리고 앉았다. 일회용 면도기 앞부분을 잘라낸 면도기는 밤송이 같은 해인의 머리카락을 쓱쓱 베어 내었다. 절간에 들어와 머리를 박박 바리캉으로 깎긴 했어도 면도기로 이렇게 배코로 밀은 건 처음 있는 일이었다. 해인이 머리를 다 깎자 이번엔 성운 스님이 머리를 내밀었다. 노스님은 정식으로 해인과 성운 스님에게 사미계를 내려 주었다.

사중 식구들이 다 모여 예불, 불공을 마친 후였다.

"왼쪽 팔뚝을 내밀어라."

호계합장을 한 해인은 득도식得度式을 위해 왼쪽 팔뚝을 내밀었다. 사미계沙彌戒를 받는 의식이었다. 지효 스님이 계율을 설명해주는 계사戒師를 맡았다.

지월 노스님, 지효 스님, 지운 스님, 지묵 스님, 사숙 스님들과 성효 스님, 성진 스님, 성운 스님의 은사인 성묵 스님, 성운 스님, 사형들이 다 모였다. 득도식得度式이란 불문佛門으로 들어와 정식으로 승려가 될 때 행하는 불교의식이었다. 지혜 엄마인 자비행 보살은 승복을, 지혜는 손목에 차는 단주를 선물했다.

자비행 보살은 음독의 후유증으로 점점 더 눈이 보이지 않는다고 했다. 삼보三寶에 귀의하겠느냐는 물음에 예, 하고 대답했고 오체투지五體投地, 두 무릎을 꿇어 땅에 댄 다음 두 팔을 땅에 대고 머리를 땅에 대어 신체의 다섯 부위를 땅에 닿게 하는 절로 백팔배를 올린 이후였다.

출가하여 승려가 된다는 것은 생사生死를 건너는 시초이고, 나중에는 반드시 이상적인 세계, 열반涅槃으로 가는 길, 열반涅槃에 도달하게 될 것이기 때문에 이를 득도라 한다고 했다.

"불살생不殺生, 첫째는 생명을 죽이지 마라. 사람은 물론이거니와 짐승까지도 죽이면 아니 되느니라. 무릇 살생을 하면 열 가지 죄를 얻으니, 마음에 독기를 품어 세세생생 없어지지 않고 중생이 미워해서 좋은 눈으로 보지 않으며, 항상 나쁜 일만 마음먹게 되고 중생은 그를 두려워하여 언제나 마음이 편치 못하나니, 어디 그뿐이야. 나쁜 꿈과 병에 시달리게 되고 자기도 나쁘게 죽어 그것은 단명短命의 업보의 씨앗이 되며 마침내 지옥에 떨어지느니라. 생명을 죽이지 않겠느냐?"

"네."

해인은 능지能持, 받아서 간직해 지키겠다는 맹세라고 말했다.

"둘째로 도적질하지 마라. 불투도不偸盜. 남의 물건을 몰래 가져가거나 훔치지 마라. 주지 않는 것을 가지면 도적질이 되나니, 무릇 부모 형제의 것이라도 함부로 가지지 말지어다. 그것은 집착이 되고 버릇이 되나니, 팔열지옥八熱地獄에 떨어지고 지옥의 고통이 다하면 축생畜生의 보를 받아 주리고 목줄 타는 괴로움을 당하리라. 이렇게 하여 인도환생人道還生, 사람이 죽어서 저승에 갔다가 이승에 다시 사람으로 태어난다 할지라도 헐벗고 굶주리는 보를 받고, 나쁜 도적들에 겁탈 당해 불안한 보를 받게 되느니라. 부처님은 오역죄五逆罪. 무간지옥에 떨어지는 5가지의 큰 죄. 1. 어머니를 죽임 2. 아버지를 죽임 3. 아라한을 죽임 4. 부처님 몸에 피를 냄 5. 승가의 화합을 깨는 죄와 사중죄四重罪. 살생, 투도, 사음, 망어를 금지하는 네 가지 계율을 어긴 죄를 범한 자는 능히 구하지만 도적질하는 버릇을 가진 자는 구할 수 없다고 하였으니. 도적질을 하지 않겠느냐?"

"네."

"음행하지 마라."

"······네."

"불음행不淫行, 음탕하고 난잡한 짓을 하지 말란 말이다. 만일 여색女色을 취하면 그 마음이 취하여 어린애처럼 되고 자성自性을 볼 수 없어 흰옷에 검정 물을 들인 것같이 빠져 들고, 그것은 똥속의 벌레가 똥을 좋아하는 것과 같나니. 출가 사문沙門은 욕정과 애정을 끊고 마음의 바탕을 밝힐 것이며 불도佛道를 통달하여 아뇩다라삼먁삼보리阿耨多羅三藐三菩提, 위없는 올바르고 두루 한 깨달음. 또는 지혜와 무상정변지無上正遍智, 무상정등각無上正等覺을 얻을 것이니, 그래야 불자佛子, 출가하여 불계를 받은 사람. 불계를 받은 신자라 이름하지 않으리오. 그래, 음행하지 않겠느냐?"

"예."

"거짓말하지 마라不妄語. 거짓말을 자꾸 하면 어리석어진다. 진실하지 않은 말과 아첨하는 말, 모진 말惡口, 이간질 하는 말兩舌이니 능히 삼악도三惡道, 악인이 죽어서 간다는 세 가지 괴로운 세계. 곧 지옥도地獄道, 축생도畜生道, 아귀도餓鬼道를 가리킨다에 떨어지게 되고, 설사 사람으로 태어날지라도 남의 비방을 받게 되며 항상 속임수를 당하리라. 거짓말을 않겠느냐?"

"······네."

"술을 먹지 마라不飮酒. 대저 술이라 함은 마셔서 취하게 하는 일체의 것이니, 술 냄새를 맡지도 말고 술자리에 머물지도 말고 남에게 술을 권하지도 말지어다. 술을 마심으로 저지르게 되는 허물이 서른다섯 가지나 되나니. 재물 잃고 병이 많고 성을 잘 내게 되어 싸움질을 일삼아 살생을 더하나니 음욕이 치성하여 화문禍門이니라. 차라리 끓는 용광로 물을 마실지언정 술은 마시지 마라. 술을 먹지 않겠느냐?"

"네."

"높고 큰 자리에 앉지 마라不坐高廣大牀. 호화로운 비단 이부자리를 탐닉하는 것은 곧 부처를 잃은 것이니, 심신을 방일하여 허물과 악을 낳을 뿐이니라."

"네가 능히 이 계를 가지겠느냐?"

"예."

"네가 능히 이 계를 지키겠느냐?"

"예."

노스님은 해인에게 세 번이나 물었다. 해인은 세 번 대답했다.

"홀로 피는 연꽃이 아니라 연꽃을 피우는 진흙이 되거라."

"네."

그렇게 세 번 묻고 세 번 답하자 늦게 도착한 지운 사숙 스님이 가사게
袈裟偈를 읊기 시작했다. 지월 노스님, 그 밑으로 서울 대원사 회주를 하시
는 지운 스님, 그 밑으로 선방 선원장을 하시는 지숙 스님, 기라성 같은 스
님네들이 다 모인 것이다.

善哉解脫服 선재해탈복 　　좋구나, 번뇌 없는 해탈복이여.
無上福田衣 무상복전의 　　위없는 복전의 옷이옵니다.
我今頂戴受 아금정대수 　　제가 이제 받들어 수垂하옵나니
世世常得被 세세상득피 　　세세생생 항상 이 옷 입으렵니다.

옴 마하 가바바다 싯제 사바하

해인은 가사와 장삼을 수했다. 법당에 앉았던 사람들이 둥그렇게 섰
고 박수를 쳐 주었으며 삼존불께 오체투지 했고 계를 내려 주시는 화상和
尙이었던 노스님, 갈마羯磨였던 지운 스님, 교수敎授였던 지묵 스님, 증계
아사리證戒阿闍梨였던 성호 스님 그리고 옹호擁護의 성중聖衆들과 함께 법
당을 세 번 '석가모니불' 정근을 하며 법당을 나왔다.

그날 저녁, 해인은 처음으로 가사 장삼을 수하고 노스님의 방, 무설당을 찾아가 삼배를 올렸다. 큰 스님들 세 분이 아랫목에 앉아 있었다.

"멋지다. 이제 해탈의 문을 열고 들어오기는 했는데 과연 열반의 문을 열고 나갈 수 있으련지. 다들 수고했다. 해인이만 남고 다들 건너가거라."

노스님은 빙긋이 웃으며 절을 하고 서서히 몸을 일으키는 해인을 바라보았다. 사중 식구들은 세 번, 노스님은 일어선 채 합장하고 섰다가 마지막엔 허리를 숙여 함께 반배했다.

계를 받았다 했지만 허명망상虛明妄想에 싸였다. 집착이었다. 우유부단했던 비겁자. 마음은 밝지도 뚜렷하지도 못했으며 집착은 남달랐다.

원각도량하처圓覺度量何處
현금생사즉시現今生死卽時

무엇 때문에 해인사 장경판전에 있는 주련의 글들이 떠올랐는지 몰랐다. 원각도량하처圓覺度量何處, 깨달음의 도량은 어느 곳인가? 즉 행복한 세상은 어디 있는가? 현금생사즉시現今生死卽時는 지금 생사가 있는 이곳, 당신이 지금 발 딛고 있는 그곳이다.

"수좌."

"예, 스님."

"생사즉시生死卽時의 처處는 어디에 있는가?"

삼 년 무문관에 들어 앉아 있다가 무불암으로 삼촌을 찾았을 때 선문답이 날아왔다.

"현금現今에 있습니다."

"그렇지? 우리 스님네들은 현금을 너무 좋아하지? 즉시현금 갱무시절 卽時現今 更無時節, 바로 지금이지 다시 다른 시절은 없다, 이거지. 그래 고생했다. 노스님이 살아 올곧게 수행하는 너의 이 모습을 보셨으면 참 좋았을 텐데."

한번 지나가 버린 과거를 가지고 되씹거나 아직 오지도 않은 미래에 기대를 두지 말고, 바로 지금 그 자리에서 최대한으로 살라는 뜻으로 깨달음을 이룰 도량은 어디 있는가. 지금 여기 생사가 펼쳐진 곳 바로 이곳, 여기에 저녁밥을 지어 내오라는 거였다.

해인은 정성을 다해 삼촌을 위해 저녁밥을 지었으나 삼촌은 해인이 사 가지고 올라간 막걸리만 마셔 댔다.

병실에 혼자 남게 된 해인은 만감이 교차했다. 지혜도 갔다. 코 안에서는 아직도 토마토 냄새가 아른거렸다.

해인은 으윽, 억눌린 신음 소리를 삼켰다. 갑자기 복통이 온몸으로 번졌다. 엄마의 냄새를 맡은 날은 마음에 확 불이 당겨진 것처럼 그냥 넘어가는 날이 없었다. 팥죽같이 끓는 몸은 급성 스트레스성 증후군, 불안 장애라고 했다. 왜 이런 일이 생기는 걸까. 성진 스님과의 만남을 허락했던 건 이런 상황을 바랐던 게 아니었다. 내가 잘한 것도 없지만 잘못한 것도 없는데. 그렁그렁 해골 같은 얼굴에 눈물이 맺혔다.

"스님, 우세요……?"

도연이 울어도 괜찮다는 듯 물었다.

"스님, 스님은 왜 자꾸 우리를 멀리하려고 하시는 거예요?"

도연이 물었다.

"나한테 엮여서 좋게 끝난 사람들 별로 없었어. 망가지거나 폐인이 되거나 죽거나였지. 난 무서워. 너희들까지 다칠까 봐."

"······."

고토苦土, 진토塵土를 이고득락離苦得樂의 낙토樂土로 만들고 싶었다. 군이 용화 세상이 아니더라도 군이 도솔천이 아니더라도 가는 곳마다 불국정토 미륵의 나라로 만들고 싶었다. 뱀의 구멍에 아이가 손을 넣고 사자와 아이가 같이 놀 수 있는 극락으로.

"이후로도 우리에겐 아프지 않은 멀쩡한 생生은 없을 거예요. 그러나 지금보다는 덜 아플 거예요."

해인은 몸이 꼼실꼼실했다. 누군가 옷 속에 가시를 잔뜩 넣어 놓은 것 같았다. 간지러움은 이내 따끔거림으로 제어할 수 없는 상태로 빠져들었다. 온몸이 와들와들 떨려 왔다. 그동안 충분히 힘겨웠는데. 또다시 정신을 잃으려나. 약이나 주사가 바뀔 때마다 꼭 트러블이 생겼다. 으스스 온몸에 소름이 돋았다. 손으로 벅벅 피가 날 때까지 긁어도 근지러움은 가시지 않았다. 호흡이 불규칙해지고 열꽃이 온몸으로 퍼졌다. 귀까지 먹먹해져 왔다. 도연이 스테이션으로 달려갔다.

"어때요?"

해인의 목소리는 떨렸다. 주사를 맞고 나면 한동안 나른해졌다. 그새 또 잠시 정신을 잃었다. 뇌전증 수술을 집도했던 의사는 그 횟수가 점차 줄어들 것이라 했다. 의료진이 와서 진정제 주사를 놓자 주먹을 쥐어 봐도 전혀 악력을 느낄 수 없었다.

"전미개오轉迷開悟. 번뇌를 벗어나 열반의 깨달음에 이르는 것은 완전 글렀어."

그 말을 들은 도연이 애처롭다는 듯 내려다보고 안쓰러워했다. 손을 내저어 '나가, 혼자 있고 싶어' 했지만 도연은 나가는 기척이 없었다.

어릴 적 해인에게 윽박지르고 면박을 주던 건 성진 스님 뿐만이 아니었다. 성묵 사형도 한 잔소리 했다. 해인을 총무원으로 입성시키려던 성묵 사형의 마음을 모르는 바 아니었다.

"그렇게 해서 세상에 나가 어찌 살려고 하냐? 칼자루 쥔 놈들의 세상이라고. 야, 해인아. 우리도 칼자루 한 번 잡아 보자."

해인이 선방을 드나들자 사형인 성묵 스님이 해인을 찾아 왔다.

"이번에 기획팀에 들어가게 됐다. 믿을 수 있는 브레인이 필요해."

"기껏해야 한 생生입니다……."

"야, 우리도 좀 폼나게 살아보자. 제법 커다란 문중 절도 하나 차지하고. 적어도 내가 니가 원하는 오라 가라 하지 않는 먹고 살 만한 산중 암자 주지 자리 하나 챙겨줄 수 있다고."

"아니에요, 사형. 저를 믿어주시는 건 기분 좋지만."

"내 밑에 있으면서 해먹을 수 있는 건 다 해먹어도 돼. 다들 해먹는 판에."

"……."

성묵 스님은 해인의 의견이나 생각에 고정 관념, 편견을 깬 신선한 깨달음이라고 했다. 아래 스님이 윗 스님에게 토를 달고 대꾸하면 가만히 놓아두지 않았던 성묵 사형이었다. 하심下心이 안됐다는 거였다. 바른 소리 잘하는 성묵 스님의 팀에 들어갔으면, 닭벼슬보다 못한 권력을 잡았으면 인생이 바뀌었으려나. 재물과 권력. 매력적이긴 했지만 한 치의 오차도 용납하지 않는 결코 만만치 않은 성묵 사형과 권력, 그 돈 맛, 재물 맛에 길들여지고 싶지 않았다. 가질 것도 버릴 것도 없는 생. 후회 없는 자유인으로 살고 싶었다. 성묵 스님에게 '아껴주시는 건 고마운데 그냥 모난 돌이 정 맞는다. 그냥 마구 정에 두들겨 맞으며 이름 없는 수좌, 모난 돌멩이로 남겠습니다.'라고 했다. 성묵 사형은 애석하고 아깝다는 듯 해인의 눈을 '아이고, 이 바보야' 하며 한참 쏘아보았다.

성묵 사형은 사숙, 지운 스님의 상좌로 도연의 맏 사형이었다.

해인은 환자복 호주머니의 약들을 손으로 만지작거렸다. 그리고 모았던 알약들을 변기의 물받이 통에 올려놓았다. 얼마나 그렇게 망연자실 앉아 있었을까. 해인은 몸을 일으켜 손을 더듬어 샤워기를 내렸다. 그리고 하나씩 옷을 벗기 시작했다. 옷을 한쪽에 밀어둔 해인은 몸을 씻기 시작했다. 환자복이 젖었다.

입 가장자리에는 모멸감, 환멸감에서 헛웃음이 실실 나왔다.

"이렇게 살아 뭐해?"

맨몸으로 다가오는 차가운 기운. 생각할수록 머릿속이 지끈거렸다. 해인은 발가벗은 채 바닥에 앉아 따뜻하고 말랑말랑한 똥의 감촉을 느끼며 파르르 눈가에 경련이 일어나고 있음을 느낄 수 있었다. 기저귀를 하지 않았는데 똥을 쌌던 것이다. 예기치 못했던 일들이 간혹 벌어지곤 했다. 일부러 해인은 도연에게 물티슈를 사 오라고 심부름을 보냈다. 소리를 죽여 가며 몸을 닦던 해인은 숨을 몰아쉬느라 가슴이 오르락내리락하는 걸 느꼈다.

온몸이 붓고 쑤시고 아팠다. 온갖 신경들이 죽어 있는 몸뚱이. 그래도 하루의 절반은 흐느적거렸고 절반은 쓰러져 잤다. 가끔 토악질을 하기도 했고 무료함과 지루함으로 진저리를 치기도 했다. 그러다 몸을 일으키고 목발을 짚은 채 손을 더듬으며 병실 반경을 익혔다. 불안정한 걸음을 걷다 앞으로 넘어지기도 하고 뒤로 발랑 나자빠지기도 했다. 균형을 잡지 못한 순간 기우뚱하며 몸이 넘어가는 건 순식간이었다. 그러면 윽, 하고 비명과 함께 통증으로 찌부러진 몸을 뒤틀어야 했다. 길은 사방 어디에나 있고 사방 어디로든 갈 수 있건만 길이 막힌 것이었다. 앞도 깜깜했고 뒤도 깜깜했으며 왼쪽도 오른쪽도 깜깜 절벽이었다.

"네가 변하지 않으면 아무도 변하지 않아. 그러니 네가 바뀌어야 해. 그러니 너는 지금 부처님에 대해 이의 제기를 할 때가 온 거야."

"혈압 맥박 정상입니다."

똥을 지리고 겨우 몸을 씻고 옷을 갈아입었다. 더듬더듬 간신히 벽을 짚으며 침대로 돌아온 해인은 속상함에 입맛을 쩝 다셨다.

"손 내미세요."

그때 간호사가 다가왔다.

해인에게 손을 내밀라며 혈압을 재던 간호사가 링거 수액을 떨어지는 양을 조절해 주고는 옆 베드의 환자에게로 갔다.

"열이 좀 있으시네요."

사막 한가운데 누워있는 거 같았다. 마음만 그저 조급하게 탈 뿐 왼쪽 무릎 뼈에 철심을 넣고 볼트와 너트로 잇고 조였다는데 툭하면 몸에 열이 오르고 사지는 서걱거렸다.

병을 앓는 해인도 해인이지만 병간을 해주는 도연도 '흠' 하고 가쁜 숨을 내뿜으면서도 힘든 걸 내색하지 않았다. 병을 앓는 환자도 환자지만 그걸 옆에서 지켜보고 바라보는 이도 보통 일이 아니었다.

사막 한가운데 드러누운 것 같았다. 바람에 모래가 덮이는 것 같았다. 모래가 눈을 덮고 귓속으로 입으로 들어오는 것 같아 캑캑거렸다. 일어나려 했지만 몸이 말을 듣지 않았다. '이게 무슨 꼴이람' 당황해서 어쩔 줄 모르던 순간, 또다시 똥이 마려웠다. 죽어라 참던 해인은 몸을 일으켰다. 설사라는 걸 직감할 수 있었다. 기저귀를 차지 않았다. 주변에 두었을 오리 변기는 보이지 않았다.

"저기요. 아무도 없어요?"

급박하게 불러 보았지만 아무도 대답해 주지 않았다. 같은 병실의 환자들 모두 물리 치료실에 갔거나 운동 치료실에 간 모양이었다. 해인은 까닭 모를 불안감이 엄습해왔다.

"거기 누구 없어요?"

다시 한 번 옆 베드의 환자들에게 도움을 요청해 보았다. 몸이 와들와들 떨리고 있었다.

아무도 대답해 주는 이가 없었다. 해인은 참는다고 참았지만 급했다. 겨우 몸을 일으킨 해인은 허둥대며 두 다리를 침대 밑으로 내렸다. 그리고 왼손을 뻗어 더듬이처럼 짚어 보았다. 벽이 짚어졌다. 엉금엉금 벽을 짚어가던 해인은 '으, 뭐야' 하는 순간 신음을 삼켰다. 두 번째였다. 아까도 난리를 피웠는데 싫어. 정말 싫어. 해인의 몸은 부르르 떨렸다. 문득 참혹함에 어찌할 바를 몰라 벽을 짚은 채 어정거렸다. 망신도 이런 망신이. 심장이 터질 것만 같았다. 그 상황에서도 똥은 비질비질 잘도 나왔다. 땀범벅, 똥범벅이 된 해인은 엉거주춤 걸어서 겨우 화장실 문을 찾아 열 수 있었다. 목욕탕에 들어가 샤워기를 틀어 놓자 가슴 저 밑바닥에서부터 화가 치밀어 올랐다. 퍼질러 앉은 채 해인은 그만 엉엉 소리 내서 펑펑 울기 시작했다. 정말 생각조차 하기 싫은 상황이 벌어진 거였다.

"이걸, 어떻게 해."

그 옛날, 엄마는 울고 나면 그래도 속은 시원하다고 했다.

"부처는 개코나. 똥구멍이나 닦는 마른 똥막대기. 부처도 없고 법도 없거늘. 달마는 늙어 빠지고 누린내 풍기는 오랑캐. 십지보살은 똥지게나 지는 자들. 등각과 묘각보살은 계를 범한 범부이고 보리와 열반은 나귀를 붙들어 매는 말뚝이거늘. 십이분교와 삼현과 초심, 심지는 옛 무덤이나 지키는 귀신들. 깨달음과 열반은 스님들이 부처를 팔아먹는 최고의 상품 아니었나?"

삼촌이 어디선가 비아냥거리는 거 같았다.

해인은 울면서 '이 꼴이 뭐야? 그래도 이 정도는 아니었는데' 하며 엉금엉금 바닥을 기다 똥이 묻은 바지를 벗었다. 병실 바닥에 흘리지 않았는지 모를 일이었다. 팬티도 벗었다. 바지를 빨고 팬티를 빨고 목욕탕 바닥을 손으로 더듬어가며 닦기 시작했다. 여분으로 가져다 놓은 환자복도 없었다. 분노는 걷잡을 수 없게 되었다. 악에 받친 해인은 애써 억누르던 감정을 터뜨리고 말았다. 아. 아. 해인이 소리치며 비명을 내지르기 시작했다.

"난감하고 참담하고 구차하기만 했어."

신체가 정상적이지 아니한 자는 승려로서 자격이 박탈되었다. '그래. 눈먼 자여, 눈떠라. 죽음의 잔치, 죽음의 향연饗宴을 벌이는 거야' 두 번 세 번 샤워기로 화장실 청소를 했다. 타일 바닥에 주저앉은 한순간 해인은 울먹이다 손목의 불룩 튀어나온 정맥을 만져 보았다. 그리고 면도칼로 손목을 그었다. 손목에서 피가 솟구쳐 나오는 걸 느낄 수 있었다. 콧잔등이 뜨거워졌다. 입술을 비죽거리던 해인은 주먹으로 벽을 쳤다. 해인은 '이게 뭐야?' 하다 가슴을 펴고 숨을 깊이 들이마셨다. 환자복 호주머니에서 꺼낸 수면제를 손에 쥔 해인은 '이것도 불연佛緣이기를.' 했다. 해인은 약들을 삼키기 시작했다. 목숨을 끝내려는 게 아니라 고통, 통증을 끝내고 싶었다.

욕조 속으로 기어 들어간 해인은 몸이 마비되는 것 같고 텅 빈 무력감이 밀려왔다. '이제부터는 그 누구에게도 맞지 마. 누구라도 맞서 싸워. 질 거 같으면 피해. 도망가.' 하던 무연고 시신이 되었던 삼촌의 말씀이 떠올랐다.

바닥의 타일에서 차가움이 전해져 왔다. '그래, 나는 하는 일마다 되는 게 없었어. 죽으면 다 끝이지 뭐' 하며 손으로 벽을 짚고 일어섰다. 이제 비명을 지르다 깨는 악몽은 더 이상 꾸지 않아도 될 것이다. 불안함과 막막함. 등짝으로 차가운 벽이 느껴졌다. 조심조심 벽을 붙잡고 욕조 난

간으로 기어 올라섰다. 물은 틀어져 미지근한 물이 나오고 있었다. 샤워기에서 물 떨어지는 소리가 귓전을 때렸다. 해인은 미친놈처럼 키득대고 웃기 시작했다. 그동안 쥐뿔도 가진 거 없어도 떳떳하고 당당하게 살아왔다. 해인은 샤워기의 줄로 목을 한 바퀴 감았다. '정신이 있을 때 목을 매야지' 겨우 욕조에 선 해인은 멈칫멈칫했다. 자아, 이제 하나 둘 셋 뛰어내리기만 하면 되었다.

단지 소원이 있다면 다시 소박한 일상으로 돌아가고 싶었다. 더 이상 물러설 곳이 없었다. 몸을 조금 낮춰 보았다. 울음 섞인 목소리로 '여기까지야' 하고 말했다. 숨이 멎을 것 같았다. 다발성 골절된 밤을 보냈던 날들이 스쳐 지나갔다. 도연은 될 수 있으면 해인을 혼자 있게 두지 않았다.

자살할 때, 손목을 세로로 그으면 안 되고 가로로 그어야 실패하지 않는다고 했다. 면도칼로 손목을 긋고 목을 조르면 더 좋다고 했던가. 가슴이 아팠던 건 어제 오늘의 일이 아니었다. 진작 폐기 처분 했어야 할 몸이었다. 병원 건물 십 층쯤에 올라가 뛰어 내리는 게 가장 간단하다고 옆의 환자들이 주절거리는 걸 들었다.

그때였다. 도연이 욕실 문을 발로 차 잠금장치를 부수는 소리가 들려왔다. 해인은 바닥에 떨어져 벽에 비스듬히 몸이 걸린 채 널브러졌다. 바동거리는 해인의 몸을 도연이 바로잡아 앉혔다. 면도칼로 손목을 그었으나 어디가 동맥이고 어디가 정맥인지 해인은 알 수 없었다. 해인의 목에서 샤워기 줄도 걷어 냈다. 의사와 간호사들이 달려왔다. 몸이 부들부들 떨렸다. 물리 치료실에서 돌아온 환자 하나가 의사와 간호사들이 대기하는 스테이션에 연락해 화장실에서 우는 소리가 들린다고 뛰어갔다는 것이다.

"스님, 지금 뭐하는 짓입니까?"

도연이 소리쳤다. 그날 지혜를 덮치던 날 턱까지 차오르던 숨결처럼 해인은 헐떡거렸다. 처치실로 옮겨진 해인의 손목은 꿰매졌고 위세척을 했으며 안정제 주사를 맞았다. 몸에 기운이 하나도 없었다. 또다시 정신을 잃었던 것이다. 그 바람에 그동안의 어둠보다 더 칠흑 같은 어둠속으로 빠져들어 갔다.

세상 탓하고 엄마 아빠 탓하고 시스템 탓하고 문중 탓하고 스승 탓할 거 하나도 없었다. 못나고 바보 같았기 때문이었다.

"간병인 보살님. 제가 곁을 떠나지 말라고 했잖아요."

도연이 화가 나는지 간병인에게 소리쳤다.

"사람이 그렇게 쉽게 죽어져요? 손목에 상처만 내시고요. 수면제 그 정도로는 위장만 버릴 뿐이지 절대 못 죽습네다."

눈을 부릅뜬 간병인의 반발도 만만치 않았다.

아프고 병든 이를 돌보는 일이 결코 쉬운 일이 아니었다. 차라리 모르는 사이인 간병인들이 더 편할 수도 있었다.

"……."

도연이 못마땅하다는 듯 노려보고 있는 모양이었다. 간병인이 슬금슬금 자리를 피하는 눈치였다.

"안타깝네요. 듣는 것은 듣는 것이고, 듣지 못하는 것은 듣지 못하는 것이거늘. 그렇지만 지금 스님이 상락아정이라면 격외선으로 받아들일 게요."

머리가 지끈거리면서 어찔어찔 현기증이 일었다. 회복이 불가능했던 삶이었다. 그저 세상에 버림받은 채 허덕거리며 억눌림 속에서 살았을 뿐이다.

"……죽어서 끝날 거 같았으면 사람들 다 죽었어요."

여전히 도연이 궁시렁거렸다.

"그래, 너는 새꺄. 행복하냐?"

도연에게 물었지만 입 안에서만 말이 맴돌 뿐, 밖으로 새어 나오지 않았다.

지혜가 옆에 있었다면 분명 '병신, 육갑 꼴값 떠네.' 했을 것이다. 도연이 왜 그랬냐는 듯, 해인의 어깨를 툭 쳤다.

"애썼어요. 힘들었죠? 고생하셨어요. 그런데 센 척하시지만 왜 그리 여리세요? 제가 보듬어 드리고 안아 드릴게요. 제게 한 번 기대어 보세요. 그리고 제발 스님도 스님을 안아 주세요. 스님이 스님을 사랑해야 제가 스님을 사랑해 줄 수 있어요."

어디선가 지혜가 꽁냥거리는 것 같기도 했다.

지혜는 더 이상 찾아오지 말란 말에 '내가 없을 때도 잘 살았다 이거지? 그런데 오빠, 오빠만 아프냐? 나도 아프다고. 이거만 알아줘. 사랑하는 사람이 아픈 사람을 보는 건 아픈 사람보다 더 아픈 일이라는 거.' 하며 샐쭉했었다. 사는 것도 그렇지만 죽음도 마음대로 되지 않았다. 해인은 입맛을 다셨다. 난감한 노릇이었다. 소심함과 죽지도 못하는 무능력함이 싫었다. 처치실에서 다시 병실로 실려 왔다.

주치의가 인턴 레지던트 간호사들을 대동하고 회진을 왔다.

"순 이기적이시네요. 환자분을 살리려고 밤낮으로 노력했던 의료진, 남은 사람들 생각은 안 해 주시고요."

의사가 화가 나는 걸 참으며 목소리를 일그러뜨린 채 질타했다.

"재활, 다시 일어설 수 있어요. 걸으실 수 있다고요. 눈도 뜨실 수 있고요."

"……."

"진통제와 진정제, 수면제 처방했어요. 빨리 털고 일어나세요."

주치의는 못마땅하다는 양 야박한 소리를 해 대더니 옆 베드의 환자에게로 옮겨갔다. 목과 다리 타박상은 아무것도 아니라는 거였다.

아프고 병든 게 서럽기만 했다. 목을 맸는데 왜 아랫배가 당기는지 자꾸 눈에 헛게 보였다. 섬망 증세라고 했다. 눈에 헛것들이 춤을 추었다. '처처시불處處是佛이오 사사불공事事佛供이라. 사사천 물물천事事天 物物天이고 사인여천事人如天이라. 수좌가 있는 곳이 바로 법당이고 도량이라고' 했거늘 정신이 흐리멍덩해지고 오락가락했다.

자살 해프닝이 끝나고 각막 이식 수술이 예정되었던 날보다 일주일 연기되었다는 통보를 받았다. 그날 도연은 수술비 때문에 병원 측 직원에게 직접 삼자 대면 상담을 요청했다.

"스님 같은 경우는 수술비 걱정을 하지 않으셔도 됩니다. 각막 이식 수술 비용은 오백만 원 정도일 겁니다. 그러나 자살 미수에 대한 치료비는 보험이 되지 않아 화장실 문고리 수리비 포함 자기 분담금으로 지불하셔야 할 것입니다."

'각막 이식 수술비는 보험 처리가 될 것입니다'라고 하며 원무과 직원이 환하게 웃으며 대답했다.

"……네?!"

순간 해인은 뒤통수를 얻어맞은 듯한 충격을 느꼈다. 들뜬 목소리로 해인은 '뭐야' 하고 목소리를 높이다 고개를 절레절레 내흔들었다. 이내 '제기랄' 하는 욕설이 저절로 나왔다. 그동안 1억에 가깝다는 수술비 때문에 머릿속이 얼마나 복잡했던가.

보험회사 직원과 원무과 직원은 '다 돈 때문에 그러셨군요' 하며 안타까워했다. 미혹의 삶을 반복하는 것도 괴롭고 미혹의 삶을 끊는 것도 결코 쉽지 않았다. 해인은 입맛을 쩝 다셨다. 손까지 부들부들 떨렸다. 보험회사 직원의 말을 들은 해인은 온몸의 힘이 싹 다 빠져나가는 거 같았다. '그것도 모르고 제기랄' 해인은 탄식했다.

"개인 부담 비용만 책임지시면 됩니다. 그것도 없으시다면 나중에 저희 보험사와 합의하실 때 정산하기로 하셔도 되고요."

해인은 쇠망치로 뒤통수를 한 방 얻어맞은 것 같았다. 그제야, '병원비 얼마 안 되던데?' 하던 지혜의 말을 떠올렸다. 해인은 지혜가 1억에 가까운 수술비를 내준 걸로 착각하고 있었던 것이다.

왼쪽 눈은 외상 후 각막 흉터 내피 손상으로 담당 안과의는 수술 경험이 많다고 했다. 반면에 오른쪽 눈은 각막의 부분층 앞부분 심부 표층 이식 수술이라며 그리 어려운 수술이 아니니 안심하라고 했다.

병원 측 관계자는 가해 차량이 특약 보험을 들어 놓아 보험 회사에서 전액 부담하게 되어 있다고 했다. 한동안 사기당한 기분에 휩싸인 해인은 맥이 탁 풀렸다.

"그것도 모르고."

해인은 속이 쓰라렸다. 창문 밖으로 비는 그치고 뜨거운 햇살이 쏟아져 내렸다. 머릿속은 혼잡하고 어수선하기만 했다. 보험회사 직원은 가해 차량이 특약을 들어 중상해자 보험까지 가입되어 있어 2차 진료에 있어 돈 걱정은 하지 말고 치료에 전념하라고 했다. 보험 회사는 의료진의 처치 결정에 따라 수술비며 병원비를 책임질 테니 안심하라고 했다.

몸의 눈이 멀고 마음의 눈까지 멀었던 것이다. 심안心眼, 불안佛眼은 꿈도 꾸지 못할 일이었다. 눈과 입, 콧속에서 구더기들이 쏟아져 나오는 거 같았다. '넌 살아 있는 시체야.' 구더기들은 눈꺼풀에서 가슴으로 사타구니로 꾸물꾸물 마구 기어다니고 있었다. 몸을 꿈틀꿈틀거렸다.

"그런데 자살하려고 기도해서서 처치한 비용은 보험 수가에 포함되지 않는다는 걸 아셔야 합니다."

보험회사 직원은 '스님이시라며, 자살이라니요? 그러시면 안 되죠' 하며 속을 끓이고 있던 해인의 등을 쳐 주고는 갔다. 순간, 해인은 입을 꾹 다물었다. '내가 혐오스럽다 못해 흉측하군.' 참담함에 입술을 질끈 깨물었다.

각막은 한 번 손상되면 다른 부위와는 달리 내피 세포라는 게 재생되지 않는다고 했다.

낮에도 깜깜했고 밤에도 깜깜했다. 파리, 모기 새끼들은 시도 때도 없이 일진광풍을 휘몰아치며 윙윙거렸다. 끝없이 펼쳐진 깜깜함들. 깜깜함 속에 손을 이리저리 내저어 보지만 속수무책이었다. 깜깜나라의 손오공이 된 기분이었다. 검은 구름의 파도에 앉은 기분이 되었다. 검은 밤바다, 검은 하늘을 나는데 추억 속의 노스님은 삼장 법사, 도연은 저팔계, 지혜는 사오정. 밤하늘 번뇌의 파도들, 오뇌의 불길 속에서 자멸하는 밤. '손오공아, 저 수백 마리 모기와 수백 마리 파리 새끼들 좀 쫓아다오.' 하며 해인은 길게 한숨을 내쉬며 허탈한 가슴을 쓸어내렸다.

"스님이시라면 다시 시작할 수 있어요."

도연의 말에 해인은 목구멍이 콱 막혔다. '고통이 스님을 붙잡고 있는 게 아니라 스님이 고통을 붙잡고 있는 거라고요' 하는 도연의 말에 '세월만 가라, 그래. 했는데 참으로 개같은 날들이군' 하며 픽 쓴웃음을 삼켰다.

"김산님은 참 행운아이십니다. 다른 사람들은 5년, 6년, 10년 기다려도 차례가 오지 않는 경우가 많다는데."

다행이라는 듯 옆 베드 환자가 말했다.

"네……?"

"다행히 공여자가 지정 공여를 하셨기 때문에 국립 장기 이식 센터에서 이 시술을 승인해 준 겁니다."

안과 의사는 희망을 갖게 되었다고 말했다. 순간 해인은 '재 속의 불씨를 감추었다 불이 필요한 중생들이 있으면 나누어 주어라……'던 노스님의 말을 떠올렸다. 불씨를 나누어 주어야 할 사람이 불씨를 받는 꼴이 되었다.

'아, 나의 불성佛性은 어디로 사라졌는가' 해인은 생의 가혹함에 진저리를 쳤다. 의도적이었고 직접적이었던 스스로 자초했던 죽음이었다. 삶의 개시자도 나였고 죽음의 개시자도 나였다. 무일물중 무진장無一物中 無盡藏이라고 뼈아픈 6월이었다. 어느덧 6월이 가고 7월이 오고 있었다. 여전히 묵默속에 있는 날들이었다. 무시선 무처선無時禪 無處禪, 묵선默禪이라 했지만 신음만 내쏟고 있을 뿐이었다.

자살 기도 이후 의료진들이 전보다 해인에게 더 섬세하게 대하려는 게 귀에 들렸다. 재활 병원에 입원하는 것도 쉽지 않은 일이고 또 각막 이식 수술 날짜가 잡힌 것도 초스피드라는 뉘앙스였다. 분질러졌던 몸, 꺾였던 다리를 움씰거렸다. 습관처럼 긴 숨을 내쉬던 해인은 입에서 역한 냄새가 나는 걸 느끼고 코를 실룩거렸다.

"시술 후 퇴원하셔도 2개월 간격으로 1년 동안 본원으로 통원 치료를 해야 하십니다. 각막은 상처 회복이 느린 편이에요. 그래서 상태를 보아 가며 단계적으로 봉합사, 그러니까 기증된 각막, 이식된 각막을 눈에 고정시킨 후 수술용 실을 제거해 나가야 하는 거죠. 수술 후 한 달 간은 절대 심한 운동이나 육체 노동을 하시면 안 됩니다. 다행히 이제 2주 지났으니 김산님은 6주 동안 여기서 치료받을 수 있네요. 수술 후 발생할 수 있는 합병증, 그러니까 부위의 감염이라든지 각막 혼탁이 발생할 수도 있고 난시 또 거부 반응들이 일어날 수 있는데 그걸 체킹해야 하는 겁니다."

"성공률은……?"

해인은 몸을 움츠렸다. 견뎌내야 할 그 가당찮은 욕망의 힘줄들이 투둑투둑 돋아나고 있었다.

"성공률이요?"

살아 있는 것처럼 살고 싶었다.

"이식을 했다고 해서 백 프로 다 눈을 뜨는 건 아닙니다. 대개 1년 동안 생착되는 퍼센트는 80에서 90입니다. 5년 동안의 성공률은 60에서 70프로 정도이고요. 그렇게 환자에 따라 이식 후 10년 후에나 시력을 회복해 눈을 뜨는 경우도 있습니다."

"……."

"제가 앞으로도 환자분, 환자분 해도 이해하셔야 합니다. 그러나 다시 개인적인 자리에서 만나 뵙게 되면 예우를 해드리겠습니다만."

"다만 저희가 수술할 때, 꼭 다시 수행하실 수 있게끔 집중해서 최선을 다할 걸 약속드립니다. 물론 스님한테만 잘하려는 게 아니고 모든 환자들에게도 마찬가지지만요."

주치의에게 수술에 대한 설명을 듣는 동안 해인은 '잘 부탁드립니다.'라고 했지만 마음이 졸아들었다.

안구 이식 수술이라고 해서 해인은 눈알 전체를 다 바꾸는 건 줄 알았다. 그러나 아니었다. 눈 전체를 바꾸는 게 아니라 각막의 전층, 혹은 표층만 이식하는 것이었다.

"각막은 눈의 유리창 같은 거예요. 우리가 흔히 눈에 보면 동자라 해서 까맣게 보이는 부분 있죠. 그 부분을 각막이라 합니다. 그런데 김산님 왼쪽 눈은 줄기세포가 있는 윤부까지 수술을 해야 해요. 망막이라고 하죠. 현재 의학 수준으로는 망막 이식 수술은 불가능해요."

"선방 스님 출신이시라지요? 수술이 잘돼 다시 수행의 장으로 돌아가실 수 있게끔 제가 경과 관찰을 잘 해보겠습니다. 물론 스님의 운명이지만 제가 할 수 있는 조치와 처치를 다할 요량입니다. 최선을 다할 것입니다. 저희 어머님이 불자십니다. 저도 불자라지만 초파일날도 절에 못 가거나 안 가는 날라리 불자입니다. 저희 어머님도 스님의 쾌유를 기도하시겠답니다. 저희 어머님이 대원사 불자이십니다."

"……."

지운 사숙 스님이 회주로 머물던 절이었다.

포기였다. 환속이었다. 이미 불계의 죄를 범했다. 이제 승도 속도 아니었다. 무슨 기술을 배울까. 용접을 배울 수도, 집짓는 목수가 될 수도, 의사가 될 수도 없었다. 안마사는 될 수 있다고 했다. 그래도 잘했다. 아파하지만 말자. '그저 비승비속의 자연인으로 산속으로만 들어가면 된다. 그럼 행복진 않더라도 더 이상 불행진 않을 테니.' 하며 해인은 중얼거렸다.

"스님, 수술 후 스님 가시는 곳에 저도 따라가면 안 될까요?"

"지옥으로 가는데."

"지옥도 극락도 다 꿈이 아닌지요?"

"지랄."

해인의 말에 도연이 하얗게 웃었다.

"너는 너대로 나는 나대로."

해인의 말에 도연이 말없이 고개를 끄덕였다. 마음의 결정은 단호했다.

적멸의 길. 위급한 날들이었다. 각막 이식 수술이 마지막 수술이었다. 이 모든 것이 빨리 끝났으면 싶었다. 이동식 침대의 바퀴가 파열음을 내며 해인의 전생을 흔들어 대고 있었다.

"관세음보살."

흔들리며 수술실로 실려 가며 부처님의 명호를 주워 삼켰다. 수술실 앞에서 극도의 긴장감이 밀어닥쳐 왔다. 길고 긴 병원에서의 날들. 왜 그리도 아찔했던지. 아무리 용을 써 봐도 달라진 건 아무것도 없었다. 천 길

낭떠러지에 서 있는 것처럼 가슴이 두근거렸다. 처음에 정신 들고부터 시시때때로 찾아오던 통증도 덜했다.

"수술은 성공적이래요."

수술 대기실에서 나오자 '스님, 눈 뜨면 최고 보고 싶은 게 나죠?' 하는 소리가 들렸다. 지혜 목소리였다. 지혜가 선 채로 합장하는 모양이었다. 지혜가 해인의 손을 잡았다.

수술 대기실 앞에서 지혜가 슬그머니 해인의 손을 잡았다. 해인의 손을 소중하게 어루만지는 지혜에게 미안했다. 발가벗은 기분을 넘어 죄책감까지 들었다. '네가 왔으면 좋겠다. 더 이상 외롭지 않기 위해서' 했지만 정작 옆에 있게 되자 다정스럽게 대해 주지 못했다.

"스님, 점안點眼, 개안식開眼式은 언제 하죠?"

도연까지 난리를 피웠다. 얼마나 고대하던 수술이었던가.

'개코나 점안은. 돌덩어리 땡땡이, 머릿속엔 똥덩어리뿐인 땡중이거늘.' 진리의 눈, 지혜의 눈, 부처의 눈을 뜨고 싶었다. 천수천안, 살아있는 눈으로 자비와 사랑, 무루공덕을 쌓고 싶었다. 도연의 말에 해인이 가쁜 숨을 내쉬며 눈을 꿈적거렸다.

순간, 해인은 신음을 터뜨렸다. 가슴이 미어지는 거 같았다. 도연이 '이제 병실로 들어가서도 된답니다.'라고 말했다. 실망한 지혜도 '병실까지만 모셔다 드리고 갈게요'라고 말하는 바람에 해인은 가슴이 먹먹해졌다.

해인은 코를 벌름거리다 한숨을 푸우 날렸다. 지혜가 반갑기만 했다.

"많이 아파?"

"아플 만해. 성진 사형 스님은?"

"강제 입원시켰답니다."

지혜 대신 도연이 대답했다.

"다 환幻이고 미망迷妄인 것을."

혼자라는 거, 앞을 보지 못한 다는 거, 외롭다는 거. 참으로 꿈에서 깨어나야 한다는 게 꿈만 같았다. 야차夜叉 같은 얼굴을 한 해인은 이동식 바퀴 침대에 실려 가며 입버릇처럼 혼잣말을 했다.

2

홀로 피는 연꽃이 아니라
연꽃을 피우는 진흙이고자

2

홀로 피는 연꽃이 아니라
연꽃을 피우는 진흙이고자

무불암으로 오르는 길은 오솔길이었다. 무불산無佛山. 부처가 없다는
산. 무불산은 암산巖山, 바위로 뒤덮인 산이었다.

"너희들이 여긴 무슨 일이야?"

"스님이 부처가 부처 대접을 받는 건 부처 노릇을 했기 때문이라고 하
셨잖아요. 그래서 우린 중생으로 중생 대접 받으려고요."

해인의 말에 삼촌이 지혜를 보더니 '맹랑한 것들' 하며 웃어 주었다.

사시사철 물이 흐르는 계곡을 두고 적어도 오백 년은 더 먹었을 느티
나무가 그 위용을 자랑하고 있었다. 마당 한가운데 귀퉁이가 깨진 삼층
석탑은 천년의 운치를 느끼게 해 주었다. 그 뒤로 볼품없는 초막이 하나
덜렁 앉아 있을 뿐이었다. 삼촌의 움막은 산에서 베어 온 나무를 기둥으
로 했는데 예불을 올리는지 손바닥만 한 부처님을 법당, 그리고 그 왼쪽
으로 움막과 같은 방이 전부였다.

"삼촌 보고 싶어 올라왔어요."

"아이고, 일면불一面佛, 월면불月面佛 같은 우리 부처님 새끼들."

황토 흙을 밟아 손으로 흙벽돌을 찍던 삼촌 스님이 두 아이들의 등장에 어이없어하며 해인과 지혜를 빤히 쳐다보았다. 오뚝한 콧날, 이목구비가 뚜렷했던 지혜가 '와, 멋지네' 하며 처음으로 무불암을 오르던 날 눈을 반짝였다. 지혜의 손목에는 밤색 단주가 끼워져 있었다. 공양주 보살님이 주었다고 했다. 해인이 중학교 2학년이었고 지혜는 초등학교 5학년이었다.

"방에 구들장 놓으셨다면서요?"

"그랬지."

"방은 뜨셔요?"

"아문, 따뜻하고 말고. 그래. 우리 부처님들 내게 김장을 해 주려고 올라왔다고?"

"네. 자비행 보살님이 내일 퇴원한다고 해서 지혜가 내일 산을 내려간답니다. 그간 스님께 감사했다고……. 이별 선물로."

초겨울 나뭇잎들이 바람에 떨어져 뒹굴었다. 햇빛 속에 선 채 해인이 숨을 몰아쉬며 말했다. 지혜는 머릿결을 찰랑거리며 먼저 올라가다 해인이 올라오기를 기다렸다. 또 다시 먼저 올라가 무불암에서 기다리던 지혜가 싱글거렸다.

"사슴과 물고기들이 엎드리고 뛰어 노는구나. ……그래, 그럼 나도 너희들 덕분에 올해는 김장이라는 걸 다 해보네."

물끄러미 쳐다보던 삼촌의 칭찬에 지혜의 볼이 발그레해졌다.

사하촌 이장님 댁에서 김장을 하고 남은 배추밭의 배추를 마음대로 뜯어 가라 했다. 토실토실한 배추가 서른 포기가 넘었다. 갓하고 파, 무도 필요하지? 물어서 예, 하고 대답하니 갓하고 파, 무도 어른 머리통만 한 걸 열다섯 개나 뽑아 주었다. 해인은 지게를 빌렸고 지게에 질 수 있을 만큼의 배추를 지게에 실었다. 그 사이 이것저것 살피던 지혜가 물었다.

"오빠, 돈 좀 있어?"

슈퍼로 가서 소금과 액젓 그리고 고춧가루, 부추며 마늘을 샀다. 지게에 배추를 너무 많이 올려놓았나 보았다. 지혜의 양손에도 큰 비닐봉투가 들려 있었다. 산을 오르며 몇 번이나 쉬었는지 몰랐다. 정작 삼촌, 지효 스님이 거처하는 토굴에 다다랐을 땐 너무 많이 실은 배추 때문에 온몸이 땀투성이가 되었다.

"여기 이렇게 산속에서 혼자 무슨 재미로 살아요?"

"재미없는 재미로 살지."

개울가로 다가온 삼촌을 보고 지혜가 물었다. 물결을 일으키며 흘러가는 시냇물에 햇살이 아롱거리다 반사되어 지혜의 예쁜 얼굴에 사물거렸다. 순간 해인은 '개울물과 느티나무 그리고 지혜'라고 생각하며 카메라가 있다면 이 모습을 사진 찍어 주면 좋을 텐데 하는 마음이 들었다. 소금으로 배추를 절이는 모습을 보고 고개를 끄덕이던 삼촌의 '살아있는 것들은 어떻게든 다 살아.' 하는 말에 해인과 지혜가 입가에 미소를 지었다.

처음에는 홍 하고 코웃음을 치고 웃었는데. 해인을 두고 하는 말 같아 찔렸다.

5학년밖에 되지 않은 지혜는 개울물 한쪽에 물이 들어오지 못하도록 돌과 모래로 막았다. 삼촌에게 항아리가 없다고 하자 그럴 줄 알고 커다란 김장용 비닐봉투를 석 장이나 사 왔다고 했다. 소금을 뿌린 배추를 차곡차곡 퍼지 않은 비닐봉투 위에 쟁여 놓았다. 산에서 흘러내려 오는 개울물에는 송사리 피라미들이 놀고 있었다. 돌멩이를 들추면 가재도 숨어 있을 것이다. 배추가 반나절은 절여져야 씻어서 속을 넣을 수 있다고 하자, 삼촌 스님은 토굴 뒤의 똘배나무에서 똘배를 따 먹으라고 했다.

"요 뒤로 삼백 미터만 올라가면 완전 똘배밭이더라."

"……네?"

지혜가 눈을 크게 떴다. 똘배나무에는 돌배들이 주렁주렁 열려 있었다.

"오빠, 똘배 많이 따."

"……왜?"

"왜는 일본 놈들을 왜놈이라 하지."

지혜가 작은 새처럼 말했다.

"먹을 만큼만 따지."

"아냐, 이따 김장 속 만들 때 썰어 넣으면 김치가 맛있어."

지혜가 만족스러워하며 말했다. 신이 난 두 아이는 똘배나무의 돌배들을 양동이로 하나 가득 땄다.

"칼 어디 있어요?"

"큰 칼은 없는데."

삼촌이 과도를 내밀었다.

과도를 받은 지혜는 칼로 똘배들을 물에 씻은 후 껍질 채 채로 썰었다. 가져간 찹쌀로 삼촌에게 죽을 쑤어 달라기도 했다. 공양주 보살님께 찹쌀을 내달라 했을 때 '가지가지 하네'라고 한바탕 소리를 들을 줄 알았다. 그런데 의외로 선뜻 내주어 기분이 좋았다. 겉으로는 무뚝뚝하지만 속으로는 공양주 보살님이 삼촌에게 제법 신경 쓰고 있다는 걸 해인은 알 수 있었다. 절 창고에서 커다란 투명 비닐을 잘라간 곳에 갓과 마늘, 고춧가루와 죽을 섞어 양념을 버무렸다. 그때, 라면을 끓여 같이 먹은 겉절이 김치 맛은 정말 기가 막혔다.

"해인아."

"네?"

"너 어제 지혜랑 지효 스님한테 올라갔었다며?"

"예, 스님."

노스님이 산책을 하면서 물었다.

"지혜가 좋아?"

"네, 스님."

"얼만큼 좋으냐?"

"하늘만큼 땅만큼이요. 지혜는 뭘 해도 똑 부러지게 잘해요. 손끝이 보통 야문 게 아니에요."

홍당무가 되어 우물쭈물하다 겨우 말했다. 공부만 잘하는 게 아니라 가끔 지혜의 방에 가보면 어느 구석을 보아도 깨끗이 잘 꾸며져 있었다.

"그럼 나중에 지혜랑 결혼할 거냐?"

노스님이 놀리듯 물었다.

"아니요, ……전 의사 스님이 될 거에요."

쩔쩔 매던 해인이 한동안 침묵했다. 그러나 그 목소리는 가늘게 떨렸다.

"왜?"

"돈 없는 사람들, 아픈 사람들 병 고쳐주려구요."

"선재 선재로고."

해인이 달망대자 노스님은 입을 삐죽하시더니 재밌다는 듯 '고뢔?' 하며 고개를 끄덕였다. 해인은 입을 삐죽이 내미시는 노스님의 그 모습이 재미있어 웃음이 났다.

"저도 스승님처럼 도道를 깨우치고 싶어요. 많은 사람들에게 존경도 받고요."

"아이고 이놈아, 도가 어디 있느냐? 밥하고 빨래하고 예불하고 참선하고 경전 읽는 것이 다 도道지."

노스님이 해인에게 쏴붙였다.

"그렇게 우리가 경계를 만들었다 허물고 다시 맞닥뜨리고 뛰어넘으며 사는 게 도인 거야."

"……."

"그래, 지혜가 김치 담글 줄은 알더나?"

"네……. 맛이 기가 막히더라니까요."

"나중에 너 지혜한테 장가갈 거냐?"

스님이 눈을 찡긋하다 재촉하듯 흐뭇하게 웃으며 물었다.

"히이……. 그건, 왜 물으세요?"

해인의 대답이 곱게 나갈 리 없었다. 쌔근쌔근 숨소리를 내뿜던 해인이 불에 번쩍 데인 듯 얼굴이 빨개졌다.

노스님은 밤이 되어도 자리에 눕지 않았다. 가부좌를 틀고 밤을 지새웠다. 장자불와. 노사가 머무는 무설당은 해인의 방의 네 배는 되었다. 공부를 하려면 노사의 방으로 건너갔다. 노스님은 가부좌를 틀고 앉아 있었고 해인은 등을 벽에 기대고 앉은뱅이 책상에 앉아 공부를 했다.

그러다 깜빡 잠들면 꿈속에서 엄마를 만났다. 속가, 자비행 보살인 지혜의 엄마가 퇴원한 집으로 내려간 지혜도 보았고 아버지도 만났다. 그렇게 밤에 자다가 깨면 꽝이었다. 엄마 생각으로 가슴이 울컥 치밀곤 했다. 노스님은 그때까지도 앉아서 참선을 하곤 했다.

망망한 바다 한가운데를 둥둥 떠다니는 꿈을 꾸기도 했다. 물결 소리가 높았다 낮았다 했다. 파도치는 소리에 잠을 깬 해인은 종소리를 들었다. 성운 스님이 쇠북종 치는 소리였다. 해인은 자신도 모르게 신음을 터트렸다. 좌복 위에 그냥 쓰러진 채 잠이 들었나 보았다. 수마睡魔가 언제 해인을 덮어 눌렀는지 깨어 보면 노스님의 베개를 베고 있었고 노스님의 이불을 덮고 있었다. 이윽고 성운 스님이 도량석 치는 소리가 점점 더 가까이 오면 눈을 부스스 뜨고 일어났다. 여전히 옆에 가부좌를 틀고 앉은 노스님이 그제야 '예불 준비 해야지' 하며 내려다보았다.

"무슨 과 가려고?"

"삼촌, 의대 가는 게 나아요, 불교학과 가는 게 나아요? 담탱이는 지방대라면 의예과에 합격할 수 있다고 했는데."

삼촌, 지효 스님이 벙글벙글 웃으며 해인을 빤히 올려다보았다

"의사는 병을 고치는 거고 스님은 마음을 고치는 거잖아."

"……네. 의사 스님이 되고 싶어요. 돈 없는 사람들 치료해 주는."

해인이 어깨를 우쭐거리며 호기롭게 말했다. 막걸리 한 통을 삼촌에게 내밀었던 것이다.

"너도 이리 와서 앉아 봐라. 내가 너의 인생을 사는 게 아니거든. 결정은 네놈이 해야지."

"……."

그때 지혜가 남은 배추들로 겉절이 만든 김치를 접시에 내밀었다.

"수육은 읎냐?"

삼촌의 우스개에 지혜와 해인 두 사람은 거의 동시에 서로의 눈을 바라보고 어이없다는 양 웃었다. 순간 삼촌이 해인의 어깨에다 손을 얹으며 말했다. 절에 들어오고 처음 있는 일이었다.

"그런데 난 의사보다는 스님이 되었으면 하는 생각이 더 많다."

해인은 평상시 그렇게 냉정하다 살가운 척 미소를 띠는 지효 삼촌의 눈을 빤히 보았다. 해인은 고개를 갸웃했다. '내가 널 보면 깜짝깜짝 놀란다. 나한테 물어보긴 했지만 자기 마음대로 결정을 내리던. 너는 커가면서 어째 니 아버지랑 꼭 닮아가노? 목소리도 그렇고 걸음걸이까지'라는 삼촌의 말에 잠깐 동안 가슴이 울렁거려 말없는 침묵이 흘렀다. 어둠 속 하늘에는 별빛들이 총총했다.

그러나 해인은 서둘러 관음사로 돌아와야 했다. 노스님이 아프시다는 거였다. 그렇듯 절집에서의 생활은 아슬아슬하기만 했다. 그저 조바심만 낸 세월이었다.

"쳐죽일 놈의 새끼. 입학금, 등록금인 줄 뻔히 아는 놈이."

"……."

노스님의 다비식이 끝나자 성운 스님이 해인의 방에 들어와 해인의 통장과 도장은 물론 노스님이 주었던 통장과 도장, 그리고 노스님의 방에 걸려 있던 추사 김정희의 난 그림까지 들고 달아나 버린 것이었다. 기실 그 돈으로 해인은 대학을 포기하고 수술을 할 요량이었다.

백지장 같은 얼굴을 한 채 오만상을 찡그리던 해인의 입에선 욕설이 저절로 새어 나왔다. 중들이라면 정나미가 딱 떨어졌다.

결국 노스님이 돌아가셨다. 사중에서 가장 슬퍼한 건 해인이었다. 성진 스님까지 자비행 보살의 자살 미수 사건으로 주지 자리를 내놓고 서울로 가자 관음사는 사숙 지운 스님의 상좌인 성관 스님이 주지 임명장을 받아들고 와 차지해 버렸다. 해인은 무불산 위 토굴에 있는 삼촌 지효 스님을 찾아갈 수밖에 없었다.

"괴롭냐?"

"예. 많이 속상했어요……."

해인은 어깨를 움츠렸다. 그리고 조금 뜸을 들인 다음 솔직히 대답했다.

"심성만 착하믄 뭐하노. 그렇게 약해 빠져가 어디 부처가 되겠나?"

오로지 목숨 하나 부지하고 외로움과 설움을 이겨 낼 수 있었던 건 그래도 적지 않은 큰돈이 있었기 때문이기도 했다.

심술궂게 묻는 삼촌 지효 스님의 물음에 해인은 가늘게 떨며 대답했다.

"여기는 돈이 되지 않는 암자이니 쟤네들에게 와서 살라 해도 당분간은 아무도 안 올 것이다. 여기 와서 주지나 하지?"

삼촌의 말에 해인은 '미쳤어요?' 하며 침을 꼴깍 삼켰다. 삼촌은 낙망하는 해인의 모습에 몹시 실망한 낯빛이었다. 얼마나 가슴이 쿵쾅거렸던가. 삼촌으로 인해 속이 더 뜨거워졌다.

"돈을 잃은 건 아무것도 아니다. 이제 의대는 물건너갔으니 선방으로 가거라. 네가 여기서 나랑 불사를 해도 괜찮겠지만 그러기엔 네놈이 아깝구나. 정 대학에 가고 싶으면 승가대나 동대로 가든지."

"승가대는 정식 대학으로 인가도 나지 않았잖아……."

"우거지상 하지 마. 이놈아. 인생이 왜 고해인가 하면 우리가 산다는 게 괴로움의 바다요, 불붙은 집 속에 노는 너랑 다름없기 때문이야."

삼촌이 궁시렁거렸다. 머리가 아파 왔다. 머릿속의 종괴들은 벌레들처럼 곰실곰실 뇌속을 파고드는 것 같았다.

쓸쓸해지면 해인은 거북 바위에 올라가 벼랑으로 다리를 내려뜨리고 앉았다. 위험했지만 높이가 7m~8m정도였다. 떨어져도 그저 한 군데 부러질 뿐 죽을 높이는 아니었다. 그래도 해인은 이승과 저승의 경계에 앉은 듯 아슬아슬한 게 좋았다.

"간수 잘 못한 네놈의 잘못이지. 무명을 밝혀라. 다 부질없는 것. 찰나가 다 다 무명일 뿐이다. 해인아, 자아. 이리 와서 열반주나 한잔 해라. 성운이 그놈이 네놈 공부시키느라 그랬나 보다."

뜻밖에도 삼촌은 성운 스님 편을 들었다.

"부족함이 없는 것이 잘 사는 것이요, 구할 것이 없는 것이 잘 사는 것이요, 원망이 없는 것이 잘 사는 것이다. 성냄이 없는 것이 잘 사는 것이요, 미움과 질투가 없는 것이 잘 사는 것이다, 공포와 불안이 없는 것이 잘 사는 것이요, 해탈과 자유가 있는 것이 잘 사는 것이요, 늙지 않고 병들지 않고 죽지 않고 영원히 사는 것이 잘 사는 것이요, 마음에 흡족한 것이 잘 사는 것이다."

삼촌은 싱글싱글 웃으며 '야, 너도 이제 다 컸으니 곡차 한잔 해' 하며 막걸리 잔을 내밀었다. '싫어요' 하고 볼멘소리를 내뱉은 해인은 주먹을 쥐고 몸을 벌떡 일으켰다. 완연한 봄날이 되어 있었다. 산수유꽃이 노랗게 피었고 산등성에는 진달래꽃이 곳곳을 붉게 물들이고 있었다. 흙벽돌로 지은 법당 앞의 목련나무에도 촛불 불빛에 비쳐진 하얀 목련꽃이 얼굴을 내밀고 있었다.

"꿈도 없고 생각도 없을 때 너는 무엇이더냐? 벙어리가 꿈을 꾸면 누구랑 이야기할 것인가? 어떻게 하면 이 윤회의 업보에서 벗어날 수 있을까."

해인은 노스님에게 받은 화두를 중얼거렸다. 하늘은 높고 푸른 별들로 가득 찼으며 별빛이 쏟아져 내리고 있었다. 노스님의 말씀을 되새기며 가슴을 태우는데 삼촌이 막걸리잔에 술을 채우며 또다시 지청구를 놓았다.

"이놈아, 수행이 별건 줄 알았더냐? 사는 게 수행이라고."

'왜 이리 나는 바보 같을까' 해인은 누구에랄 것도 없는 말을 중얼거렸다. 이미 눈빛이 확 돌아가 있었다.

"선방으로 들어가거라. 화두를 타고 앉았다가 이 산, 저 산으로 무명, 고해의 물결을 타고 흔들려 보기도 하고. 바랑 하나 메고 만행도 좀 다니고."

귀밑이 확 달아올랐다. 그동안 숨이 막힐 것 같은 상실감. 긴장과 불안감으로 몸부림치고 울다 몸부림치고 웃다 허공에 헛주먹질을 해 대기도 했다. 사흘이 되어서야 해뜩해뜩하던 정신을 차리고 일어나 앉은 해인에게 '이래도 한세상, 저래도 한평생'이라며 삼촌 지효 스님은 그저 실실 웃음만 흘릴 뿐이었다.

"일체중생이 깨달음으로 이루어지이다, 해야지. 그래, 이놈아. 이제 어디서 마음을 찾겠느냐?"

"미안해요, 스님. 스님 어려운 거 뻔히 보면서도……. 차라리 불사를 하시는 스님께 다 드릴 걸 그랬어요."

"아이고, 이놈아. 그것도 다 업장이 되었을 거야."

삼촌이 똥 밟는 소리 하지 말라며 피식 웃었다.

"무슨 일이 일어나느냐가 아니라 일어난 일을 놓고 우리 중생들이 어떻게 반응하느냐다. 너는 그래도 부처님께 선택받은 놈이야. 더 불행한 사람들이 얼마나 많은데. 인마, 너 부처님께서 너한테 무소유를 가르쳐 주신 거야. 알겠어?"

해인은 '으음, 아, 내 인생. 왜 이리 개떡같을까?' 하는 신음 소리를 내뱉을 뿐이었다.

삼촌 지효 스님의 법당은 이제 제법 네 귀퉁이에 기둥을 세우고 굴피나무 껍질로 지붕을 덮어 운치가 있었다.

무불암 법당 앞 좌우로 불두화가 있었다. 관음사에서 그 묘목을 캐다 심었는지 불두화가 하얗게 꽃을 피우고 있었다. 해인은 물끄러미 그 하얀 꽃을 바라보았다. '지혜나 찾아가 볼까?' 생각할 때 검은등지빠귀가 홀딱 벗고 새는 해인의 약을 올리는지 '홀딱 벗고 홀딱 벗고' 하며 연신 해인을 놀리듯 처마에 매달린 풍경과 귀를 쪼아 대고 있었다.

"해인아."

"네?"

"그래, 너의 이름은 무엇이고 어디에서 왔는고?"

"이름도 없고 온 곳도 없는 어리석은 중생일 뿐입니다. 내자來者는 그

온 바 없고 거자去者 또한 그 갈 바 없지 않겠습니까?"

"그렇다. 가도 가도 본래의 그 자리요, 도착하고 도착해도 출발한 그 자리더라. 이 누리 아무것도 없는데 어느 곳에서 마음을 찾겠느냐. 가는 자는 가지 않는다. 가는 자가 아닌 것도 가지 않는다. 부처님은 말이다. 제일 높은 곳에서 우릴 지켜보고 있단다. 그래서 때는 때대로 가고 물은 물대로 흐르는 법이야."

"……."

"일단 서울 대원사에 올라가서 서울 물 좀 먹어 봐라. 가는 김에 가서 비구계도 받고."

"……."

처음에 절에 들어올 때 스님들이라면 사회 부적응자들, 사랑에 패배해 입산한 순 패배자, 조폭 깡패들인 줄로만 알았다. 그러나 존재와 세계 그 사이에서 숨 쉴 때마다, 한 생각이 일어나고 사라질 때마다 그 육근六根으로 분별, 차별을 경계라 이야기하며 나름 정진하고들 있었다.

그래도 여래서, 무불암, 관음사, 대원사는 풍경 소리로 덩그렁거리며 해인을 위로해 주었다. 선방으로 떠난 성호 스님의 말대로라면 관음사는 바람으로 먹고 사는 절이라고 했다. '무슨 바람?' 물으니 '봄에는 봄바람, 여름에는 시원한 바람, 가을에는 단풍 바람, 겨울에는 눈바람. 뭐니 뭐니 해도 부처님 바람'이라고 했다.

"마음을 챙겨라. 그리고 선정에 들어라. 그러면 한 마음자리를 얻게 되리라. 늘상 너의 어머니 아버지의 죽음에 기도하라. 정혜定慧, 마음을 한 곳에 머물게 하는 선정과 현상 및 본체를 관조하는 지혜를 닦아야지. 우리는 존재와 세계에 놓여 있다는 것을 알아야 해."

겨우 기도를 하며 슬픔에서 빠져나와 안정을 찾아 가고 있을 쯤이었다.

해인은 머리를 득득 긁었다. 치명적이었다. 그 돈 가운데는 엄마와 아버지가 남긴 돈도 들어 있었다. 아버지가 거세하고 받았던 돈, 양명원에서 삼 년간 엄마가 악착같이 달걀을 거두어 내다 판 돈도 들어 있었다.

"아, 그거 참. 해도 해도 너무하네."

성운 스님으로 인해 영혼까지 탈탈 털리게 된 셈이었다. 돈이 있어도 엄마 아버지 생각에 무엇을 살 수 없었다. 삼촌 지효 스님이 '먹는 거, 책 사서 공부하는 건 아끼지 마'라고 해도 도저히 그 피 묻은 돈들에는 손을 댈 수 없었다.

그랬던 성운 스님이 소나무에 목을 매고 자살했다는 소식을 들은 건 선방에 들어 앉아 있을 때였다. 같이 살던 순임이 이모가 막걸리에 제초제를 넣고 죽는 걸 보며 제초제가 든 그 막걸리를 마시고 자살했다는 것이다. TV 뉴스에도 나왔다고 했다. 그 소식을 들은 해인은 피가 거꾸로 솟구치는 거 같았다. '바보같이'라는 탄식이 새어 나왔다. 애초부터 성운 스님한테 직지인심 견성성불直指人心 見性成佛, 구송염불 왕생성불口頌念佛 往生成佛이나 삼밀가지 즉신성불三密加持 卽身成佛 같은 건 바라지도 않았다.

"잘 사셨는가?"

"……."

선방에 앉아 있던 하루는 성진 스님이 찾아와 물었다.

웃음인지 울음인지 알 수 없는 신음을 내뱉던 해인은 미간을 찌푸릴 뿐 아무 대답을 하지 않았다.

"스님도, 똑바로 사세요."

"네놈이 고마운 줄을 모르지?"

성진 스님이 쓸쓸히 입맛을 다셨다. 어린 날 해인의 가슴에 얼마나 못을 박던 사람이던가.

성진 스님이 해인이 머무는 선방에 신도들 열 명을 데리고 대중공양을 온 것이다. 해인은 선방에 앉아 있어도 얻어먹기만 했다. 다른 스님네들은 은사 스님이며 사형이라고 찾아오고 사제라고 찾아와 온갖 과일이며 떡, 시주금을 내놓고 갔는데 그동안 해인에게는 자장면 한 그릇 대중공양하는 사람도 없었다.

"여기 있네."

"이게 뭐예요?"

"백만 원이네."

성진 스님은 오랜 세월이 지나도 변한 게 하나도 없었다. 억울하면 출세를 하고, 출세를 해서 큰소리쳐 보라던 성운 스님과 다를 바 하나도 없었다.

"……이렇게 대중공양해 주신 것만 해도 고맙습니다. 이건 도로 넣으시죠."

"은사도 죽고, 이제 끈 끊어진 중. 그리고 참."

해인은 한숨을 삼키며 큰 사형 성진 스님을 건네 봤다.

"깜빡 잊을 뻔했네. 등기 우편으로 이게 왔더군. 성운이가 관음사에서 나와 잠시 내 밑에 있었어. 보살과 함께."

누런 서류 봉투 하나를 성진 스님이 해인에게 툭 던졌다.

"이게 뭐예요?"

"토지 문서라네. 토지 등기부 등본. 그래도 성운이 놈한테 양심이란 게 남아 있었던 모양이야. 아마 절을 지으려고 했던 모양인데. 지목은 전으로 되어 있더군. 김산, 해인이 네 속명으로 된 땅문서다."

"네에, 땅문서요?"

"응, 너한테서 훔쳐간 돈으로 땅을 샀는데 그걸 자기 이름으로 하지 않고 네 이름으로 등기를 해 놓은 모양이야. 평당 삼만 오천 원 정도 하는 땅인가 봐. 천년 절터라고 들었다. 폐사지, 밭 천삼백 평이야. 자비행 보살한테 뜯어간 돈은 아마 생활비로 다 쓴 모양이더라고."

"내 이름으로 땅을 사 놓았다고요? 나, 난은요? 우리 스님 무설당 벽에 걸려 있던 추사 김정희의 불이선란요……."

"응, 그놈이 변호사를 사서 네 도장으로 위임장을 만들고 인감도 만든 모양이야. 그 봉투 안에 도장 하나 있더라. 네놈 인감인 모양이다. 그리고 그 그림 판 돈 가지고 불사를 하려 했던 모양이야."

"……."

"눈치를 보니 땅은 네 통장, 노스님이 남겨주신 통장의 돈으로 사고 그건 보살한테 숨겼던 모양이라. 처음엔 절터와 떨어진 읍내에 그림 판 돈으로 식당을 차려 장사가 잘된다 하더만. ……내가 한 번 가서 걸지게 잘 얻어먹었지. 성운이는 불사를 하려고 샀던 땅에서 농사를 지었고. 순임이한테 다른 남자가 생겼던 모양이라……."

성진 스님이 말끝을 흐렸다.

"……."

두 사람의 대화가 잠시 끊겼다.

"자아, 나는 또 먼 길. 신도들이랑 서울로 올라갈게."

선방 바로 위 무문관에 틀어 앉은 성호 큰 사형 스님은 성진 스님이 면회를 신청했지만 만나고 싶지 않다는 쪽지가 내려왔었다.

망치로 뒤통수를 한 방 얻어맞은 기분이 들었다. 얼마나 원망했던가. '병신, 죽기는 왜 죽어? 바보같이. 돈도 있겠다, 마누라도 있겠다, 토끼 같은 아이들이나 낳지.' 하고 얼마나 한탄했던가. 화합중和合僧이지 못했다. 보살승菩薩僧이지 못했다. 견성성불과 예토, 정토를 꿈꾸어 왔지만 업業에 끄달려 삼천 대천세계를 제대로 보지 못했다.

"그리고 참, 지혜가 안부 전하라 하더만."

"……."

괴로움에 계박된 것으로부터 자유를 얻고 자재한 이가 부처님이었다. 깨달으면 부처요, 깨닫지 못하면 중생이었다.

지혜, 잊어버렸던 이름이었다. 한때 지혜를 통과하지 못하면 스님이 될 수 없다던 삼촌 스님의 말을 떠올렸다.

"간호대에 들어갔다네."

지혜라는 이름만으로도 가슴은 울렁거렸고 마음은 그 무엇인가로 아프게 찔러 대는 거 같았다.

"어떻게 사셨어요?"

"……."

지난 동안거 때 선방으로 찾아온 지혜가 생글거리며 웃었다. 청바지에 제 몸집보다 큰 회색 티셔츠를 걸쳤는데 이지적인 미모였다. 말로는 선방 스님네들 대중공양을 하러 왔다지만 그 속셈은 빤했다. 간호사가 되겠다고 했다. 지혜에게서는 엄마가 쓰던 알싸한 그리고 향긋한 토마토 화장품 냄새가 났다.

"다 밥심인데 밥은 잘 먹고 화두를 트는 거예요?"

"상당히 예뻐졌네."

"원래 나 예뻤어."

잠시 눈을 마주친 해인은 내색은 하지 않았지만 유년 시절의 추억으로 속이 흔들리고 있다는 걸 알 수 있었다. 틀고 앉았던 화두는 풀리지 않았다. 그저 좌복 위에 앉아 세월만 보내고 있었다. 화두가 풀리지 않을 때는 소리나지 않게 속으로 노래를 불렀다.

"옛날엔 제게 잘 해주셨잖아요."

지혜는 꽤 도발적이었다.

"그때 넌 어린 아이였고."

"지금은 오빠?"

"이렇게 시한폭탄처럼 굴잖아. 시도 때도 없이 찾아오고 말이야. 그리고 오빠라고 부르지도 말아. 더 이상 날 찾아오지도 마."

"옴맘마, 이젠 몸도 주고 마음도 주었으니 돈도 다 내달라는 거지?"

잔뜩 약이 오른 지혜가 톡 쏘았다. 지혜의 쫑알거림에 해인은 짧은 웃음을 날렸다.

"······엄만, 자비행 보살님은 잘 계시냐?"

"실명하셨어. 장님된 거지. 오빠 오빠의 엄마 보고 싶지 않아?"

"······지미 엄마 젖보다 네년 젖이 더 빨고 싶은데."

해인의 농담에 지혜가 으이그, 하며 해인의 팔을 꼬집었다.

"오빠, 나 휴학하고 입산했던 거 알아?"

"그냥, 계를 받지 왜 뛰쳐나왔어?"

"비구니로 살긴 내 미모가 너무 아까워서."

그 말을 들은 해인은 씩 웃었다. 지혜는 풀기 어려운 미분, 적분 같은 문제였다.

"왜. 내 말을 들으니까 황홀해? 그런데 왜? 인연 이어가는 게 싫다는 거야?"

"원인이 없는 고통은 없어. 또 다른 더 이상의 업보로 나도 너희 아버지 꼴 되고 싶지 않아. 나를 만나면 너는 불운, 불행해져."

"이미, 나는 엄청 불행하거든. 어차피 사는 게 고통이라며? 내가 열락으로 만들어 줄게."

지혜의 말에 쓸쓸한 웃음이 새어 나왔다.

"오빠, 이 노래 기억해? 오빠가 내게 가르쳐 주었던 노래야."

날 때부터 고아는 아니었다. 내 죄 아닌 내 죄에 얽매여 낙엽 따라 떨어진 이 한목숨 가시밭길 헤치며 살았다. 상처뿐인 내 청춘, 피눈물 장마. 아 누구의 잘못인가요. 누구의 잘못입니까.

배고플 때 주먹을 깨물었고 목마를 땐 눈물을 삼켰다. 의리로서 맺어진 우리 사이 목숨까지 바치며 살았다. 상처뿐인 내 인생, 피눈물 장마. 아 누구의 잘못인가요. 누구의 잘못입니까.

지혜는 그 어린 날 해인에게 배웠다는 그 노래를 청승맞게 부르고 있었다.

"난 힘들고 괴로울 때면 아무도 모르게 이 노래를 부르곤 했어. 술이 꽐라가 돼서도."

"……."

"……내게 오빠는 참으로 고마운 사람이었어."

"지랄……. 이제 우리 선을 확실히 긋자고. 더 이상 지분대지 마. 나를 사랑한 사람들, 내가 사랑한 사람들. 안 망가진 사람들 없어. 다 폐허가 된다고. 성운 사형, 순임이 이모 봤잖아. 그러니 제발 꿈 깨."

해인이 신경질적으로 말했다.

"히이, 주거 부정의 떠돌이 승려에게 나 같은 보호자, 애인 하나 숨겨 두는 것도 꽤 괜찮은 인연일 텐데. 이렇게 다 떠나보내고 어쩌시려고?"

"됐다 그래. 번지수 잘못 짚었어……."

"……이보세요, 스님 아저씨. 난 지금 스님의 몸이나 돈을 착취하려는 사기꾼, 강간범이 아니라니까요."

옛날에는 쓴소리를 하면 앵돌아지던 지혜가 눈을 가늘게 뜨고 꼬집으려 들었다.

"한 번 물면 놓지 않는 독사 같은 너한테 다시는 물리고 싶지 않아."

해인은 더 이상 말도 섞기 싫다는 듯 크게 한숨을 내쉬었다.

"피이, 좌우간 열 번 찍어 안 넘어가는 나무 없다는 거 난 알아. 스님도 나그네 나도 나그네, 스님도 중생 나도 중생. 그러니 폼 잡고 올곧은 중인 척하지 말라고요. 이 땡중 놈아."

"아이고 이년아. 그것도 도끼 나름이지."

해인이 말꼬리를 잘라먹었다. 입맛을 쩝 다시며 눈을 마주치지도 웃지도 않는 해인을 보며 '그게 다 못나고 자존감이 바닥을 쳐서 그렇지?' 하며 지혜가 쫑알거렸다.

"오빠는 노스님에게 수일불이守一不移란 말 안 배웠냐? 하나를 지켜 옮기지 않는다는 말. 안심安心, 신심信心, 수심守心, 섭심攝心, 마음을 한 곳에 거두어야지? 스님이라면 속인들을 구제해야 하는 빚을 진 사람들이라고 했잖아. 속인들의 보시로 그간 먹고 자고 공부를 해왔잖아."

"그런데……."

지혜가 꽃망울을 터트리듯 심통을 부렸다. 평상시 똑 부러지던 지혜였다. 그러나 지혜도 처방전을 받아 해인이 정기적으로 뇌전증 약을 복용하고 있다는 사실을 모르고 있었다.

"크으, 이 철부지야. 내가 큰 스님 되면 널 받아 줄게. 나는 아직 큰 스님이 되질 못 해서."

한참 입을 다물었던 해인이 입을 열었다.

"오빠 키 큰 편이야. 176이면."

"……."

물끄러미 바라보던 지혜의 말에 딴전을 부리던 해인은 쿡 웃었다. 해인은 헛기침을 삼키고 침을 꿀꺽 삼켰다. 말로는 지혜를 이길 수 없었다. 팔자를 뛰어넘지 못해 목에는 어머니 아버지의 유골분이 든 108 염주를 걸고 있었다.

"넌 나의 사랑나무야."
엄마가 말했다.
"사랑나무? 아낌없이 주는 나무?"
선재의 눈이 동그래졌다.
"응. 난 죽어도 항상 너의 하늘 위에서 서성거릴 거야."
엄마는 말하고 잔잔하게 웃었다.
"저도 엄마의 사랑나무예요."
멍청이 앉아 있던 선재가 엄마에게 해줄 수 있는 최선의 대답이었다.
"그래. 너의 가슴에 해, 달 그리고 별로 등燈을 달아줄 테니 어두우면 내가 달아준 가슴의 꽃등들을 보고 길을 찾으려무나. 그러니 길을 잃어도 슬픈 눈물 흘려선 안 된다?"
"네, 엄마."
볼에 바람들 가득 물고 입을 다물고 섰던 선재가 대답했다.
"너는 너를 껴안아라. 너는 부처님으로부터 받은 큰 선물이다."
그렇게 엄마랑 평상 위에서 말을 나누면 옆에 앉아 담배를 태우던 아빠는 '재밌네.' 하면서 미소 지었던 게 바로 어제 같았다.

혼자 병실에 누워 추억의 강물에 둥둥 떠 있는데 누군가 해인의 어깨를 툭 쳤다.
"잘 살았냐?"
성진 스님이 찾아온 것이다.
"아직도 우여곡절, 그 절에서 헤매고 있는 거냐?"
해인이 입을 실룩이며 웃었다.

"웬일이시래요?"

"곡차 마시다 니놈 생각이 나서 왔다."

두 번째 병원을 찾아온 성진 스님의 물음에 해인은 대답을 하지 않았다. 지혜가 알코올 클리닉 병원에 입원시켰다는데 사흘 째 되는 날, 무단 퇴원해서 찾아왔다는 것이다.

성진 스님은 종단에서 나와 부전 스님을 두고 수락산 자락에 지장사라는 절을 창건해 납골당을 운영하며 신도들의 사주팔자를 보아 주고 불공이나 천도재를 올리게 해서 절 살림을 꾸려가는 무당으로 살았다고 했다. 무당 중이라지만 납골당을 운영해 재정이 녹록치 않다는 소문은 일찍이 들었다. 성진 스님 뒤에는 잘나가는 모 여배우가 있다는 소문이 자자했었다.

"스님, 진정한 인간 해방 내지 인간 회복에 관해선 관심이 없으시죠?"

"뭐 인마, 눈이 멀었어도 하늘이나 원망하는 그 꼴통짓은 여전하구나. 비타협적이고 적대적이고 배타적인 걸 보면 이놈아. 부처는 깨달은 중생이고, 중생은 깨닫지 못한 부처님들이라고."

"제발, 스님. 짧은 이승을 살면서 무엇을 짓고 남기시려는지요? 더 이상 업 짓지 마시고 정신 차리세요."

성진 스님의 입에서 곡차 냄새가 진하게 풍겨 왔다. 한 손은 주머니 속에 있는지 봉투를 빠스락거리는 소리가 들렸다.

"네놈은 아직도 그놈의 성불, 부처가 되고 싶은 모양이로구나."

"눈앞에 보이는 모두가 부처님이요, 이 세상 모든 곳이 다 법당입니다."

"아이고 이놈아. 개코나 부처는. 똑똑한 중생 한 놈이 더 아쉬운 세상이다. 난 부처가 될 마음 눈곱만큼도 없으니, 눈먼 네놈이나 눈 떠서 실컷 부처가 되려무나."

"안 오시는 게 더 나을 뻔했네요. 여실지견如實知見, 있는 그대로 알고, 있는 그대로 좀 보세요. 도연이 오면 끌려가 강제 입원 당하실 거예요."

못마땅한 얼굴을 한 채 성진 스님은 해인의 보이지 않는 눈을 노려보았다. 한숨을 푸 내쉬던 해인은 엄마의 친구였던 자비행 보살님을 떠올렸다.

"자비행 보살님은요?"

"몰라. 범부중생, 마구니 아승지겁阿僧祇劫 야차로 사는 내가 알게 뭐냐? 보살은 보살의 길로 땡중은 땡중의 길로 갈 뿐이지. 목숨이 붙어 있으면 너처럼 잘난 척하면서 잘 살겠지."

해인이 목소리를 누그러뜨리자 히쭉 웃던 성진 스님은 힘없이 말했다.

"스님, 마주하기 싫으니 그냥 좀 가주세요. 다시는 오지 마세요."

"까불지 마, 이놈아. 너도 어릴 적에 쌀밥에 고기 반찬 먹고 싶어 하던 놈이야."

"……"

성진 사형은 봉투 하나를 던지며 '꼴통 새꺄, 내가 보긴 네놈도 속물 덩어리야. 속물 아닌 척 오만 똥폼 다 잡고 있지만. 이거로 남은 생 어떻게 하든 살아 봐.' 하고는 비척거리며 병실을 나갔다.

바람이 불어왔다. 해인은 문득 바람과 함께 살았지만 바람이 되지 못했다는 생각이 들었다. 구름과 떠돌았지만 구름도 되지 못 했다. 바람으로 일어나고 바람으로 쓰러졌을 뿐 파계와 무득無得을 뛰어넘지 못 했다. 무명, 무실, 무감한 바람이 되고 싶었는데. 해인은 '업보'라 하며 부르르 몸을 떨었다.

"똑, 또르르, 똑, 또르."

그때 어디선가 목탁 소리가 들렸다. 이제 귀에 환청까지 들리나. 해인은 고개를 갸웃했다.

"딱딱따다다."

분명히 울림 목탁 소리였다.

"또르르 딱."

기도하는 굴림 목탁 소리도 났다. 해인은 반가움에 몸을 일으켰다. 얼마 만에 들어보는 목탁 소리인지. 또다시 섬망 증세인가, 환청인가 했지만 실제 목탁 소리가 분명했다.

"괜찮으세요?"

간이침대에 누워 있던 간병인이 벌떡 일어나 해인을 불렀다.

"여기도 법당이 있는 모양이죠?"

"예, 누군가 저녁 예불 드리는가 봅니다."

간병인이 조용한 음성으로 말했다.

까무룩 잠이 들었는가 싶었는데, 밖에서 비 오는 소리가 들렸다. 순간 옆에 누군가 앉아 있는 기척을 느낄 수 있었다. 하는 짓으로 보아 간병인은 아니었다. 이내 숨소리로 보아 지혜라는 걸 알 수 있었다. 화장품 냄새가 진하다. 촬영을 하고 메이크업을 지우지 않은 것일까. 술 냄새까지 훅 풍겨왔다.

"저 지혜예요."

'누굴 바보로 아나. 눈이 보이지 않으면 누군지 모르는 줄 알았니?' 하며 해인은 소리 나지 않게 신음을 삼켰다. 누군가가 입에 모래를 한 줌 넣은 것 같다. 해인은 자는 척 꼼짝도 하지 않았다. 지혜는 아무 말도 하지 않았다. 한참을 앉아서 무슨 생각을 하는지 지아비처럼 해인을 내려다만 보고 있다 나갔다.

자는 척하면서 해인은 삼촌의 말을 떠올렸다.

"부처의 포로, 노예가 되지 마라. 한숨을 쉬어 왜 바람을 일으키려 하느냐. 그렇듯 꿈이란 놈은 아픈 거란다. 그렇다고 그 꿈의 종도 되지 마라. 너 있는 곳, 이 세상의 주인공은 바로 너다. 너도 언젠가는 바다가 될 것이다. 구름이 되고 그렇게 물이 되어 바다로 흘러들 것이야. 몸부림의 바다, 목숨의 바다, 화엄의 바다로."

그날, 개구리를 잡아먹던 날. 삼촌 지효 스님에게 들켰다.
"해인이 몸보신해 주려고."
"그래도 이놈들아, 이렇게 산목숨을 죽여서 되겠느냐?"
성운 스님이 해인이 핑계를 댔다. 성운 스님이야 나이가 다섯 살 차이밖에 나지 않았지만 삼촌 지효 스님과의 나이 차는 서른 살도 넘었다.
"……그래도 산 생명을 죽여서는 안 된다. 아무리 약이라 해도."
삼촌은 그렇게 말했을 뿐 더 이상 꾸짖지 않았다. 해인이 폐병에 걸려 있었기 때문만은 아니었다. 해인은 삼 개월간 약을 먹었고 그렇게 새로운 일상, 생활 속에 거리 두기를 하다 일 년 동안 약을 먹고 난 이후에야 검은 엑스레이 사진에 구멍이 허옇게 뻥뻥 뚫렸던 것들이 메워졌다.
모든 것은 꿈이고 한 줌 재로 변할 것이었다. 방황과 미망뿐. 해인이 입 안에 가득한 모래를 뱉어 내듯 뜨거운 눈물이 양 볼로 흘러 내렸다.

"엄마가 오빠, 우리 집에 오래."
하루는 교문 앞에서 지혜가 가방을 멘 채 기다리고 있었다.
"왜?"
"오빠, 흰쌀밥에 불고기 해 준다고."
"……됐다 그래."
흰쌀밥에 고기 반찬이라 구미는 당겼다. 그러나 침을 꿀꺽 삼켰지만 해인은 거절했다. 지혜는 '가자' 하며 자기네 집을 가자고 쫓아왔고 내키지 않다며 해인은 싫다고 했다.

"오빠, 참 못됐다. 야, 이 꼴통 새끼야."

거절당한 지혜의 입에서 모진 말이 쏟아져 나왔다. 보나마나 지혜의 머리에서 나온 아이디어일 것이다.

"넌 너네 아버지, 성진 스님이 밉지 않니?"

"그래도 날 이 세상에 오게 해 준 사람이야. 애정하지도 존경하지도 않지만 그래도 아버지라는 걸 부정하지는 않아. 내 팔자가 이렇게 생겨 먹은 걸 뭐."

지혜가 걸음을 멈춘 채 고개를 숙였다 들며 말했다.

"못 하는 건 할 수 없지만 안 하는 건 잘못된 거야. 우리가 인연을 선택할 수는 있지만 엄마, 아빠를 선택해서 받을 수는 없는 법이잖아. 엄마, 아버지로는 인정해. 그런데. 거룩한 인연들에게만 귀의해. 중 보고는 중되지 못해."

조그만 지혜가 그렇게 야무지고 당돌한 말을 곱씹었다. 이번에는 해인이 지혜의 뒤를 쫓아가다 걸음을 멈추었다. 그렇게 지혜는 중학생이 되었고 해인은 고등학생이 되어 있었다.

어느덧 고3이 되었다. 열여덟 살이었고. 자비행 보살님은 초등학교 다닐 때 담임이었는데 눈이 멀자 퇴직을 했었다. 쉽게 가호적을 만들고 전학할 수 있었던 것도 다 성진 스님의 관음사 주지 직인이 박히고 자비행 보살님의 초등학교 교장 선생님의 도장이 박힌 인우 보증서라는 것 때문이었다는 걸 나중에 알 수 있었다. 지혜를 앞세우고 자비행 보살님이 절 간으로 직접 찾아왔다.

"어떻게 할래?"

무슨 과로 가려 하는지, 해인은 대답을 하지 못했다. 눈이 멀었지만 자비행 보살님의 목소리는 마치 엄마라도 되는 양 다정다감하기만 했다.

"스님의 대학 진로가 생의 변곡점이 될 거야."

둘이 있을 때 자비행 보살은 반말과 존댓말을 섞어 썼다. 자비행 보살이 곁으로 다가오라고 했다. 망설였지만 옆에서 지혜가 째려보는 바람에 다가가 옆에 앉았다.

"어떻게 하면 좋아요?"

"그래. 너는 어떻게 하고 싶은데?"

"엄마는 제가 의사가 되기를 바랐어요."

자비행 보살이 해인의 손을 잡았다. 손에서 따스한 체온이 느껴졌다. 순간 늘 그리워하던 어머니의 다정한 목소리를 떠올렸고 지혜가 생글거리며 쳐다보자 슬그머니 손을 뺐다.

"그래, 맞아. 승려 의사가 되고 싶다고 했지?"

"너의 성적이면 지방 의대는 가능할 거야. 그래 의대로 갈 계획이야?"

"비구계를 받진 못했지만……. 동대 불교학과에 가면 4년 내내 전액 장학금을 받을 수 있대요. 선학과가 있으면 좋으련만."

"그놈의 승려 생활은 꼭 해야 하니? 노스님도 그러셨잖아. 니 마음대로 하라고."

해인은 '그놈의'라는 말을 하는 자비행 보살의 말에 쓰게 웃었다.

기실 삼촌에게는 이야기하지 않았지만 의대에 가려고 준비하고 있었다. 노스님도 그랬다. '그건 너의 마음이다. 승이 어디 있고 속이 어디 있느냐.'라고. 그동안의 모의고사 성적으로 보면 서울에 있는 의대는 간당간당했지만 지방 국립대 의대 정도는 충분히 합격권이라고 했다. 그런데 예과 본과 대학원 과정을 마칠 때까지 학비며 기숙사비가 만만치 않을 거라 했다.

그날도 아침 공양이 끝나고 사중 식구들이 무설당에 모여 차를 마시고 난 이후였다.

"해인이 니는 잠시 남아라."

"예, 스님."

사중 식구들이 나가고 둘만 남았다. 노스님이 무언가 하나를 해인의 책상 위로 휙 던졌다. 작은 회색 손가방이었다.

"니가 초등학교 5학년 때 왔나?"

"……네. 이게 뭐예요?"

"가방 열어 봐라. 돈이다."

"……저금은 은행에 하셔야죠."

"아니다. 네놈 공부하라고 주는 장학금이다. 네놈이 내 은행 아니냐. 나물에 낡은 옷 보은은 가벼워도 은덕이 쌓인다. 네가 나중에 선행, 불행을 하면 된다."

순간 해인의 등줄기로 소름이 쫙 퍼져 나갔다. 8년. 그동안 노스님의 시봉을 하며 배운 건 지독한 가난이었다.

"어쩌라고요?"

"처음에 네놈과 약속한대로 네놈이 환속한다 해도 나는 네놈을 응원해 줄 거야. 그 돈이면 대학을 마칠 수 있을 끼다. 네가 의대를 가든 불교학과에 가든 선방엘 드가든. 네놈이 이 돈을 가지고 곡차를 다 퍼마시고 장가를 가든 나는 네놈과의 약속을 지킬 뿐이다."

그날은 노스님이 돌아가시기 딱 일주일 전이었다. 그날도 노스님은 참선을 했고 해인도 꼴딱 밤을 새웠다. 앉은뱅이 책상 위에서 잠시 졸다 아침을 맞았다. 예비고사가 코앞에 있었을 때였다.

"그래도, 스님. 이건 아닙니다."

노스님이 붓글을 쓰거나 선화를 그려 신도들에게 받은 보시금을 모은 돈이었다. 법당에서 나온 돈은 주지 스님이 관리를 했다. 해인은 도저히 그 돈을 받을 수 없었다. 자린고비였던 노스님의 예금 통장, 현금이 든 회색 가방이었다.

"스님, 저는 이 돈을 받을 자격이 없습니다."

"……."

무설당 노스님이 앉아 계신 좌복 앞에 가방을 도로 두고 밖으로 나왔다. 그런 해인의 뒷모습을 물끄러미 바라보던 노스님이 따라 나와 해인의 방 앞에서 불렀다.

"해인아."

"네, 노스님."

해인이 방문을 열었다.

"이거 받아라."

노스님이 회색 가방을 휙 방문 안으로 던졌다. 쏟아지는 햇살과 함께 방바닥에 작은 회색 가방 떨어지는 소리가 방 안에 크게 울렸다.

"행복은 내가 원하는 것을 가지는 것이 아니라 내가 가지고 있는 것을 누리는 것이야. 이자뿌지 말게 잘 간직하고 나온나. 우리, 절 마당이나 쓸어 보자."

절 마당을 쓰는 것도 각자 구역이 있었다. 무설당 주위를 청소하는 건 노사와 해인의 몫이었다.

3

길은 끊어진 곳에서 다시 시작되고

3
길은 끊어진 곳에서 다시 시작되고

"난, 난 중이 되긴 틀린 놈이야. 처음부터 까막눈이었어."

그날 노스님이 공부하라고 돈을 내려 주는 모습을 성운 스님이 보고 있었던 것이다.

"이젠 한글 다 뗐잖아요. 구구단까지."

해인이 그런 성운 스님을 건네 보며 툭 내뱉듯이 말했다. 성운 스님의 말투가 어딘지 어색했다. 전라도가 고향인 성호 스님과 서울 출신인 해인이 대체로 차분한 성격이라면 성진 스님, 성운 스님은 태생이 경상도라 성격이 불같았고 욱해서 얼굴 표정에서 그 기분을 충분히 알 수 있었다.

"나, 여자 있잖아."

그랬다. 성운 스님에게는 애인이 있었다. 순임이 이모였다. 관음사 올라오는 계곡에 천막을 치고 절에 올라오는 이들에게 쌀이며 초, 온갖 기념품들을 팔았다. 또 여름이면 놀러 오는 사람들에게 술과 백숙 같은 안주를 만들어 팔기도 했는데 웃을 때 가지런한 잇몸이 다 드러났다. 순임이 이모는 좀 헤퍼 보이고 푼수 같았는데 그게 매력이었다. 달빛 짙은 날 밤에 보았던 성운 스님과 순임이 이모와의 정사를 떠올리며 해인은 쓰게 웃었다.

해인은 노사가 '마당만 쓰는 게 아니다. 마음에 묻은 티끌도 쓸어 내'라고 하던 말을 떠올리며 흠, 하고 기침을 삼켰다. 절 식구들은 다들 순임이 이모라고 불렀다. 자비행 보살님의 사촌 동생이라고 했다. 이혼을 하고 색주가로 흘러 돌아다니다 자비행 보살의 권유로 산밑에 꼭 관음사 매점처럼 불법 건물을 지어 놓고 살았다. 다들 주지, 성진 스님이 눈감아 주지 않았으면 어림없는 일이라고 했다. 때로는 산림청에서 불법 건물이라고 빨간 모자를 쓴 아저씨들이 다 부셔 놓고 가기도 했다. 그러면 그 다음 날 순임이 이모는 사람들을 불러 뚝딱뚝딱 다시 가건물을 짓고 장사를 벌였다.

그날, 해인은 '미안하다'라는 성운 사형의 말을 건성으로 듣고 저녁 공양 종성을 울렸다. 어딘가 성운 스님이 어색해 보였다. 종성을 울리며 큼큼 헛기침을 내뱉었는데 자꾸 틀렸다. 아침이 되면 노스님의 공양상을 들고 무설당으로 달려갈 때가 좋았다.

"공양하셔야죠, 스님."

"그래 또 먹어 볼까."

저녁 공양 종성을 울리기 전에 먼저 노스님의 상을 보아 노스님의 방으로 가야 했다. 하루 사이에 노스님이 몸을 움직일 수 없는 거였다.

"밥이냐?"

"죽이어요, 스님."

해인이 멋쩍은 표정으로 대답했다. 노스님에겐 이빨이 몇 개 남지 않았다.

"그래, 네놈이 내 스승이로구나. 먹어야 살지?"

노스님은 희미하게 웃음을 지으며 대견해 했다.

봄이면 해인이 따로 하는 일이 있었다. 산에 들어가 나물을 캤다. 진달래 꽃잎을 따다 접시에 올리고 고사리, 취를 뜯다 공양주 보살님께 가져다주기도 했다.

"독사를 조심해라. 불개미도."

"네."

멀뚱히 쳐다보던 해인은 큰 소리로 대답하곤 했다.

다래, 개암, 산모과, 똘배, 산딸기, 머루 같은 것들을 따서 노스님께 가져다주었다.

"무진 번뇌야. ……다 생사를 넘는."

"……."

노스님은 고맙다는 인사 대신 '맛있다, 너도 먹자' 하며 함께 먹었다.

"인연이란 끊으려 해서 끊어지는 인연이 있고 끊으려 해도 끊어지지 않는 인연이 있단다."

뜬금없이 노스님이 인연 타령을 했다. 산도 높고 골도 깊고, 노스님의 사랑도 깊었다. 인연이란 흙, 물, 불, 바람으로 흐르는 물같이 섞이기도 하고 부딪히기도 하면서 강을 이루고 바다를 만든다는 것이다.

"왜, 수저를 놓으세요?"

"오늘따라……안 먹히네."

그때 노스님이 '이제 그 시절 인연이 다 된 거 같네' 하던 말을 해인은 이해하지 못했었다.

"스님, 왜 제게 그 많은 돈을 주셨어요?"

"내가 네게 계받고 스님 되면 대학원까지 보내준다고 하지 않았더냐?"

"의사가 되고 싶다는 것도 욕심, 탐진치라 하지 않으셨는지요?"

"그것도 공부라. 가만히 앉아 절받아 먹고 시줏돈이나 헤아리는 중은 중도 아니다. 돈이 없어 아파도 치료받지 못하는 이들 치료해 주겠다, 했을 때 나는 좋았다. 네놈이."

"……."

"절대 네 자신을 속이는 중노릇은 하지 말거라."

"……네, 스님."

'그래도' 했지만 해인은 노스님이 내미는 새끼손가락을 잡고 약속했다.

그쯤 노스님은 아무것도 드시지 못했다. 해인은 사과와 배, 당근과 부추 같은 걸 갈아 드리곤 했다. 기운이 없어서 그런지 미동도 하지 않았다. 그러다 그르렁그르렁 숨쉬기가 거북한지 가쁜 숨을 내쉬며 가래 끓는 소리를 내기도 했다. 낮에는 성운 스님이 곁에 있었고 방과후면 해인이 씻겨 드렸다. 노스님은 정신을 잃지 않으려고 애쓰는 듯했으나 검은 변을 보신 날 학교에 갔다 오니 노스님이 열반하셨다고 했다.

노사의 죽음. 다비식은 조촐했다. 의사가 왔고 사망진단서가 발급되었다. 신도들도 그리 많이 오지 않았다. 해인이 태어나서 그렇게 울어 본 건 처음 있는 일이었다.

'살아도 산 게 아니고 죽어도 죽은 것이 아니라 본래무일물本來無一物이다.'라던 노스님이었다.

"육이오 때 폭격을 맞아 산신각만 남은 절을 지효, 그리고 성호와 함께 다시 일으켰지. 나 가거든 역전에서 사주 관상을 보며 떠도는 네 삼촌의 도반, 무상無常이가 올라올 거야. 오면 괄시하지 말고 봉투 하나 두둑하게 해서 곡차랑 꼭 챙겨 주거라. 그 땡중놈도 불사 하는데 많이 도와주었다."

해인은 노스님의 그 말이 유언이 될 줄은 꿈에도 몰랐다. 삼촌의 도반

스님이라며 툭하면 절에 올라와 밥과 술을 내어 놓으라던 무상 스님은 늘 막무가내였다. '길이 끊어진 곳에 길이 있다'고 했던가. 젊었을 때는 절에 올라와 풀도 베어 주고 행사가 있을 때마다 궂은일 마다하지 않던 스님이라는 거였다. 노스님이 돌아가셨다고 하자 한동안 삶과 죽음을 오락가락하는 얼굴을 하고 있던 스님은 '얼씨구나' 하며 산으로 올라왔다.

입산 후 두 달을 보내고 엄마가 보고 싶어 안개골, 양명원으로 찾아가려고 보따리를 싼 적이 있었다. 그날은 성진 스님에게 꿀밤을 맞은 날이기도 했다.

"골상을 보아하니 위에서 누른다고 눌릴 놈은 아니로구나. 그런데 네놈이 엄마 아빠 잡아먹을 팔자로다."

"네?"

역전 대합실에서 무상無常 스님을 만난 적이 있었다.

"어디 보자. 아이고, 이마를 보니 백만장자도 아니고 억만장자인데 그것도 모르고 애만 태우고 고생만 죽어라 하다 눈멀 팔자야. 소경이 되어 이 사바를 더듬거려야 할 팔자라고."

"눈이 멀다니요?"

"네놈의 욱하는 팔자 때문에 네놈이 사랑하는 사람들은 다 망가져. 인연에 불가근불가원不可近不可遠 하면서 살아. 절간에 다시 가서 쪼그랑 중질이나 하면서."

"불가근불가원이 뭐예요?"

땡중 스님이었지만 안면이 있었던지라 '저리 가세요'라고 함부로 하지 못했다. 가끔 삼촌 스님을 찾아와 무불암에서 사흘이고 나흘이고 삼촌이랑 곡차만 퍼먹고 내려가던 그렇고 그런 길거리 스님이었다.

"세상과 가까이 하지도 말고 멀리 하지도 말란 말이다. 이 가엾고 어리석은 중생 놈아. 네놈은 고신孤身에다 고절孤節이로구나. 절처지도絶處之道라. 부처님 아니면 단명할 팔자야. 길이 끊어진 곳에 길을 새로 만들어야 살 팔자야."

"……."

"어디 보자. 비밀이 참 많은 놈이로구나. 문 없는 문, 길 없는 길. 그 길을 이어 얻는 난득難得의 길. 명줄이 끊어진 길을 간신히 이어 나가며 그래도 곤혹스레 살 팔자야. 사연이 참으로 많은 인생이로구나. 왜 이놈아, 듣는 귀가 있을 터이니 말하던 입을 어디에 두었는고? 말 좀 해 봐."

"……김밥 옆구리 터지는 소리요."

"왜, 내 관상 보는 눈이 틀렸다는 거냐. 팔자의 반이 지어미 지아비거늘. 어쩜 부모복 쪼가리도 저리 많을까. 쯧쯧."

부모복이 많다는 건지, 하나도 없다는 건지. 무슨 말인지 알아먹을 수 없었다.

"……."

도대체 내게 무슨 비밀이 숨겨져 있는 걸까. '내가 왜 이 고통을 받아야 하는 거지?' 해인은 신음을 삼켰다. 팔자는 부모가 반이라는 말은 이해할 수 있었다.

역 대합실로 들어가다가 역전 공터에서 탁발을 하고 윷놀이를 하며 '야, 까까중' 하고 불러 세우는 스님을 얼핏 보았다. 그 스님이 해인을 발견하고는 조르르 대합실로 따라 들어왔던 것이다. 성운 스님이 말하기를 '저 스님은 될 수 있으면 만나지 않는 게 좋고, 만났다 하면 빨리 헤어지는 게 상책'이라던 꾀죄죄한 탁발승이었다. 그렇지 않으면 호주머니에 들어 있는 돈을 다 빼앗긴다고 했다. 관상을 보아 준다며 불쑥 말을 내뱉었다. '복채 많이 낼 거지?' 하는데 입에서 술냄새가 훅 풍겨 났다. 까까중이라고 놀려도 어쩔 수 없었다.

어릴 때 친구들이 염불을 하라고 하면 입을 벌리고 손바닥으로 뺨을 쳐 목탁 소리를 내며 부모은중경父母恩重經을 염불했다. 그러면 아이들이 박수를 쳐 주곤 했다. 중학교 고등학교 들어가고부터는 '너 스님이라며?' 했지만 놀리는 아이들은 없었다.

노스님이 내민 책은 승가의범이라고 해서 법회 의식집과 초발심자경문 그리고 부모은중경이었다. 한동안 멍청히 기억 속에 머물던 해인은 '낳으실 제 괴로움 다 잊으시고' 하는 노래가 부모은중경에서 나왔다는 것도 알 수 있었다.

중중 까까중
중중 꼬마중

중중 까까중 어디서 깎았나? 중국에서 깎았다.
얼마 주고 깎았나? 1원 주고 깎았다.

아이들이 놀리면 놀리는 아이들에게 돌을 집어 던졌다. 그러다 붙잡으면 혼쭐을 내 주곤 했다. 해인을 놀리던 아이는 해인의 옛날 친구 중에 껌팔이, 구두닦이, 넝마주의, 신문팔이, 소매치기, 펨푸 같은 아이들이 수두룩하다는 걸 모르는 아이들이었다.

"어디 보자. 너는 실패와 좌절을 겪을 상이야. 중년이 되면 한 발 한 발 내딛는 발걸음마다 칼날 위를 걷게 될 거야."
"……실패와 좌절을 겪지 않는 사람이 어디 있어요?"
해인이 웃으며 말했다.

"단명상이다."

"네?"

"일찍 뒈질 팔자라고, 이놈아. 팔자소관인걸. 인력으로 어쩌겠냐. 중 상僧相이야. 내 눈에는 니놈의 험한 산과 거친 파도가 보여. 누군지 네놈에게 승복 입힌 사람들을 잘 모셔라. 다 그분들 덕택에 네놈이 명을 이어 가고 있는 건지나 알고. 네놈이 승복을 딱 벗는 순간, 그 순간으로 니놈은 꿰구댁이야. 내 말 허투루 듣지 마라. 팔자는 못 속인다. 팔자 도망은 못 가는 법이야. 천생 중놈 팔자인걸."

절을 나가 역 앞을 돌아다녔다. 둘러멘 가방에는 갈매기의 꿈, 어린 왕자, 초발심자경문이 들어 있었다. 해인은 언제나 목숨이 풍전등화라 토끼처럼 굴을 세 개 파 놓고 살라는 말에 인상을 찡그리며 '쓰발 재수 없어' 하고는 나지막하게 욕설을 내뱉었고 일어서서 역 대합실을 도로 빠져나왔다.

그날 밤이었다.

"왜 가서 엄마 젖 좀 더 빨고 오지 도로 기어들어 왔느냐?"

"……네, 스님. 역 대합실에서 우리 절에 가끔 오는 땡중 무상 스님을 만났는데 팔자 도망은 못 간다나요? 끊어진 길을 이어 갈 팔자라 하더라고요. 그러면서 단명을 한다고 승복을 벗는 순간 꿰꾸댁이래서요."

"그래서, 단명하지 않으려고 다시 절로 기어 올라온 거야?"

"……그건 아니고요."

노스님이 웃으면서 해인을 바라보았다.

"거기다 제가 실명해서 장님이 될 팔자래요."

해인의 말에 노스님이 빤히 쳐다보았다.

"……왜요, 스님. 제 얼굴에 뭐 묻었나요?"

"절처지도라. 길이 끊어진 곳에야 길이 있다. 양명학에 나오는 말이로구나. 그래, 너는 어찌 생각하느냐?"

"저는 운명, 숙명 또 우연 같은 건 믿지 않아요."

"아믄, 그게 불자佛子지."

"그런데 제가 눈이 먼다네요."

"그럼, 이놈아. 네놈이 지금 눈을 떴다고 생각하느냐? 그래. 그 관상쟁이 땡중 스님 말을 듣고 무얼 생각했느냐?"

"관상보다 수상이 수상보다는 심상이 더 중요하다고 스님이 항상 말씀하셨잖아요."

"잘했다, 잘했어. 선재 선재로고."

노사는 더 이상 해인을 나무라지 않았다.

"머리 깎고 안 깎음, 승복을 입고 벗음은 그저 네놈이 사는 방법일 뿐인 것이야."

과거를 추억할 수 있는 건 오늘 살아 있기 때문이리라. 어제 같은 오늘 없고 오늘 같은 내일 없다던 무상 스님 또한 해인의 추억에서 한 자리를 차지하고 있었다.

무상 스님은 운구 행렬의 맨 앞에 서서 해인의 눈을 찔렀다. 행색이 말이 아니었다. 떨어진 걸레 같은 승복을 입고 나타나 세상 사는 게 죄罪, 업業을 짓는 일이라던 무상 스님. 망자의 넋을 달래고 남은 자들의 슬픔을 위로하려는지 갈라지고 터진 울음을 울어 대며 한恨 맺힌 춤을 추어 대고 있었다. 나비춤이나 바라춤과는 달랐다. 평상시 노스님과의 친분으로 아무도 제지하지 않았다. 미친 듯한 표정을 짓던 그 무상 스님은 관이 나갈 때 다비장까지 따라와 덩실덩실 무애춤을 추었는데 흐느적흐느적 너울너울 춤을 추는 무상 스님을 아무도 제지하지 않았다. 그렇게 무상 스님이 취해서 비틀거렸기 때문에 남은 사람들을 더 슬프게 만들었다.

아버지 엄마 장례식 때도 가지 못했다. 해인이 장례식을 보는 건 처음 있는 일이었다. 마당에 장작들이 쌓였다. 이제 노스님은 운구되어 장작더미 위에 누일 것이다.

"불 들어가요."

흔적도 없이 육신은 사라질 것이다. 마음속 어디선가 울음이 밀물처럼 밀려들어 왔다. 그때 막 하늘에서는 헬리콥터 한 대가 어디로 가는지 귀를 때리는 굉음을 내며 관음사 지붕 위를 낮게 지나가고 있었다.

"불 들어가요."

이윽고 장작더미에 사방으로 불을 붙이기 시작했다. 해인은 한 번도 시체가 불에 타는 걸 본 적이 없었다. 불은 삽시간에 번졌다. 장작 주위에 소나무 가지를 잘라 넣어서인지 타닥타닥하며 불꽃이 사방으로 튀었다. 시신은 노스님의 시신이었지만 불, 그 속에는 엄마와 아버지, 외할아버지가 들어 있는 것도 같았다.

시간이 흐르자 불 속에서 꼭 기름 같은 것들이 장작불 사이로 흘러내려 땅바닥으로 번질거렸다. 메케하고 노릿한 냄새, 개 끄슬리는 냄새가 코를 찔렀다.

그때였다. 어디 한 구석에 처박혀 앉아 등을 기대고 있던 무상 스님이 나와 2부를 보여 주겠다는 듯 다시 비척거리기 시작했다. 무상 스님이 시신돌이를 하는 사람들을 헤치고 '비켜, 비켜' 하더니 불가로 다가갔다. 문득 해인은 불길한 생각을 했다. 그러나 다행히 무상 스님은 두 팔을 들더니 휘이 휘어이 춤을 출 뿐이었다. 다행이라는 생각과 함께 긴장했던 해인의 어깨에 힘이 싹 빠져 달아났다. 비틀비틀 휘적거리며 무상 스님이 얼굴에 야릇한 표정을 지은 채 춤을 추기 시작했다. 아무도 무애의 춤을 추는 무상 스님을 말리지 않았다. 저만치에서 삼촌 스님은 무상 스님과 같이 곡차를 마신 듯 시뻘겋게 단청된 얼굴로 사람들이 보거나 말거나 담배 연기를 뻑뻑 허공에 날리며 멍하니 무상 스님을 바라보고 있었다.

불붙은 노스님의 시신은 여전히 지글거리며 타올랐다. 손이며 팔, 다리, 얼굴, 심장을 태우고 해인의 가슴까지 태우고 있었다. 솔가지를 장작 곳곳에 끼워 넣어서인지 불은 이윽고 맹렬히 타올랐다. 주변에서는 '관세음보살 나무아미타불' 소리를 내며 돌고 있었고 불길은 시꺼먼 연기를 하늘로 내뿜어 올렸다. 해인은 노스님을 도는 염불 행렬에서 벗어나 한쪽 구석에 쭈그리고 앉아 오열을 삼켰다. 그렇게 울던 해인은 무상 스님의 해탈춤과 불덩어리들과 검은 연기를 물끄러미 바라보았다. 담배를 피울 줄 알았다면, 문득 쭈그리고 앉았던 해인은 그런 어이없는 생각을 했다.

시간이 갈수록 사람들은 지쳤는지 하나둘 줄어들었다. 불꽃들이 점점 사위어 갔다. 불 주위에 옹기종기 불구경하듯 땅바닥에 털썩 주저앉았다. 노스님은 다섯 시간 넘게 타더니 점차 불빛은 사그라졌다.

노스님이 재가 되고 있었다. 성진 스님이 재가 된 불가로 다가갔다. 장삼을 입은 채 하얀 장갑을 끼고 있었고 하얀 문종이를 든 채 집게를 가지고 쭈그리고 앉아 기다란 쇠젓가락으로 시들어 가는 장작불을 헤쳤다. 어라, 노스님이 그랬는데. 사리를 찾는다고 뼛가루 들쑤시지 말라고. 성호 스님은 그 모습만 볼 뿐 말리지 않았다. 하얀 마스크를 쓴 성진 스님이 재 속을 헤치는데 아직 다 타지 않은 재 속에서 연기가 피어올라 왔다.

"재밌냐?"

그때, 삼촌 스님이 다가와 앉았다. 일어서는 해인에게 '재밌냐?'고 물었다. 그 말에 해인은 일어나다 눈을 질끈 감았다. 어지럼증과 함께 전율이 온몸으로 퍼졌다. '즐겨라. 도道는 어디에든지 있는 것이거늘. 따로 도를 찾아 무엇 하겠느냐' 하며 다비장 한쪽으로 소피를 보러 가던 삼촌이 말했다. 그 말에 노스님에 대한 미련이 남았던 해인은 노스님에게 지팡이로 한 방 맞은 듯 얼떨떨했다.

무상 스님과 삼촌 스님은 이제 아예 대놓고 막걸리 통을 놓고 종이컵을 주거니 받거니 술판을 벌리고 있었다. '내가 갈 때도 와 줄 거냐?'며 삼촌 스님과 낄낄거리는 것이었다. 해인은 그때 마침 지나가는 공양주 보살님을 불러 두 스님에게 전이며 부친 두부 같은 것들을 가져다주라고 했다. 해인의 말에 눈이 퉁퉁 부은 공양주 보살님이 '그럼요, 그라지예' 하며 군말없이 합장하고 고개를 수그렸다.

울창한 소나무 숲속에 자리한 천년 절이었다. 부처가 베풀어 지혜를 내려 준다는 산이었다. 옛날에는 여기에 소나무가 많다 하여, 다솔사라 불리었다던. 소가 자기가 싼 똥, 우분牛糞에 누웠다가 일어나면 소똥이 엉덩이에 달라붙어 마르면서 쩍 갈라진 모양이 소나무 껍질과 비슷하다 하던.

관음사 마당에는 통일 신라때 세워진 오층탑이 오도카니 서 있었다. 그리고 대웅전으로 오르는 작은 계단에는 사자상과 코끼리상이 배치되어 있었다. 6.25 때 폭격으로 법당과 돌계단에는 총알 맞은 자국도 있었다. 사자상과 코끼리상은 그대로였다. 석가모니 부처님을 좌우에서 모시는 두 분의 보살, 협시 보살을 상징했다. 관세음보살 부처님 왼쪽에는 지혜를 상징하는 문수보살이 있었다. 오른쪽에는 보현보살이 모셔져 있었다. 문수보살은 푸른 사자, 보현보살은 하얀 코끼리를 타고 다녀 계단에 배치되어 있다고 했다.

"스님, 죽음이 뭐예요?"

"봄이면 꽃이 피고 가을이면 잎이 지는 거지."

해인은 삼촌, 지효 스님의 말에 쿡 웃었다.

노스님의 다비를 치르고 해인은 사흘간 꼼짝도 하지 못했다. 자리에 드러누운 채 끙끙 앓았다. 해인의 방에 공양주 보살이 한번, 성운 스님이 몇 번 들락날락할 뿐 다른 스님들은 코빼기도 보이지 않았다. 노스님이 다시 살아나 지팡이로 쿡쿡 옆구리를 찔렀으면 했는데 노스님은 나타나지 않았다. 노스님은 천성이 깨끗한 걸 좋아했다.

"야야, 가가 의자 좀 가져오너라."
"왜요?"
노스님은 사중 식구들이 다 모인 자리에서 당신 방문 위에 걸려 있던 난 그림을 떼라고 했다. "이제 이건 너의 그림이다. 네 방에 갖다 걸어라."
그리고 노스님은 사중 식구들이 다 모여 있는데 두 팔을 벌렸다. 해인이 멀뚱히 서 있자 성진 스님이 미간을 찌푸렸다. 그러나 그 눈빛에서 '어서' 하듯 고개로 노스님을 가리켰다. 해인이 노스님에게로 다가갔다. 단한 번도 손을 잡아 주지 않던 노스님이었다. 평생에 처음이자 마지막으로 해인을 안아준 것이다. 그리고 노스님은 그 다음날부터 아무것도 드시지 않고 딱 사흘을 앓으시다 속랍 여든셋에 열반하신 것이다.

은사, 노스님의 죽음으로 성진 스님의 문제는 수면 아래로 가라앉았다. 가재는 게 편이라고 해인 말고는 지효 스님도 성운 스님도 성묵 스님도 그렇게 성진 스님을 감싸주고 숨겨주고 덮어 주었다. 해인의 기분이 얄궂어졌다. 진실을 감추고 승려로서도 권위를 내세우려고 눈 가리고 아웅하는 절집 식구들이 싫었다. 신도들이나 다른 문중 스님들 귀에 들어가지 않게 하라는 삼촌 스님의 당부는 더 큰 실망이었다.
"양심과 도덕에 문제가 있지만 그래도 다른 스님네들에 비하면 성진 스님은 양반이다. 한 번만 봐줘라. 한 번만 못 본 척해라. 문제 삼으면 관음사를 다른 문중에게 빼앗긴다.”

권위와 체통을 지키지는 못했어도 개인적인 문제일 뿐이라고 했다. 결국 성진 스님은 주지 자리를 내려놓았다. 셋째 사형인 성묵 스님이 주지 자리로 올라갔다. 깐깐한 성묵 사형은 성진 스님의 승적 박탈까지 요구했던 것이다.

“어디로 가려느냐?”

의대를 가려고 예비고사를 보았지만 본고사 시험을 보지 않았다.

“예비고사 점수로는 원주나 춘천은 될 거 같은데. 특히 춘천은 안정권이고.”

담임 선생님의 걱정대로였다. 마음속으로 이미 큰 사형, 성호 스님이 계시다는 선방, 무문관으로 가기로 마음먹었던 것이다.

예비고사가 끝나고 머리가 아파 병원에 갔더니 MRI라는 걸 찍으라 했다. 거금 오십 만원이나 들여 찍은 사진에 의하면 머릿속에 종괴가 2센티미터가 넘게 자라고 있다고 했다. 젠장할, 어릴적 결핵으로 보건소에 갔을 때 공중보건의가 종괴가 3센티미터에 이르면 위험하다고 했던 걸 잊지 않고 있었다. 해인은 머리가 터질 것 같아 술을 마시고 또 마셨다. 그냥 콱 죽어 버렸으면 좋겠다는 생각뿐이었다.

의대에 가는 꿈을 접으라는 거였다. 수술을 하지 않는 한 법대에 가서 검사가 되어 아버지의 원수를 갚아 줄 검사가 될 수도 없고 의대에 가서 의사도 될 수도 없다고 했다. 수술을 하려 해도 돈이 한 푼도 없었다. 심지어 언제 발작할지 모르니 운전도 하면 안 된다는 거였다. 만일을 대비해 다른 사람들에게 위해가 될 행동은 일체 해서는 안 된다는 충고였다. 막막한 심정이 되어 술집에서 술병을 안고 쓰러지기도 했다. 악을 쓰고 소리치다 술집 주인에게 두들겨 맞고 쫓겨나기도 했다.

"나쁜 새끼. 비열한 새끼."

거리에서 고래고래 욕설을 퍼붓기도 했으며 전봇대를 부여잡고 엉엉 울다가 토했고 토사물로 엉망진창이 되어 길바닥에 드러누워 울기도 했다.

과거의 기억들이 사무쳤다. '괜찮아, 나는.' 해봤지만 괜찮지 않았다. 도저히 세상은 하루치의 삶을 살지 못하게 만들었다. 도대체 어디서부터 무엇이 잘못된 것일까. 환멸이었다. 쪽팔렸다. 머릿속에 자라는 혹 때문에 눈이 흐릿해지고 아찔해지면 시간 장소를 가리지 않고 쓰러졌다. 업보가 아무리 지중하기로서니. 엄마와 아빠가 물려준 돈으로는 도저히 머리통 수술을 받을 수 없었다. 기실 그 돈으로도 수술비는 부족하다고 했다. 그런데 왜? 나름 잘 살아왔는데. 잘 살고 있었는데. 성운 사형 스님이 노스님의 다비식이 끝나자마자 돈과 통장이 든 회색 가방을 들고 순임이 보살님과 관음사에서 튀어 버린 거였다. 예기치 못했던 일이 그만 벌어지고 말았다. 상상도 하지 못했다.

그래도 믿었는데. '나쁜 연놈들' 하고 몇 번이나 되뇌었던가.

"너 이리 와."

"얼랄래?"

지혜가 취해 고주망태가 된 해인을 보고 놀랐다. 애꿎게 피해를 본 건 지혜였다. 자비행 보살이 택시를 불러 병원에 가는 걸 확인한 이후였다.

"너 보란듯이 잘 살고 싶었어. 너랑 살고 싶었어."

"………지랄. 그런데 왜 이렇게 지저분하게 깝치냐?"

찢어지고 멍들고 부어터진 얼굴의 상처를 쳐다보던 지혜가 안타깝다는 듯 쏘아붙였다. 해인에게 네가 그러면 난 기분 더러워진다는 표정을 짓던 지혜가 벌레 씹은 듯 말했다. 해인의 가슴에 불을 당기는 말투였다. 도서관에서 돌아오던 지혜가 대문을 열고 들어서고 있었다. 입을 비죽거리던 지혜가 눈썹 하나 까딱하지 않고 해인을 노려보고 있었다.

"미친 새끼."

또랑또랑한 음성으로 그렇게 말했다. 그 말에 해인은 부아가 치밀었다. 집 안으로 밀고 들어간 해인은 대문을 쿵 닫아 버렸다.

미이라처럼 비썩 마른 해인이었다. 그토록 벗어 버리고 싶었던 승복이었다. 지긋지긋하고 짜증나던 생의 껍질들. 지혜네 집 마당으로 들어선 해인이 지혜를 덥석 안았다. 지난번 강제로 지혜를 덮쳐누른 후 지혜는 해인을 사람 취급도 하지 않았다. 말을 걸어도, 졸졸 따라다니며 옆에서 불러 보아도 유령 취급을 할 뿐이었다.

눈꺼풀을 바르르 경련하듯 떤 해인이 지혜를 끌고 집으로 들어갔다. 지혜가 비명을 내질렀다. 그리고 우악스런 손으로 거실의 소파에 지혜를 눕혔다. 지혜가 소스라치게 놀랐다. 종재기만 했던 지혜의 젖가슴은 제법 커져 있었다. 해인은 미쳐버리고 싶었다.

"아, 그만. 제발 그만."

"……"

"씨발놈아. 너 지금 나한테 뭐하는 짓이냐?"

지혜가 소스라치게 놀라더니 버둥거리며 악을 써 댔다. 회복 불가능한 시간들이었다.

"지, 지난번엔 너, 너무 아팠어. 나쁜 새끼야, 그만, 그만. 내, 내가 할게."

이윽고 지혜가 숨을 몰아쉬는 해인의 손을 뿌리치며 다급하게 말했다. 해인은 소파에 누운 채 눈을 감았다.

"이 나쁜 새끼, 순 도둑놈 같은 새끼야."

지혜가 해인의 뺨을 내려치고 내려쳤다. 때리기 지쳤는지 한순간 지혜가 두 손으로 해인의 머리를 감싸 안았다. 지혜가 입을 맞추었고 해인은 진저리쳤다. 기억의 저편. 견뎌온 날들, 버텨온 날들, 죽음 같은 날들 중 하루였다.

"어디로 갈 건데? 그나저나 너 그 얼굴 꼴이 뭐냐?"

삼촌, 지효 스님은 혀를 끌끌 찼다.

"……어디까지든 행각합니다."

해인이 기어드는 목소리로 대답했다.

"무엇을 위한 행각이냐?"

"삼계열뇌三界熱惱 유여화택猶如火宅 마음을 찾으려 합니다."

"그래. 심하원멱心何遠覓, 마음을 어찌 먼데서 찾으려 하는고?"

"우리 노스님께서 멀고 가깝고를 버리라 하셨습니다."

"위험천만이로고. 명심할지니 연의미식軟衣美食은 절막수용切莫受用이어다. 기일 자종경종自從耕種에 지우구신우至于口身히 비도인우非徒人牛의 공덕다중功力多重이라. 좋은 옷과 맛있는 음식 탐하지 마라. 밭 갈고 씨 뿌릴 때부터 먹고 입기까지……. 하물며 남의 목숨을 죽여 나를 살리려 하지 마라. 삼악도에 잠겨 오래도록 고통에 얽매인 몸……. 주린 창자 위로하고 누더기 떨어진 옷으로 몸뚱이를 가렸으니 됐다."

"……."

해인의 귀에는 출세간出世間이니 출출세간出出世間이니 하는 말이 들리지 않았다. 해인은 삼촌 지효 스님께 삼배를 올리고 돌아서서 길을 떠나왔던 것이다.

"이 누리 떠나지 않고, 이 누리 떠나지 아니하지 않고 이 누리를 오가는데 아무 걸림이 없음이여. 마치 바람이 하늘 가운데 노니는 것이나니……."

그때 삼촌은 '불쌍한 놈' 하며 마치 자식을 집에서 내보내듯 심란한 표정을 지으며 담배 연기만 푸푸 날렸었다. 그날 해인은 이미 알고 있었다. 이번 생, 이제 다시는 엄마나 아버지, 노스님 같은 행운은 찾아오지 않는다는 것을. 평상시와 달리 두 배나 먼 길을 택해 어둑해져서야 산길을 헤매다 드디어 바다로 향하는 첫발을 내딛을 수 있었다.

관음사 어디에도 숨을 곳은 없었다. 해인은 졸업식 날 졸업장 받으러 가지 않고 길을 떠나왔던 것이다. 그러나 풋내기 애송이일 뿐이었다. 스님들은 백랍 같은 얼굴을 하고 인정머리가 없었다. 도움받는 것도 싫어하고 도움 주는 것도 싫어했다.

"너의 목표는 뭐냐?"

노스님이 물었다.

"……사는 거요."

"그럼, 붙어봐. 언제까지 헛발질이나 하고 살 거야? 너의 운명이랑, 맞짱 떠 보라고."

"……."

"알았지? 변화를 받아들여. 그렇다고 너의 소중한 가치를 잃어버려선 안 되고."

"네, 스님."

노스님은 친구들에게 맞고 들어오면 싸우지 말 것, 싸우지 않고도 이겨야 한다는 알쏭달쏭한 말을 던졌다. 그래도 해인은 양명원 햇살 보육원 출신이었다.

노스님은 맞고 살지 말라고 태권도 도장을 보내주고 단증까지 따게 해 주었다. 노스님의 말대로 훌륭한 사람이 될 자신은 없어도 비겁하고 쪽팔리게 살고 싶지는 않았다.

"너나 나나, 죄라고 가진 건 불알 두 쪽 가지고 입산한 거 밖에 없잖아. 뭐가 무섭냐? 막무가내로 나가."

"무대포요?"

"응, 왕대포. 쫄지 말고 네가 이겨. 너는 너를 이길 수 있어."

"……말도 안 돼요."

"천군만마를 이기는 것보다 너 자신을 이기는 게 더 어려운 법이야. 수행은 기적을 만들어 낸다. 니가 너를 이기면 다 이길 수 있어. 살아남는 게 중요한 게 아니라 가치를 지키며 살아가는 게 이기는 거라고. 그게 기적이라고."

"사는 게, 그게 기적이라고요……?"

"그럼, 인생 또 뭐 있냐?"

해인이 노스님을 할아버지처럼 맹목적으로 따르게 된 계기였다. 노스님은 되는 걸 되게 하는 건 누구나 다 할 수 있는 거라고 했다. 해인은 알고 있었다. 노스님이 성운 스님을 차갑게 대하는 이유를. 성운 스님에게 가까이 가면 담배 냄새가 났다.

"네가 가난을 알아? 그 고통을 슬픔을?"

성운 스님이 볼멘소리로 물었다.

"알죠, 그 가난도 고독도."

둘만 있을 때 성운 스님이 물었다. 성운 스님은 해인이 문둥병, 미감아 출신인지 몰랐다.

"순임이가 아주 날 못살게 군다. 야, 나는 뭐 하나 얻으려면 그렇게 힘든데 넌 뭐가 그렇게 쉽냐?"

"……왜 그래요, 또?"

'너는 세상이 술술 잘 풀리잖아.' 하고 질투하는 거였다. 해인은 그런 성운 사형 역시 엄마, 아빠가 성운 스님을 거둬 먹일 수 없고 가르칠 수 없어 절간에 보냈고 연탄불 피워 놓고 죽으려 했다는 이야기를 들어서 알고 있었다.

"제발, 사형. 담배 좀 끊으세요. 노스님 다 아시면서 아무 말씀 안 하시는 거예요."

"……."

"그리고 저 남들보다 두 배 세 배 더 노력한다고요."

해인이 못마땅하다는 듯 대답했었다.

"그래 그럼. 넌 성실하니까 어디에다 가도 아무것도 없어도 세상 잘 살 놈이지. 그치?"

그리고 성운 스님은 그 말을 마지막으로 다음 날 새벽, 예불 시간에 나타나지 않았다. 왜 몰랐을까. 생기는 것은 분명 사라지는 법이요, 만든 것은 분명히 허물어지고 없어진다는 것을. 누가 불법을 잘못 만나면 뱀, 독사의 몸통을 잡은 것과 같다 했던가. 많은 것을 소유한 사람은 아무것도 소유하지 않은 사람을 절대 이길 수 없다는 말도.

"나는 이제 계율을 지키지 않을 거야. 가르침도 어길 거고. 착하게 살지도 않을 거야."

"히이, 사형. 사형은 술도 마시고 맴맴, 담배도 피우고 맴맴, 여직까지 그렇게 살아왔잖아……."

"그러니 너도 나 너무 미워하지 마. 나 돈도 많이 벌 거라고."

"히이, 사형님. 아무리 돈이 많아도 죽을 때 그 돈을 짊어지고 가지 못한대요."

"저승 갈 때 마지막 입는 옷에는 주머니가 없다며?"

성운 사형이 말을 하고는 알 듯 모를 듯한 미소를 지었다.

그때는 몰랐다. 성운 사형이 왜 그런 말을 했는지.

"오빠?"

"응."

그렇게 심사가 복잡할 때 지혜가 생글거렸다.

"나 있지."

"뭐?"

너무 긴장이 되었다. 부끄럽고 불안했다. '이건 죄야' 하고 너무 두려워서 어찔어찔 현기증까지 일었다. 그러나 지혜의 코맹맹이 소리에 눈앞이 캄캄해지고 거의 반쯤 미친 상태가 되었다.

이젠 가진 게 하나도 없었다. '너라도 가져야겠다. 너라도 내 거로 만들어야겠다.'라는 생각이 들었다. 지혜라면 거절하지 않을 거 같은 느낌이었다. 삼촌의 당뇨약을 가지고 왔을 때였다. 삼촌은 버스정류장까지 바래다 줘라고 했었다.

"오빠, 우리 결혼하자."

"별, 미친년."

"거추장스러워. 언제 딱지 떼어줄 거야?"

"인마. 넌 이제 중3이고 난 이제 선방에 들어갈 예비 수좌라고. 이제 겨우 사미계 받았는데. 왜 그러는 거야, 왜?"

"오빠도 내가 처음이었지? 겁나냐? 책임지랄까 봐?"

지혜의 그 말에 해인이 쓸쓸히 웃었다. 왠지 가슴이 답답해지고 슬픔 같은 것들이 바윗덩어리처럼 가슴을 무겁게 짓눌러 왔다.

"왜 그래?"

"대개 늙으나 젊으나 남자들이 날 보면, 어떻게들 하지 못해서 안달들인데 오빠는……. 언제나 소 닭 보듯 쭈뼛쭈뼛 겁먹고 옆으로 가면 쌩판 남처럼 쌩까더라. 내가 무서운가 보지?"

"난…… 지옥은 믿지만 천국, 극락의 존재는 믿질 않는 놈이야. 난 널 갖고 싶기도 하지만 지켜 주고도 싶어."

"······웃기네."

재미없는 세상, 언제나 음울한 얼굴을 하고 살던 해인은 지혜를 보며 낯이 펴지곤 했다. 해인은 실소하곤 했다. '음지의 사람, 나쁜 남자, 나쁜 사람'으로 남아달라는 지혜를 빤히 보았다.

"어떻게 그 많은 돈을 홀랑 뺏기냐?"

"뺏긴 거 아냐. 성운 사형이 홀랑 훔쳐간 거지."

"치이, 그거나 그거나."

포장마차에 앉은 해인은 자기가 처음이었지?라는 말에 시치미를 떼고 천연덕스럽게 지혜가 내미는 술을 넙죽넙죽 받아먹었다. 둥둥둥 북소리가 가슴속에서 들려왔다. 지혜의 엄마, 자비행 보살은 몸 상태가 안 좋아 동네 병원에 입원했다고 했다.

"너 인마, 아무 짓도 안 한다고 약속하고는······."

"길 닦아 놓은 게 누군데?"

포장마차에서 나와서 아무도 없다는 지혜의 집으로 들어갔던 것이다. 성운 스님 때문에 거의 매일이다시피 술을 마셔 댔다. 곯아떨어져 잤는데 깨어 보니 지혜가 품 안에 안겨 있었다.

"알았어. 그렇다고 나한테 변명하지 마. 오빠도 불쌍한 사람, 나도 불쌍한 사람. 그래서 우리는 행복한 사람들이잖아."

이상하고도 아름다운 지혜의 술주정에 해인은 숨을 흡 들이켰다. 지혜는 익숙한 몸놀림으로 '달에는 구름이고 꽃에는 바람이래'라고 하며 해인에게 입술을 가져다 댔다.

해인은 그 비 오던 날의 뜨겁던 지혜를 떠올리며 바보 같은 얼굴을 했다.

그쯤 무문관에 들어 있는 사형을 찾아갔었다. 어렵사리 무문관을 찾아간 해인은 수숫대로 담을 만들어 세운 성호 스님의 처소 앞에 섰다. 촘촘히 수숫대를 엮어놓아 성호 스님의 모습은 보이지 않았다.

"……여기 선방으로 들어오겠다고?"

해인이 53선지식을 찾듯 만행의 첫 목적지는 큰 사형인 성호 스님이었다.

"……네."

"너 비구계는 받았냐?"

"……아뇨."

"은사님이 열반하셨으니…… 건당을 해야 비구계를 받을 텐데."

해인은 침을 꿀꺽 삼키고 어깨를 으쓱거렸다.

"그깟 쫑이 무슨 필요가……."

"그래도 쫑이 있어야 마짓밥 내려 먹고 살 수 있는 데가 이놈의 절간이다. 비구계를 받지 못하면 무문관에 들어올 수 없어. 서울 가서 사숙, 지운 스님께 부탁하면 받아 주실 거야. 계는 교구 본사 가서 받으면 되고. 그리고 대원사에 가면 도연이라고 있어. 나한테 들렀다 가라고 해라."

"예, 스님."

성호 대사형은 선원장 스님에게 제출할 추천장이 든 봉투를 수숫대 담 사이로 내밀며 말했다. 그렇게 해서 잠시 찾아든 게 서울 대원사였다.

"너 성진이한테 좀 다녀오너라."

서울의 지운 사숙 스님을 찾아가자 스님이 해인을 건너보며 말했다.

"네? 스님, 저 그 인간 싫은데요."

"이놈아, 승가는 화합승이야. 윗스님한테 그게 무슨 말버릇이냐? 가서 용서도 빌고. 네놈이 빨리 질풍노도의 시기를 보내려면……."

지운, 사숙 스님은 성진 스님에게 가서 참회를 하고 오지 않으면 건당을 받아 주지 않겠다는 양 으름장을 놓았다. 비구계를 받으려면 지운 스님의 도장이 필요했던 것이다. 건당이란 원래는 법맥을 잇는다는 뜻이지만 은사를 바꾼다는 은사 갈이의 의미로 변색되어 쓰이고 있었다.

"스님, 삼배 받으시지요."

해인은 성진 스님에게 참회하기보다 오로지 비구계를 받기 위해 성진 스님이 머무는 수유리 지장사를 찾았다.

"꼴통 같은 놈. 절은 무슨 절, 얼굴 봤으면 됐지. 나한테 뭐 빨아먹을 게 있다고 찾아왔대냐?"

성진 스님은 다실茶室에 앉아 곡차를 마시다 못마땅하는 해인을 빤히 노려보았다. 이미 얼굴이 불콰해진 성진 스님이 가소롭다는 듯 해인을 건너보았다. 해인은 그런 성진 스님의 눈빛을 피했다.

"지운 큰 스님의 심부름으로 왔습니다. 지난번 불사 때 스님께서 도와주셔서 고마웠다고 이거 전해 드립니다. 곡차는 그만 마시고요. 여전히 돈질로 인간관계를 유지하시는가 보죠?"

"……개또라이 새끼. 그렇다, 어쩔래?"

지장사라는 절은 공찰이 아니라 사찰, 개인 절이었다. 분당에서 오포 넘어가는 쪽에 우리나라 최고급 납골당을 새워 세워 돈방석에 앉았다는 얘기가 돌았다. 소문에는 성진 스님의 통장에 이백 억이 있다느니 삼백 억이 들어 있다느니 하는 소문이 파다하게 돌았다. 그러나 그 뒤에 지혜가 있다는 걸 해인은 빤히 알고 있었다.

"영축산을 보았느냐?"

"……거기가 어딘데요?"

어느새 승가에는 깨달음이 높고 오래 수도한 스님네들이 큰 스님이 아니라 통장에 돈 많고 권력이 높은 스님네들이 큰 스님 행세를 하고 있었다.

"바람 부는 곳이다."

"그런 곳을 제가 왜 봅니까?"

"그래 그럼 이놈아, 운수雲水의 처處가 어디인 줄은 알고?"

"똥 누는 곳입니다."

해인이 장난기를 빼고 제법 성진 스님의 선문답을 받아치자 스물다섯 살이나 더 많은 성진 사형은 짐짓 웃음을 지어 보이며 장난스런 눈으로 해인을 건너봤다.

"창녀촌에 가서 창녀랑 하룻밤 자 보았느냐?"

"……남편은 아내에게 몸을 팔고, 아내는 남편에게 몸을 파는 사바가 다 창녀촌인데요, 뭐."

"아이고 이 귀여운 놈아. 구상유취口尙乳臭, 젖비린내 나는 놈아."

"스님."

그때 해인이 방이 떠나가도록 큰 소리로 성진 스님을 불렀다.

"네놈이 나한테 아직 덜 맞았구나."

그때 해인이 손바닥으로 방바닥을 타악 쳤다.

"왜, 또 옛날처럼 때리시려고요?"

"내가 아들 같은 네놈을 때리지 못할 이유가 또 뭐 있냐?"

"……저 이젠 안 맞아요. 스님, 요즘은 자비행 보살님 버리고 다른 보살님이랑 산다며요……. 재주도 좋으시네요, 그 연세에."

"이놈아, 그 마음도 생로병사, 성주괴공, 생주이멸生老病死, 成住壞空, 生柱異滅, 그 마음도 사심四心, 지혜심, 방편심, 무장심, 승진심이야."

성진 사형이 버럭 소리를 질렀다. "크으. 또 사기, 공갈치시네요. 왜 이러세요? 저 꼴통중의 꼴통, 왕또라이, 개또라이인 건 스님도 잘 아시죠?"

해인은 성진 사형을 쏘아보며 쏘아붙였다. 얼마나 정신적으로 시달렸던가. 성진 스님만 보면 주눅이 들어 슬금슬금 피하던 해인이었다.

"속가만 그런 게 아니라 승가도 피 튀기는 전쟁터라고."

"……"

해인의 심사를 읽고 있기나 한 듯 성진 스님이 말했다. 알코올 중독으로 손을 떨고 있었다. 수전증뿐만 아니라 얼굴은 병색으로 창백해 보였다. 삼촌이 '그래도, 저놈 불쌍한 놈이다. 기도 많이 해 줘라' 했을 때 해인은 '개코나' 했던 것이 떠올랐다.

겉으로는 교주처럼 행세하지만 근 보름은 일체 곡기를 끊고 술을 마시고, 쓰러지면 병원에 가서 링거를 맞고 정신을 차렸다가 다시 절로 돌아오면 술을 마신다는 거였다. 다행히 일체 거친 말이나 폭력을 쓰지 않아 그나마 아랫사람들이 시봉하기가 수월하다고 들었다.

"너, 내가 왜 그렇게 널 구박했는지 모르지?"

성진 스님은 얼이 빠진 듯 취한 듯 느릿한 말투로 물었다.

"지효 스님이 처음엔 널 내 상좌로 준다고 그랬었어."

성진 스님의 얼굴이 종잇장처럼 창백해졌다.

"네놈이 내 상좌로 들어 왔으면 내 인생이 바뀌었을까? 그래도 너랑 올곧게 잘 살아보고 싶었는데 이 모양 이 꼬락서니가 되었네……"

"……"

입꼬리를 살짝 올린 성진 스님은 '지혜랑은 잘되냐?' 하며 방을 나오는 해인의 뒤통수를 때렸다. 도무지 종잡을 수가 없었다. 미친 사람처럼 이랬다저랬다 하는 게 정상적으로 보이지 않았다.

따분한 산중 생활 속에서 먹물옷 입고 거들먹거리는 스님들의 꼴도 보기 싫었으며, 허울과 위선에 빠진 스님네들처럼 '나는 누구인고, 깨달음이란?' 하다가 '악! 내 청춘!' 해가면서 성진 스님처럼 마냥 주점을 들락거리고, 나중에는 여관방 호텔방을 차지하고 고스톱이나 포커를 치다가 농염한 눈빛으로 화냥년, 화냥놈들의 사타구니 속으로 빠져드는 실패한 구도자들을 수도 없이 보았다.

"그러니 아무래도 산목숨이니 살아야 한다고 너는 새끼야. 내 짱나게 살지 말란 말이야 이눔아."

해인은 입을 쩍 벌리고 멍청하게 뚫어져라 노려보는 성진 사형의 얼굴을 바라보다 어이가 없어 한숨을 포옥 내질렀다.

'금생엔 이걸로 스님과의 인연은 끝입니다.' 하고 성진 스님의 방을 나오자 '제발, 그러자. 다시는 보지 말자' 하는 스님의 말에 해인은 자괴감을 씹었다. 해인은 성진 스님이 여비라고 내미는 봉투를 한사코 받지 않고 그냥 지장사를 나왔다.

지나온 세월이 꿈이었을까. 어릴 적 고생하던 장면들이 눈앞을 스쳐 갔다. 온몸이 떨려 왔다. 환상과 현실이 마구 뒤섞이는 거 같았다. 노을이 지고 있었다. 서녘 하늘엔 성성星星하게 적적寂寂 노을이 펼쳐지고 있었다. 선방으로 올라가는 길은 슬픔이었으며 쓸쓸하면서도 막막하기만 했다.

성공이란 무엇인가. 좋은 학교를 나와 좋은 직장을 얻고 적게 일하고도 많은 돈을 번다면 성공인가? 남들에게 대우받고 사람들에게 권세를 누리는 것이 성공인가? 재물과 권력, 명예가 무슨 소용이란 말인가. 남들의 고통, 그 위에 쌓는 행복이란 행복이 아니다라는 생각에 이르러서 해인은 신음을 내질렀다.

"과거에 매달리지 말자. 미래를 원망하지도 말자. 과거는 이미 사라졌고 미래는 아직 오지 않았잖은가."

내가 소유하지 않으면 다른 이들의 몫은 더 늘어날 것이 아닌가. 내가 소유와 욕망을 버린다면 나 자신은 물론이고 타인과의 관계에서도 주종의 관계는 사라질 것이다. 지배와 복종, 불평등은 소멸될 수 있을 것이다. 그동안의 짧은 삶 속에 사고팔고四苦八苦에 간힌 것이다. 생로병사生老病死, 나고 늙고 병들고 죽고 애별리고愛別離苦, 사랑하는 이들과 헤어져야 했으며 구부득고求不得苦, 얻고자 했던 것은 얻지 못했다.

모든 존재는 조건 지워진 결과였다. 천지간에 오직 혼자 몸, 진흙탕 똥바다 속의 소경이 된 지금, 모든 게 다 꿈이요, 허깨비요, 물거품이요, 그림자 같고 이슬 같고 번갯불 같았다. 그저 육신, 오온은 소화기와 배설기, 생식기를 갖는 기관일 뿐이었다. 단세포였다. 맹선盲禪이었다. 생성과 소멸을 되풀이하는 원소의 물질적 결합이었다. 생생하던 몸은 궤멸될 것이고 새로운 나는 생겨날 것이다. 몸은 피나 고름이나, 오줌이나 똥, 죽으면 썩을 것이고 한 줌의 흙으로 돌아갈 것이다. 모든 것은 인연, 조건이나 환경에 의해 이루어지고 연緣에 의해 멸할 것이다. 이 세상에 영원한 것은 아무것도 없다. 단지 그 인연에 변화할 뿐이다.

"마음 가운데 애욕을 벗어난 사람을 사문이라 하고 세속에 물들지 않는 것을 출가라 하느니라. 행하는 사람으로 그물에 걸리는 코끼리 가죽을 쓴 개와 같고 도에 있는 사람이 애욕을 품는 것은 쥐구멍에 들어간 고슴도치이니라."

해인은 미친 사람처럼 으, 하고 신음을 내질렀다. 염념보리심念念菩提心이 되지 않아 처처안락국處處安樂國이 되지 못했다. 백운청산시정토白雲青山是淨土가 되지 못해 아귀축생시불신餓鬼畜生是佛身이 된 것이다.

절집 안에서는 집착이 없어야 고통이 사라진다고 하던 일부 선배들이 말은 부처처럼 하면서도 고급 외제 승용차에 골프채를 넣어 가지고 다니며 골프를 쳤고, 통장에는 수십억의 삼보정재가 들어 있었고, 세속의 족벌보다 더 심한 문중 의식에 사로잡혀 있었다. 재물이 많은 절을 차지하기 위해서 세속의 정치를 능가하는 권모술수와 모략, 모함을 일삼곤 했다. 닭벼슬보다 못한 중벼슬을 달려고. 모든 것이 환幻과 같으며 메아리 같고 그림자 같으며 아지랑이 같고 임시로 만들어진 초막과 같은 것을. 저 밥벌레처럼 물 좋고 산 좋은 곳에서 허송세월만 했다는 생각에 고개를 내흔들었다.

절집 사람들 중의 일부는 황금빛 불상을 모셔 놓고 사찰을 늘려가며 신도들을 불러 모으지만 다, 뒤로는 고급 승용차를 타고 다니고 안마 시술소로 룸살롱으로 고급 사우나탕으로 목욕을 다니고 차의 트렁크에는 골프채를 넣어 가지고 다니는 것을 보았을 때 해인은 서글퍼지기까지 했다. 길거리의 다방 숫자만큼이나 불어난 절집들.

그 선배들은 해인에게 집착을 버리라고, 애욕을 끊으라고 말하던 것을 다 잊은 모양이었다. 신도들에게는 여전히 집착을 없애야 고통이 사라지고, 무소유다, 나를 버리라 하면서 자신들은 종권 다툼에 날 가는지 모르고 삼보정재를 유용하기 일쑤며 펄펄 날뛰는 모습들이 현실이었던 것이다.

오늘도 공장의 근로자들은 한 달 생활비를 하기도 빠듯한 저임금으로, 노인들은 갈 곳이 없어 거리를 방황하고, 고아원에서 버림받은 아이들은 길거리의 거지로 나서고, 그래도 넘치는 고아들은 세계로 수출되고 있었다.

꿈의 세상에서 꿈꾸는 꿈은 꿈이 아니고 꿈꾸지 않는 꿈이 꿈이라는 걸. 이미 몇 생이나 그러고 살았던가. 관음도 꿈이요 미륵도 꿈이라. 삶生도 꿈이요 죽음死도 꿈, 시是도 꿈이요, 비非도 꿈. 꿈 또한 꿈이거늘. 이곳이 바로 생사의 바다를 건너는 연꽃 나라 극락이요, 우리의 몸이 바로 부처이건만 어느 것이 생시이고 어느 것이 생이고 어느 것이 사이며 또 어느 것이 꿈이런가?

"스님, 인사드리겠습니다. 점심 공양 맛있게 하셨습니까."

"……누구? 아, 새로 계戒받았다는."

"예, 이번에 말입니다. 도연이라고 합니다."

그때 도연 스님을 처음 만났다.

지운 스님의 새로운 상좌라고 했다. 보기만 해도 원리, 원칙, 유도리가 전혀 없어 보이는 공무원 아니면 군인, 경찰 같은 상이었다.

"사형님, 절받으시겠습니다. 우리 스님 밑으로 건당하셨다고 들었습니다."

"절은 뭐, 대위로 제대하셨다고 들었어요. 우리 악수나 해요. 무문관에 계시는 대 사형이 한번 들렀다 가시랍니다."

"네. 알겠습니다."

도연을 처음 만났을 때 꼭 독일 병정, 게슈타포 장교 같았다.

"말씀 낮추십시오. 제가 세 살이나 어리지 말입니다."

절을 하지 말라 해도 도연은 넙죽 삼배를 했다. 그 바람에 해인도 삼배 맞절을 했다. 몸은 단단해 보였고 말투가 완전 군인 말투였다.

"그래, 스님으로부터 받은 화두는 뭐예요?"

"여기 한 물건이 있는데 본래부터 한없이 밝고 신령스러워 일찍이 나지도 않았고 죽지도 않았다. 이름 지을 길 없고 모양 그릴 수도 없다. 허공같이 뚜렷하여 모자랄 것도 없고 남을 것도 없다. 또한 크다, 작다, 많다, 적다, 높다, 낮다 시비할 수 없으며 거짓, 참 등 온갖 차별을 붙일 길이 없으니 머리도 없고 꼬리도 없고 이름도 없다. 위로는 하늘을 기둥 하여 괴이고 밑으로는 땅을 기둥하여 받친다. 즉 천지보다 더 크다. 밝기로는 해와 같고 검기로는 칠통같다. 항상 움직이며 사용하는 가운데 있으되 가

두어 얻지 못하는 것, 이것은 무엇인고입니다."

"부모미생전, 만법귀일이네. 그래요, 만법개공萬法皆空, 유무有無, 색공色空의 합치, 만공滿空을 열어 보세요."

"그런데 말입니다. 스님께 부탁이 있어 이렇게 스님 방에 찾아왔지 말입니다."

"무슨?"

"제가 염불을 못하지 말입니다."

"……처음엔 다 그렇지 뭐."

"은사 스님께 말씀드렸더니 스님께 부탁해 보라는 말씀이 있었지 말입니다. 염불이라면 스님께서 한 염불하신다 말입니다."

"무슨?"

이상한 장례식이었다.

병원 영안실에 도착해서 빈소와 접객실을 정하고 영정을 모셨다.

"문상객이 없을 겁니다."

"……어떻게 세상을 살았기에?"

"어머님은 일찍 양로원에 계셨고 전 육사를 졸업하고 5년간 사람들을 만날 수 없는 곳에서 근무했습니다. 아, 발인 때 딱 한 사람 사촌 여동생이 오기로 했습니다."

"……."

영정 사진과 도연 스님이 닮지 않았다. 나이 차도 많이 나는 것으로 보였다. 그런데도 지방에는 망모亡母라고 쓰여 있었다.

"친엄마는 아니고 아버지가 병들어 계시던데 간병해 주시던 분이었습니다. 집을 등기 이전하라고 서류를 해 드렸는데 등기 이전도 하지 않으시고요. 집은 전세를 놓고 마지막까지 요양원에 계시다 돌아가셨습니다."

사연 없는 삶은 없었다. 해인은 더 이상 도연에게 아무것도 묻지 않왔다.

"세상엔 나쁜 사람도 많지만 좋은 사람들도 많아요."

해인의 말에 도연은 아무 말도 하지 않았다. 해인은 말을 해 놓고 끙 신음을 삼켰다.

도연의 말대로 문상객은 없었다. 그러나 뜻밖의 문상객 둘이 찾아왔 다. 성진 스님과 지혜였다.

"아니 어떻게?"

해인은 입이 저절로 벌어졌다.

"도연 스님이 제 외사촌 오빠예요."

그때 옆 영안실의 식당에서 네 사람의 밥과 국 그리고 머릿고기며 전 몇 가지를 해서 상을 차렸다. 소주도 두 병을 가지고 왔다. 어색한 침묵이 흘렀다.

"혼자 웃으시며 도대체 무슨 생각을 하세요?"

추억 속에 빠져 있는 해인을 도연이 불렀다.

"우리더러 누가 이 길을 가라 하지 않은 길이었지?"

도연이 뜬금없는 해인의 말에 '또 무슨 헛소리?' 하는 듯 침대 옆에 앉 아 해인을 살펴보는 모양이었다. 그동안 너무 오래 아파서 바보가 된 기 분이 들었다. 희망을 꿈꿔 본 적이 언제였던가. 해인은 눈을 감은 채 쪼그 라진 얼굴, 뼈다귀같은 얼굴로 검은 개처럼 온몸의 신경들을 바짝 긁어모 았다. 목적지 없이 마냥 걷고만 싶은 날이었다.

"스님께 장애인 연금을 신청해 드리려고 여기저기 뛰어다녔거든요."

해인이 불퉁스레 말하자 위로하듯 도연이 말했다.

"호적이 두 개시네요. 김산 그리고 강선재라는……."

"그런데 스님. 스님 앞으로 강원도에 전, 밭이 천삼백여 평 있는데요."

"……."

"스님, 알고 보니 알짜배기 부자셨네요."

해인은 그 사실을 잊고 있었다.

"눈 그리고 다리의 중복 장애로 1급 중증 장애인 판정이 나왔는데 원래는 122만원 수급비를 받을 수 있지만 스님은 스님 이름으로 된 토지가 있어서 주거비와 생활비로 80만여 원 밖에 나오지 않는답니다."

"……땅. ……아."

해인은 '그래, 성운 스님.' 하며 신음을 삼켰다. 하지만 고개를 설레설레 내저을 뿐이었다. 기어코 해인은 기꺼움을 이기지 못한 채 울먹거렸다. 걸망 발우 속에 보면 토지 등기부 등본이 든 작은 누런 봉투가 들어 있을 터였다.

그때, 어디선가 참새들이 떼 지어 짹짹거리는 소리가 들려왔다. 가을의 높은 하늘의 새벽은 얼마나 아름다울까. 또 일몰의 저녁 해는. 완연한 가을이었다. 산에는 개암이 익고 똘배들이 주렁주렁 매달려 있을 것이다.

성진 스님은 쓸쓸히 말하고는 봉투 하나를 남겨 놓고는 떠나갔다. 해인에게는 백만 원이라고 했는데 도연이 봉투를 열어 보고는 경악했다. 1억짜리 횡선 수표라는 거였다.

"도연아."

"……네?"

"그동안 고마웠어. 이젠 스님도 내 곁을 떠날 때가 되었어. 그 수표는 니가 하도록 해. 그동안 간병비라고 생각해."

"……네에?"

뜬금없이 무슨 일이냐는 듯 도연이 되물었다.

"희망을 간직한 사람은 그 사람이 희망이라고. 이젠 내게서 떠나. 그동안 스님은 언제나 내게 부처님이었어."

해인은 입안 말로 중얼거리듯 천천히 말했다. 누구보다 더 수술 결과를 기다리던 도연이었다. 보지 않아도 쏘는 듯 날카로운 눈빛으로 쳐다볼 것이다.

세상이 보이지 않는다는 사실이 당황스럽고 현실이 인정되지는 않지만 재활하고 다시 일어서서 세간으로 걸어야 하리라. 외롭고 긴 싸움이 될 거라고 했다. 불법은 세간에 차 있었다. 세간을 여의고 깨닫는 것은 아니다. 세간을 떠나 깨달음을 찾는다면 마치 토끼의 머리에서 뿔을 찾는 것과 다름없다. 그래도 상처들이 아물어가는 여름밤이었다. 다시 목숨의 바다로 나가야 할 것이다.

"이 돈, 못 받아요."

"그럼 찢어 버려."

"절대 스님에게 짐이 되고 싶은 맘은 없어요."

묵묵히 듣고만 있던 도연이 잠시 멍멍한지 전에 없이 낙담한 어조로 후우 한숨을 내쉬듯 말했다.

"알아. 내가 눈을 뜨든 뜨지 못하든, 홀로 가고 홀로 오는 길, 내가 짊어지고 가야 하는 업보라는 걸."

"……아, 예. 이제 토끼는 잡았으니까, 사냥개는 잡아드시겠다, 가마솥은 어디 있어요?"

도연의 말에 해인은 '히이' 하고 웃다가 입을 열었다.

"그리고, 아무리 여동생이라도 속세에서 그렇게 동생이나 뜯어먹고 살지 말고. 이제 그 잃어버렸다는 동생도 잊고."

그간의 사고는 지극히 개인적인 불행일 뿐, 혼자 감당해야 할 몫이었다. 해인은 말을 끝내고 길게 숨을 몰아쉬었다. 마음의 눈을 뜨고 싶었다. 마음의 눈은 뜨지 못하더라도 육신의 눈을 먼저 뜨고 싶었다. 언제 이 악몽이 끝나려나. 해인은 두 주먹을 꼭 쥐었다.

"눈에 감긴 붕대를 풀면 세상이 보일까?"

눈을 뜰 수만 있다면, 세상을 볼 수 있다면 얼마나 좋을까. 해인은 낮게 한숨을 주워 삼켰다.

4

사는 것도 꿈
죽는 것도 꿈

4
사는 것도 꿈
죽는 것도 꿈

"보여요?"

"……."

의사가 눈앞에서 손을 흔들고 있다는 걸 감지할 수 있었다. 그러나 세상은 보이지 않았다.

"붕대를 풀었을 때 '보여요' 했으면 얼마나 좋았을까요?"

보였다면 붕대를 풀기 전에도 빛을 감지할 수 있어야 했다.

"각막 이식 수술을 하고 3개월, 드문 케이스이긴 하지만 3년, 심지어 10년이 되는 날 눈을 뜬 사례도 있어요. 하여튼 저희들은 최선을 다했습니다."

낙망하는 해인의 얼굴을 보자 안과의는 화제를 바꾸려는 듯 입을 열었다. 뭔가 잘못되었다고 느꼈지만 어떻게 해도 과거로 돌아갈 순 없었다.

"저희들 입장에서는 환우들을 대할 때 관觀을 진단이라 봅니다. 발병의 시기와 원인, 조건, 상태를 보고 정확한 병명을 결정짓는 게 화두입니다."

"……."

"……스님께서 우리는 보고도 모르고, 듣고도 모르고, 만져 보고도 모른다고 하셨는데요."

"……아, 네. 지운 큰 스님 계시던 대원사 교수 불자회……."

"……스님께서 또 나에게 맞는 옷, 맞는 신발을 골라 신 듯 각막 또한 그렇습니다. 스님 말씀대로 혜가의 제자 승찬은 문둥병에 걸려 있었습니다. 혜가에게 승찬이 그랬다죠. 저의 죄를 참회하게 해 달라고요. 그러자 혜가는 그대의 죄를 가지고 오라, 참회시켜 주리라 했고요."

눈을 떠 보겠다는 욕망. 깨달음이 부족한 사람일수록 믿음이 두텁다는 말을 떠올렸다. 이정표는 거리와 방향만 표시할 뿐이었다. 해인은 '내겐 오로지 믿음밖에 없었군' 하며 한숨을 나직이 내쉬었다. 이정표대로 갈 것인지 말 것인지는 순전히 우리들 책임인 것이지 이정표의 책임이 아니거늘.

의료진이 썰물처럼 빠져나가자 먼발치에 서 있던 지혜가 물병에 물을 채워 가지고 다가왔다. 활짝 열어 놓았던 눈을 제외한 오관들이 흐물흐물해지는 거 같았다.

"스님, 병원 생활이 스펙터클하네요. 속상하지 않으세요?"

"……."

"왜 속상한지는 아세요?"

"……."

해인은 대답 대신 끙 신음만 삼켰다.

"빨리 욕망에서 벗어나세요. 그리고 보이지 않는 세상을 두려워할 게 없잖아요. 엄살 좀 제발 부리지 말구요."

"……엄살?"

바로 옆 베드에는 생계를 책임져야 할 가장들이 드러누워 있는 걸 모르냐는 거였다.

"눈뜰 수 있는 방법을 알려 드릴까요? 제게 부처를 낳게 해 주시면."

"……됐다 그래, 어디 서 있는 돌부처 코나 뜯어먹어봐."

말을 내던진 해인은 침을 꿀꺽 삼켰다.

"애비는 필요 없는데, 아들 하나는 낳고 싶단 말이야."

지혜에게서 발산되는 분위기란 이런 엉뚱한, 그러나 묘한 것이었다.

"와우, 스님 귀가."

"귀가 뭐?"

그때 도연이 호들갑을 떨었다.

"스님, 귀가 움직이시네요."

"설마?"

귀에 힘을 주어 봤다. 실제로 귓바퀴가 움직여지는 것도 같았다. 순간 발을 헛디뎌 휘청거렸다.

"스님, 귀가 움직여요."

"……."

도연의 말에 해인은 얼굴을 찌푸렸다. 그 바람에 귀에 힘이 들어갔던 모양이다. 눈이 멀자 생각이나 말보다 몸이 먼저 반응했다.

"……음, 내가 진화가 덜 되었었나?"

한참 뜸을 들인 뒤 말했다. 순간 해인도 확실히 귀가 움직이는 걸 느낄 수 있었다.

생각하면 할수록 생각이 나는 생각. 마음하면 마음할수록 일어나는 마음. 생각, 마음하지 않는 게 상책일 텐데. 생각, 마음이 오온을 이길 수 없었다.

"중생이란 생각이 많아서 중생인 거예요."

그때, 지혜가 '목에 걸었던 염주는 어떻게 한 거예요?' 하다 '똑똑 바보 스님' 하고 혼잣말하듯 중얼거렸다. 지혜의 말에 해인은 희미하게 웃음을 입가로 흘렸다. 삼촌의 유골을 바다에 뿌려 주었을 때, 함께 바다에 던져 주었던 것이다.

"스님은 나는 물론 한 번도 그 누구를 진심으로 사랑해 본 적이 없는 사람이지?"

"그런데 인마, 난 부처가 되어 보겠다는 인간이잖아."

"피이, 부처는 개뿔. 부처는 부처, 중생은 중생. 사람 마음대로 다 되면 그게 어디 사람인가? 부처 그림자에서 헤매지 마세요. 깨달아 부처가 되겠다는 헛된 욕심 부리지 말고 사람부터 먼저 되라고. 피이, 중놈들이라는 것들이 자기 마음 자리도 밝히지 못하는 주제에 꼴깝떨며 다른 사람의 스승 노릇을 하려 드는지. 중말 오빠는 재수 없는 인간이라고."

새침해진 지혜가 '좌우간 중놈 새끼들만 보면 난 넌더리가 난다니까?' 하며 코를 훌쩍거렸다.

"한심해요. 순 마구니들. 이사理事가 어긋나 촉정觸淨도 가리지 못하는 것들요."

"……나는 이사理事가 뭔지, 촉정觸淨이 뭔지 몰라."

어렸을 때부터 졸졸 따라다니며 크면 해인이랑 결혼할 거라고 큰소리치던 지혜였다.

"오빠는 상처받기 싫어서 나를 밀어내는 거지?"

"……인연도 좇지 말고 공空에도 머물지 말라고 노스님이 늘상 그러셨거든."

"그게 지랄이라니까. ……그래, 내가 얼마나 그리웠어?"

그 말을 듣는 순간 코웃음을 치긴 했지만 지혜가 자기 엄마, 자비행 보살을 닮아 착해 빠졌다는 생각을 했다.

"어쨌든 난 스님이 병신이 되어서 이번 생 함께 갈 수 있어서 좋다. 그저 염불 몇 쪼가리 몇 개 외워 주접거리는 것들. 염불, 복이나 팔아먹으려 드는. 한마디로 능견, 소견도 없고 옛 선지식들의 말만 읊조려대는 앵무새들. 사이비, 시줏밥만 축내는 가짜 중놈의 새끼들하고 다른 인간이랑."

"……."

해인은 지혜의 말에 흠칫하다 생침을 꼴깍 삼켰다. 업보라지만 염불보다 잿밥에 눈이 멀어 해탈을 이루지 못한 죄 또한 작지 아니하다 할 수 없었다. 불편해서 얼굴을 찌푸렸지만 속으론 덤덤했다.

"집 사느라 차 사느라 대출금 체납해 독촉 전화 받는 중생들의 마음을 오빠가 알아? 깨달음이니 자비니 순 입으로만 나불대는 땡땡이 새끼들. 깨달음의 대상은 사념처, 우리들의 번뇌망상이라고. '인생은 소유하는 게 아니라 무소유, 사용하다 가는 거다' 하며 시주나 하라 그러고. 먹고 살기 위해 사주팔자나 보고 천도재나 지내라고 꼬드기는 남창男娼 같은 새끼들."

"너 지금 오역죄를 범하고 있는 거다."

"오역죄 같은 소리 하고 자빠졌네."

지혜의 멱살이라도 틀어쥘 듯한 목소리에 옆 베드의 환자가 잠을 깬 모양이었다.

도연이 승가 편을 들었다.

"모든 스님들이 다 은처隱妻하고 도박하고 조폭들처럼 구는 건 아냐……."

"저잣거리 속물들보다 더 속물스런 것들 많아요."

분명 지혜는 매섭게 노려보며 입을 삐죽이 내밀고 있을 것이다.

"인연이라는 것들도 다 공空이야."

"지랄, 공空이라 해도 잘못된 건 잘못된 거예요. 선악의 분별을 잃은 무기無記에 빠진 것들."

"……야, 물이 없어도 살 수 없고 물이 많아도 살 수 없어."

"궤변이에요. 똥을 먹고 똥으로 배를 채운다는. 똥으로 충만할 수 있어야죠. 구더기처럼 똥덩어리에 달려들지 말고요. 아무렴……. 구더기는 똥뚜간이 극락이죠."

결연한 태도를 내보이던 지혜는 해인의 반응에 분통이 터지는 모양이었다.

"니가 부처가 무엇이고 중생이 무엇인지나 알아? 지금의 너라는 년도 허무와 절망이라는 거. 그렇게 너는 지금 구업口業을 지어 업보를 한 가지 추가하고 있다고."

갑자기 속이 메슥거렸다. 끝내는 차갑고 낮게 '그래. 알았으니까, 꺼져' 하고 말했다.

해인이 침대에 걸터앉은 지혜를 발로 밀쳐 냈다. 이제 다시 찾아오지 말라고 '이 절 도깨비 같은 년아' 하며. 지혜는 그 바람에 하마터면 침대 밑으로 떨어질 뻔한 모양이다. 두 사람의 다툼으로 이미 옆의 환자들은 잠을 다 깬 모양이었다.

"스님들이 다 그런 게 아니라고? 도대체 스님들은 돈이 어디서 나서 그렇게들 열심히 죄짓고 다니신대요?"

그때 도연이 계속 이죽거리는 지혜의 팔을 끌고 나가는 모양이었다. 해인은 '미친년' 하고 욕을 뱉어 놓고 저걸 어떻게 정리를 해야 하나 하고 난감해했다. '한국 불교는 망해야 한다'는 말이 가슴에 와 박혔다. '오빠, 너는 이 인간아. 그 인간들하고 별 다른 줄 아는가 보지?' 하는 소리로 들렸다.

해인은 잠시 잠깐 혼란에 빠졌다. '빌어먹을'이라는 감탄사가 절로 나왔다. 취해서 바른 소리를 해 대는 지혜 앞에서 우라질, 하며 언제까지 저 자세로 '나 잡아 잡수' 하고 있을 수는 없었다. 지혜의 앙탈이 귀찮고 짜증이 났지만 '왜 나한테 지랄이냐?' 하는 배짱도 생겼다.

"아, 쓰발."

속으로 욕설이 저절로 새어 나왔다.

누가 높이 서려면 산 정상에 설 것이고 낮게 가려면 바다 밑으로 가라고 했던가. 해인은 참담함에 서글퍼지기까지 했다.

"울지 마라, 해인아. 울면 힘 빠진단다."

어디선가 엄마가 말하는 거 같았다. 해인은 그렇게 말하는 엄마가 더 아슬아슬해 보였다. 엄마의 기억을 떠올리면 언제나 안개가 밀려오곤 했다. 그놈의 안개 속에는 닭 비린내가 확 풍겨 나왔다.

"왜 이리 갈증이 나는 것일까."

해인은 또다시 혼잣말을 삼켰다.

삼계유심 만법유식 심의무법 호용별구, 즉 일체 유심조 모든 것이 마음먹기에 달려 있다.

입으로 부처의 이름을 외우고 귀로 부처의 가르침을 들어 마음의 근원으로 들어간다고 누구나 다 깨우치는 건 아니었다. 다듬지 않고 꾸미지 않은 생. 코는 두 개였고 귀는 다섯 개였다. 눈이 없어진 세월. 해인은 울음을 그치고 한숨을 낮게 내질렀다.

"내가 보기에는 오빠는 부처 못 된다. 오빠가 깨달아 부처가 되면 내 손에 장을 지진다."

지혜가 왜 화를 내는지 해인이 모를 턱이 없었다.

"아이고 이년아. 다 전도몽상顚倒夢想, 앞뒤가 뒤바뀐 꿈같은 세상이라고. 이 승복이 어떤 승복인데 네년이 벗으라면 벗고 입으라면 입는 승복인 줄 알아? 내가 너한테 몸을 달라 했냐, 밥을 달라고 했냐, 돈을 달라고 했냐."

"젠장, 부처는 아무나 되나."

해인은 지혜의 말에 쿡 웃었다. 사느라고 지난날들을 까맣게 잊고 살았던 죄과라는 것이다.

"오빠가 왜 눈을 뜨지 못하겠는지 모르지? 안타까운 얘기긴 하지만 오빠가 비겁해서야."

지혜의 힐난에 해인이 대답을 하지 못하자 '심보가 거꾸로 매달려 있어서 그렇지' 하고 쫑알거렸다.

시신경은 귀와 연결되어 있다고 했다. 눈 속으로 들어오는 빛은 망막에 상이 거꾸로 맺히게 되지만 환등기처럼 뇌속의 후뇌부後腦部에서 다시 바로 잡아 안식眼識, 눈의 알음알이로 세상을 제대로 볼 수 있다는 것을.

"스님, 어찌하면 마음의 눈을 뜰 수 있는지요?"

"우리가 육신의 눈으로 너무 많은 것을 보기 때문이다."

"네?"

"마음의 눈을 뜨려면 그건 간단하지. 눈을 감고 마음으로 보면 되는 거란다."

"……."

고등학교 다닐 때 지혜랑 몰래 데이트를 하고 오면 노스님에게 질문을 던지곤 했다. 입에서 술 냄새가 나도 노스님은 아무 말씀하지 않았다.

"학學이 각覺이 아니다. 알음알이에 빠지지 마라. 참된 수행을 해야만 깨달음의 삶을 살 수 있는 것이다. 번뇌망상은 우리와 한 묶음, 번뇌가 바로 보리인 것이야. 화두, 그 물음과 해답을 통해 자유의 길로 가는 것이지."

"……스님, 번뇌를 끊을 수가 없어요. 어찌하면 이 번뇌를 끊을 수 있어요?"

"세상을 다시 봐라. 번뇌라 보면 번뇌지만 보리라 보면 보리 아닌 것이 없어. 번뇌를 끊으려 하지 말고 번뇌와 부딪혀 싸워서 그 번뇌를 부숴 버리면 자유 그리고 해방이 돼."

"네……?"

"……부처가 되기 위해 애쓰지 말고 먼저 사람이 되는 거야. 인즉시불 人卽是佛, 헛것의 세상, 허상에서 세상을 바꾸어 나가는 변화와 발전을 일으키는 사람, 그 사람이 부처야. 사람이 부처를 만드는 것이지, 부처가 사람을 만드는 게 아니라고. 깨달아 가는 삶의 기쁨을 느끼거라. 즉심즉불 卽審卽佛 비심비불非心非佛, 그 마음이 곧 부처이며, 마음 아닌 것은 부처가 아니다. 직지인심, 견성견불. 심의수불임을 명심해라."

"사랑은요?"

해인이 다그쳐 묻자 노스님은 씩 웃었다.

"너 이놈, 사랑을 하는 거냐? 사랑만한 수행이 없단다. 성장통이라고 하잖아. 이별을 해봐야 절망이 뭔지, 지옥이 어떤 곳인지 알지. 사랑을 해보지 않고는 어른이 될 수 없는 거야."

노스님이 지팡이로 꾹 찌르며 하는 말에 해인에게 찌르르한 통증이 지나갔다.

무불암 길 들어가는 입구에는 깎아지른 바위 계곡이 있었다. 그 바위 절벽 아래로 물이 흐르고, 오백 년은 묵었을 느티나무 하나가 서 있었다. 앞으로는 물, 뒤로는 무너진 절터가 있었다. 깎아지른 절벽 그 사이에서 자라는 소나무는 정말 그림 같았다.

"너는 무불암, 너의 삼촌 있는 데에 탑 있는 거 봤니?"

"마당 가운데는 기단과 삼층 탑신이 조금 깨진 탑이 하나 있는데 쓸쓸한 그림 같아요."

"자아, 오늘은 우리 그쪽으로 산책 코스를 정하자."

평상시 산책하던 코스하고 반대 방향이었다.

"사형 오셨는지요?"

삼촌, 지효 스님이 벌떡 일어서서 달려와 합장하고 허리를 팍 구부렸다. 순간 해인은 얼핏 눈앞이 새까매지고 현기증 같은 걸 느꼈다. 그러나 눈을 감고 조금 있으면 어지럽다가도 제 정신이 돌아오곤 했다. 개울물 물가에 만들어 놓은 평상에 노스님과 삼촌이 걸터앉았다. 삼촌이 대접할 게 물밖에 없는지 컵에 물을 떠 가지고 왔다.

"그래, 넌 깨우치라 했더니. 겨우 폐절된 암자에 벽돌만 쌓고 있느냐?"

졸졸, 고요로 불어난 개울물 흘러가는 소리가 들려왔다. 새소리, 풀벌레 소리만 아니면 사시사철 개울물 흘러가는 소리가 들렸다. 햇살이 나뭇가지 사이로 부챗살처럼 퍼져 내렸다. 봄바람에 엄지 손톱만 한 느티나무 잎들이 봄바람에 온몸을 흔들고 있었다.

"미묘한 법을 따르고 이름 지어 부를 수 없는 것들과 노닐 뿐입니다."

바다로 흘러드는, 귀를 간질이는 개울물 소리는 부처님의 법문이고 산빛은 부처님 몸이라고 했다. 해인은 꿈을 꾸듯 노스님과 삼촌과의 대화를 놓치지 않으려고 애썼다.

"그것 또한 허망하고 그릇된 분별이거늘."

"도리에 어긋나는 그릇된 생각이 무슨 근본이리요?"

"의지하는 상태는 근본이 없다. 이 의지하는 곳이 없는 상태가 근본이 되어 모든 것의 법이 된다."

개울물이 돌을 만나면 휘돌아 갔다. 물과 물이 큰 돌, 작은 돌과 부딪혀 내달리며 하얀 물보라를 일으켰다. 해인은 발을 벗어 물에 담갔다. 노스님은, 마음은 만병의 근원이라고 했다. 모든 법은 오직 마음에서 생겨

난다. 모든 것은 마음에서 나왔고 마음으로 이루어진다.

"생각으로 부딪히는 것들을 치우고 싶다고? 아이고 이놈아. 괴로움을 떠나 어찌 보리도를 얻을 수 있겠느냐? 괴로움 없이 즐거움은 없을 것이며 번뇌 없이는 깨달음도 없을 것이다. 깨달음의 대상은 진리가 아니고 번뇌망상이다. 저 시냇물에 있는 돌을 모두 치우면 시냇물은 노래를 잃어버리고 분별, 망상, 장애를 모두 없애면 우리들 인생의 의미도 사라지는 것이야."

노스님은 해인에게 해 주었던 말을 삼촌에게도 똑같이 하고 있었다.

"……살았는지 죽었는지 꼴이 있든지 없든지 길을 따라 걷는 동안 부처를 껴안고자 함입니다."

"평생 도道에 꼴을 입히는군. 다 마음의 작용이라고."

"히이, 사형. 저는요. 도에는 간 적도 온 적도 없습니다."

해인은 쿡 웃었다. 노인네들이 서로 사형, 이보게 사제 하며 투덕거리고 있었다. 그러나 한 물속에 해 그림자가 비치는데 두 사람이 같이 물속의 해를 보고 각각 동서로 다른 길로 간다 해도 해는 두 사람을 따라간다는 구절은 해인을 한참 생각하게 했다.

"쯧쯧, 아직도 마음 밭에 풀이 한 길이다. 허둥대기는 쯧쯧. 아직도 구름이 잔뜩 끼어 있다고. 이 집착을 여의고 단순하고 고요하면 되는 것을……. 쯧쯧."

무슨 말인지 이해가 가지 않았지만 삼촌, 지효 스님이 노스님에게 쩔쩔매고 있다는 건 눈치챌 수 있었다. 삼촌과 노사의 대화에 자유롭게 끼어들고 싶었다. 그러나 무슨 말인지 모를 때가 더 많았다.

단지 더 이상 아무 사건, 사고 없이 살 수 있었으면 했다.

"맞다. S병원의 백 간호실장."

"저기요, 제 걸망에서 지갑 좀 꺼내 주시겠어요?"

"네."

"거기에 보면 S병원의 간호실장님 명함이 있을 겁니다. 여기."

"전화 좀 걸어 주시겠습니까?"

"안녕하세요. 저 거기 입원해 있던 승려 출신 TA 환자, 해인이라고 합니다."

"아, 해인 스님요."

"아, 이제 저는 스님이 아닙니다."

수화기 저쪽에서 희미하게 웃는 거 같았다.

"쌤, 오빠가 우리나라의 최고 정보 계통에서 일을 하시다 은퇴하셨다고 했었나요?"

묻는 해인은 스스로 경직되어 있음을 느꼈다.

"예."

"저……. 백 거사님, 백 수사관님과 통화했어요. 뵙고 싶다고 전해 주세요."

"아, 예. 수족처럼 막 부려먹으셔도 될 거에요."

"예, 재활 병원, 6층 601호실이에요."

백 수사관은 우리나라 최고 정보기관의 차장으로 근무하다 은퇴하고 지금은 촉탁직으로 일하는데 불심이 깊다고 했다. 외딴 곳에 오두막집 하나 짓고 불목하니 해인의 옆에서 눈이 되고 손발이 되어 법담이나 나누며 농사짓고, 흐르는 물에 발을 담구고 지난 생을 참회하며 남은 여생을 보내고 싶다고 했다. 아이들도 시집 장가 다 갔고 보살은 병들어 사별한 뒤 3년이 되었다고 했다. 파트너로는 딱이라는 마음이 들었다.

그날 밤, 육십 대 중반의 목소리를 가진 사내가 병실을 찾아들었다.

"스님, 저 백광식입니다."

"……아 예. 우리 잠시 나갈까요. 복도에 보면 휠체어가 있을 거예요."

휠체어를 밀어주는 백 수사관을 만나자 삼촌이 돌아가시던 날, 파출소 그리고 경찰서로 끌려가 심문하던 수사관들이 떠올랐지만 해인은 고개를 가로 내저었다.

"……한 맺힌 일이 있으시다고요?"

"예, 우리 가족사에 대한 얘기예요."

"제가 어떻게 도와드려야 할지?"

"……거처를 마련하고 싶어요."

"거처요?"

"이젠 유불流佛이 불가능할 거 같아서요. 저도 좌불座佛 한번 되어 보려고요."

"네에…… 생불生佛님."

백 수사관의 너스레에 해인이 빙긋이 웃었다.

"……예, 그거야 문제없는데. 전화로 이야기하셨던 스님의 말씀은 하도 오래된 사건이라……서요. 사건의 구성 요건도 그렇고 어디서부터 전단을 잡아야 할지 모르겠네요. 그 이야기 좀 구체적으로 다시 해 주시면."

"……어떤?"

"삼촌 스님께서 마지막 여행을 서울역으로 택하신 데는 메시지가 있는 듯싶어서요."

"삼촌이 군이 죽으면서까지 서울역을 택한 이유를 모르겠어요. 아, 참. 그때, 서울역에서 어떤 품격 있는 백발의 노인네가 삼촌을 찾아와 삼배를 하고 한참 무릎 꿇은 채 용서를 빌다 간 적이 있어요."

"아 그러셨군요…… 네에."

"……맞아요. 그 근처에 무슨 병원인지 평생을 노숙자, 행려자들, 가난한 이들 치료만 하고 살았다고 들었어요. 사람들에게는 무척 존경받는다는."

"네……. 다들 파란만장한 삶들을 사셨군요."

"히이……, 실제로는 저 엄청 억울했어요. 서러웠고요."

어리광이 섞인 해인의 말에 백 수사관이 희미하게 웃었다.

"기억나는 삼촌과의 에피소드, 그러니까 서울역에서 노숙하실 때 얘기 좀 더 해 주세요."

"……삼촌 물어보고 싶은 게 있는데요."

"뭐, 살살 물어."

"……외할아버지요."

"잊어."

"어떻게 잊어요? 잊으라면 잊어져요?"

해인이 빽 소리쳤다.

"이건 제 숙제예요. 엄마가 원통해하던, 외할아버지의 죽음. 엄마 아빠의 발병 모두가 의문투성이예요."

"넌 중이야, 이놈아. 중. 아직도 수행자가 안 된 거냐, 못 된 거냐?"

"……."

"……살불살조라고. 다 죽었어. 죽으면 말이다, 다 끝인 거다. 얼마나 좋으면 한 번 가서들 다시는 돌아오지 않겠니? 지나간 일, 이미 일어난 일은 일어난 일, 지나간 일일 뿐이야. 과거는 흘러갔다. 왜 배호 노래도 있잖아."

"제가 찾는 건 진실이에요."

"안타깝겠지만 때로는 진실은 사는 데 불편해. 남들한테 다 있는 엄마 아버지가 없어도 나하고 노스님 덕택에 네놈이 잘 컸잖아. 그럼 됐지, 이 놈아. 이러쿵저러쿵 뭔 말이 그리 많으냐?"

삼촌의 입은 열릴 거 같지 않았다. 둘러싸고 있는 것들이 옭죄어왔다.

"아, ……참."

소리치고 싶었지만 음, 하는 신음 소리를 낼 뿐이었다.

"난 네놈이 행복했으면 좋겠다."

"……중놈이 무슨 행복요?"

"그새 중노릇에 푹 빠졌구나. 진실? 진실을 안 다음엔? 네놈이 뭘 할 수 있는데?"

"……놈들을 다 죽여 버리죠. 박살 내고요."

"아이고 이놈아. 그놈들 곁에도 못 가고 니는 뒈질 끼라. 복수, 파멸, 응징. 웃기는 소리 하지 마라. 이놈아, 넌 수행자야. 지금 네 몸이 가진 걸 망 하나가 네 생의 전부라고."

삼촌은 사람 말문 닫게 하는 데 일가견이 있는 사람이었다. 옛날하고 그다지 달라진 게 없었다.

"아빠 엄마가 발병하기 전 우리 식구들은 행복했어요. 어찌해서 외할 아버지가 돌아가셨으며 또 그 사건을 누가 덮었는지, 부모님들은 어찌 발 병했는지?"

"왜, 모르고도 이제껏 잘 살았잖아. 그게 억울해?"

"……아팠어요. ……가슴이 찢어지는 듯했고."

웃음을 거두고 잠시 멈칫하다 해인이 겨우 말했다.

"억울해할 거 없어. 다들 그렇게들 분통터져도 억울해하며 그렇게 가 슴 찢으며 살아."

"……."

"그리고 진실을 알게 되면 이제 와서 네 인생이 뭐가 달라지는데?"

"……이렇게 답답하진 않잖아요."

"저, 저 봐라. 중놈이 한다는 말. 놈들에게 원수를 갚으면 이놈아, 넌 말짱할 거 같아?"

"그럼 저도 콱 죽어 버리죠. 뭐."

상기된 얼굴로 따지고 드는 해인의 말에 삼촌이 가소롭다는 듯이 웃었다.

"이놈아, 냉정하게 세계를 바라봐. 다 헛것이라고. 헛되고 헛되도다. 왜 성경 말씀에도 나오잖아. 부질없다고. 우리 모두 분하고 원통한 일들 다 당하고 겪으며 살아. 우리가 무지하고 힘없고 가진 게 없기 때문에 억울해도 하소연할 곳도 없지. 너처럼 복수하려고 든다면 또 다른 원한을 낳게 할 뿐이야. 툴툴 털어. 그리고 네놈이 성불해. 그게 용서하는 길이야. 지금 네놈에게 절박한 건 과거에 계박되는 게 아니라 더 수행해서 확철대오를 깨달아 부처가 되는 일이야."

삼촌은 왜 사람 말을 못 알아먹느냐는 듯 해인을 노려보며 뭐 이런 딱한 놈이 다 있어 하는 눈빛이었다.

"지나간 일은 지나간 일일 뿐이다. 그게 니가 자유로워지는 길이야. 니가 지나간 일에 빠져 인생 허비하거나 망가지는 걸 난 원하지 않아."

"엄마, 아버지, 할아버지를 위해서라면 망가져도 상관없다고 생각해요."

"아이고, 이 미친놈아. 물론 아무도 위로해 주지 않고, 그저 너무 아파 비명을 내지르는데, 통증을 견뎌 내려 모두 안간힘을 쓰지. 이놈아, 이 세상에서 너만 고통받는 게 아냐, 너만 비명 지르고 있는 게 아니라고. 중생이 아프면 부처도 아프다고 이놈아."

"삼촌 스님의 말씀도 일리가 있었네요……. 저도 삼촌 스님의 입장이라는 걸 먼저 말씀드립니다. 지금으로서는 불사 말고는 도와드릴 일이 있을지 모르겠네요. 만일 불사 일이라면 힘껏 도와드리겠습니다."

그때 삼촌의 입에서 역한 입 냄새가 났다는 얘기는 하지 않았다. 백수사관이 이야기를 듣더니 고개를 끄덕였다.

"네, 삐뚤어진 한 인간 불사요."

해인의 말에 백 수사관이 희미하게 웃는 듯했다.

"스님."

"응?"

"스님은 병상 생활이 재밌어요?"

"그러게 말이다. 아마 내가 전생에 나라를 팔아먹었나 보지."

해인의 말에 도연이 씩 웃어 보였다.

상구보리 하화중생이 불가능한 삶. 오히려 짐이 되는 사바가 싫었다. 해인은 두 팔로 머리를 감싸 쥐었다.

"내게 왜 이런 일이 벌어졌을까."

각막 이식 수술도 소용없었다. 해인은 점점 더 말수가 적어져 갔고 우울의 늪으로 빠져들어 가기만 했다. 마음이 산만해졌다. 도연에게 툭하면 짜증을 냈다. 그동안의 모든 노력이 허사가 된 기분이었다. 변덕이 죽 끓듯 끓었다. 삶에 대해 점점 더 흥미를 잃어갔다. 지혜는 '정신 좀 차리라고' 했다. 모든 걸 끝내고 싶었다. 살아 있기에 늙고 병들고 죽어가는 걸 아무리 살아서 발버둥 쳐도 벗어날 수 없었다. 전에는 며칠 식사를 못 하거나 잠을 이루지 못하다가도 나아졌는데 지금은 환각과 함께 귀에서 작은 병정들이 망치로 쪼는 것 같았다.

"부처가 고통에 찬 중생을 구원해 줄 수 없을 때 중생은 어찌해야 합니까?"

"아이고, 이 덜 된 놈아. 이 미친놈아. 너 같은 놈을 부처가 왜 구원해

줘야 하는데?"

삼촌의 그 말에 순간 해인은 말이 끊어지고 생각까지 끊어졌었다. 머리통에 불이 번쩍했을 땐 이미 삼촌의 손바닥이 해인의 머리통을 한 방 치고 난 이후였다.

"왜 이리 지저분하게 구냐? 부처가 네놈을 구원해 주리라는 생각을 버려라. 미래에 끌려가지도 말고. 지금 현재에도 집착하지 말고."

시스템. 승가라는 체제 속에 있었지만 한 번도 그 속에 속해 있지 않았던 삼촌이었다. 해인은 속으로 '쓰발' 했다. 그러자 삼촌이 얼굴을 찡그렸다. 하지만 그뿐, 삼촌은 실망하는 기색도, 당황하는 기색도 보이지 않았다. 다만 죽어 가는 사람이 오히려 '뭘 봐? 인마' 하듯 안타깝고 눈물겹다는 듯 해인을 건네다 볼 뿐이었다. 꼴통짓을 저지르지 않고서는 못 배기던 어린 시절로 돌아간 느낌이었다.

해인은 한숨을 포옥 내질렀다. 몸이 비비 꼬였다. 마치 부서져 내릴 듯 서걱거리기도 했다. 쉬운 일은 어렵게, 어려운 일은 쉽게 살라는 삼촌의 말에 해인은 큰 숨을 들이켰다. 마음대로 되지 않는 게 마음이었다. 어둠 속에 드러누워 있다 보니 등짝이 우리우리하게 아파 오기도 했다. 오늘도 텔레비전은 저녁 드라마를 토해 내고 있었다. 사랑 이야기였다. 10대부터 70대까지의 배우들이 나왔다. 남자가 배신을 했고 재벌 여자에게 장가를 갔다. 배신당한 여자는 교통사고가 났다. 사람 기분 더럽게 만들고 있었다. 버림받은 여자는 여자 아버지의 회사를 망가뜨리고 빼앗듯 차지한 원수의 사위로 들어간 사랑하던 이에게 복수를 꾀한다. '천박해. 속물스러워. 막장이야.' 했는데 그게 사는 거였다. 환자들은 일일 드라마에 열광했다. 대리 복수, 가난에 대한 대리 만족, 돈과 권력에 대한 욕망. 어느덧 해인도 그 중생들의 소소한 다음 이야기가 궁금해졌다. 그렇듯 개목에 매인 개 목줄처럼 목에 달려 쩔그럭거리는 쇠사슬 같은 업보가 참으로 징그러운 날들이었다.

해인은 숨을 크게 들이켰다. 마침 다가온 간병인에게 부탁해 병실을 나왔다. 바깥 공기를 쐬면 기분 전환이 될까 해서였다.

이슬비가 내리고 있었다. 병원 건물 뒤쪽에 비와 햇빛을 피할 수 있는 곳에서 해인은 휠체어에 앉은 채 담배를 한 대 더 꺼내 물었다. 빗소리를 들으니 벌떡 일어나 빗소리를 따라 한없이 걷고만 싶었다. 내리는 빗소리가 정겹게 들렸다. 간병인의 말에 의하면 두툼한 먹구름이 빠르게 이동한다고 했다. 금세 날씨가 변해 하늘의 허파가 용트림을 하며 짧고 강한 바람을 쏟아냈다. 번갈아 쉬는 들숨과 날숨 사이로 당장이라도 엄청난 비를 퍼부어 댈 것 같다. 쏟아지는 장맛비 앞에 앉은 해인은 입맛을 쩝 다셨다.

"저, 올라가 봐야 합네다."

간병인이 다른 환자 때문이라고 했다.

"예, 올라가세요."

"그럼 알아서 잘 올라오기요."

간병인은 거절도 하지 않고 가버렸다.

하늘에서 울음들이 떨어져 내리고 있었고 되는 건 하나도 없었다. 강팍해진 마음에 날이 섰다. 왜 이리 팍팍한 것이지. 담배를 태워 물고 튀어오르는 빗방울을 맞는데 나뭇잎 위로 투덕거리며 떨어지는 빗소리가 들려왔다. 거뭇하니 젖어 가겠지. 똑똑 빗방울 소리가 목탁 소리로 들렸다. 담장 덩굴이라고 했다. 해인의 마음과 상관없이 하늘에서 떨어지는 빗방울 소리를 들으며 회한에 잠겼다. 하늘은 어둑해졌으리라. 뒤쪽으로 난 젖은 도로에 비를 뚫고 지나가는 차량들의 거친 소리가 들려왔다.

플랫폼에 서서 기차를 기다리는 사람처럼 해인이 얼마나 빗속에서 궁상을 떨고 있었을까. 담배 피러 나오는 사람이 있으면 엘리베이터까지 휠체어를 밀어 달라고 할 요량이었다. 그러나 비가 와서 그런지 담배 피우

러 나오는 사람도 없었다. 비가 오면 가슴 속 깊숙한 곳에서 정체불명의
힘이 솟아나곤 했다. 목적지는 없었다. 마냥 걷곤 했다. 비가 오면 비를
맞고 눈이 오면 눈을 맞았다. 비를 맞으며 실컷 달리다가 지쳤다 싶을 때
돌아올 때도 있었다.

"빗소리, 저 소리 따라 걷고 싶지 않아요?"

그때, 지혜의 목소리가 다가왔다.

"병실에 올라갔더니 간병인이 여기 있다고 그러더라고요."

담배 두 대를 더 피우고 난 이후였다.

지혜가 말했다. '관세음보살' 하고 불명호를 삼켰지만 그 말을 입 밖으
로 내지는 않았다. 빗줄기가 거세질수록 나무들의 춤은 더 격렬해졌다.
온몸에 비의 지문을 찍으며 서 있을 나무들. 하늘과 땅을 이어 주는 빗줄
기 소리를 오래도록 들으며 네 대째 담배에 불을 붙여 물자 '스님, 뻐끔 담
배구나. 아직 담배 피울 줄도 모르네' 하는 지혜의 말에 '곡차 한 잔 생각
나는데' 하며 쓸쓸히 웃었다.

병원 로비 앞에는 택시들이 환자들 문병객들을 싣고 내리고 있을 것
이고 로비에서 병원 입구까지는 근 1킬로미터. 4차선 큰 도로가 있다고
했다.

"일어나 손을 잡으세요. 성진 스님이 일억을 시주하셨다고요. 그런데
그 돈을 도연 스님 주셨다면서요?"

"……."

갑자기 천둥 번개가 쳤다. 온몸을 에워싸는 천둥과 번개 소리가 혈관
에 주입되는 링거액처럼 메마른 정신을 빠르게 타고 돌았다.

해인은 내미는 지혜의 손을 잡지 않았다. 그러나 지혜가 해인의 몸을
휠체어 밖으로 끌어냈다. 그 바람에 해인이 빗속에 엉거주춤 섰다.

"갑자기 오빠가 멋있어졌어. 일어나요, 우리 춤춰요."

"……춤?"

"네, 내리는 이 비가 우리들에게 길을 내줄 거예요."

사람들이 쳐다보거나 말거나 둠칫둠칫 지혜가 춤을 추는 모양이었다. 요즘 새 아침 드라마에 조연으로 출연하느라 검은 모자와 마스크를 쓰고 있다고 했다. 아무도 없는 거 같았는데 소리를 들어 보니 흡연 장소에는 두세 사람이 두런거리는 기미였다. 그러나 지혜는 아랑곳하지 않았다.

지혜가 한 걸음 옆에서 해인의 윗도리 왼쪽 깃을 잡았다. 해인이 그 손을 탁 쳤다.

"까칠하시긴."

그래도 지혜는 해인을 아이 대하듯 웃으며 빗속으로 끌고 나왔다. 비를 맞아본 게 언제던가. 지혜는 겨우 서 있는 해인의 양팔을 잡고 왼쪽으로 오른쪽으로 올렸다, 내렸다 했다.

"……그만, 그만."

"그럼, 자아. 하얀 지팡이. 걸어 보세요."

지혜가 하얀 지팡이를 내밀었다.

왼손으로는 목발을 짚고 오른손에는 하얀 지팡이가 들려 있었다. 거동이 불편한데도 탁 타닥, 그동안 운동 치료실은 물론 병원 복도, 입구, 병실, 그리고 복도 엘리베이터 간호사실이 있는 스테이션 7층 구관 병동의 내부 구조를 익히고 차츰차츰 영역을 넓혀가면서 보행 연습을 해 왔다.

"보행기 운전 면허를 따셨으니 이젠 보행기 없이 하얀 지팡이로 세상을 걷는 면허를 따야죠."

운동 치료실에서, 그리고 도연에게 워커worker 보행기를 잡고 양손으로 걷는 연습, 목발을 짚고 걷는 연습, 걸음마 연습을 반복하며 훈련을 받았다. 천천히 아주 천천히. 여조삭비如鳥數飛, 새 새끼가 나는 연습을 하듯 하며 조심스레 한 발 한 발 내디뎠다.

핸드폰 좌판을 외우는 건 그리 어려운 일이 아니었다. 어릴 적부터 암기 하나는 누구보다도 자신이 있었다. 핸드폰은 좌로부터 우로 123, 그다음 줄이 456, 그 다음 줄이 789였고 그 다음 줄은 별표 0. 그리고 샤프, 우물 정이었다.

바람과 빗줄기는 점차 세지고 있었다. 빗물이 해인의 깜깜함 속으로 튀어와 얼굴을 간질였다.

"너도 이제 내게서 떠나야 하는 거 알지?"

지혜가 빈 휠체어를 끌고 오는 소리가 들렸다. 왜 그랬을까, 자살하는 이들의 반 이상이 신병 비관, 생활고, 실연을 그 이유로 한다던 이야기를 떠올렸다.

"소나무가 양쪽으로 두 그루 서 있어요."

지혜가 동문서답을 했다. 불편한 몸을 추스르던 해인은 숨을 한껏 들이쉬었다.

"고마웠어. 박수칠 때 떠나는 게 아름다워."

"왜, 이젠 토끼 잡으셨으니 개는 삶아 드시려고요?"

도연이도 비슷한 이야기를 한 것 같았다.

"……나 개고기 안 먹어."

해인의 말에 지혜가 잠시 웃음 소리를 냈다. 사고가 나고 처음으로 비를 맞은 거였다.

이윽고 병원 뒷문 로비로 들어섰다. 병든 가슴속으로 빗물이 젖어 들어오고 있었다. 왼쪽으로 갈라진 길을 걸으면 빵집이 있고 양식당이, 문구점이 있고 오른쪽으로 가면 마트가 있다. 한식 식당은 지하에 있었다.

"비 오는 날 자장면 먹으면 맛있는데."

지혜가 말했다.

구부러진 등줄기를 꼿꼿이 세우던 해인은 그 옛날 노스님과의 추억을 떠올렸다.

"해인아, 나가자."

"네?"

노스님이 해인의 방문 앞에 와서 지팡이로 문을 탕탕 쳤다.

"어디요?"

해인이 착 가라앉은 목소리로 입을 열었다.

"자장면 먹으러 가자."

노스님이 입가를 일그러뜨린 채 말했다.

"자장면요?"

밤 여덟시가 되어 있었다. 전교 일등을 하거나 상장을 받아 오면 노스님은 자장면을 사 주었다.

"왜요?"

"너, 일등 했잖아."

노스님과 함께 보건소에 가서 엑스레이 찍은 걸 확인했던 날이었다. 가슴속에서 알 수 없는 불안이 뭉게뭉게 피어올랐다. 눈만 끔벅거리고 섰는데 아니나 다를까 해인은 양성으로 나왔다. 노스님은 음성으로 나왔다. 가슴이 먹먹했다. 해인의 얼굴빛이 변했다.

"괜찮다."

곤혹스런 얼굴을 한 해인의 어깨를 툭 치며 노스님이 '폐병은 아무것도 아니다.' 하고 말했다. 심장은 쿵쾅거리고 머릿속이 백짓장처럼 하얗게 지워졌다. 노스님 걱정할까 봐 지랄병이 생겼다고 말하지 않았다. 그날 입술을 깨물고 선 해인에게 노스님은 자장면과 탕수육을 사주었다.

보름에 한 번 보건소에 가서 약을 받아먹었다. 항시 마스크를 착용할 것, 수저 식기는 개인용을 사용할 것, 기침은 옷소매로 막고 할 것, 매일 방문을 세 번 이상 환기할 것, 하루 세 번 주기적으로 약을 복용할 것, 사람들과의 거리는 2m 떨어질 것, 멀어져도 마음은 가까이 할 것. 해인이 지켜야 할 것들이 많았다. 끊임없이 해인을 괴롭히던 어지러움. 귀 울음, 이명도 한몫했었다. 세상의 온갖 소리들이 귀에서 윙윙거렸다. 그 소리들이 귓속을 뚫고 온몸으로 파고들었다. 이비인후과 의사에게 고통을 호소하자 귀의 고막에 천공이 있고, 달팽이관에 이상이 생긴 듯하다고 했다. 그러나 몸이 기우뚱해지고 아뜩해지고 아찔해져 억눌린 비명과 손발을 허우적대며 정신을 잃는 원인은 다른 곳에 있었다.

"아프다고? 아파야 큰단다. 자고 나면 말끔히 나아질 거다."

엄마의 말대로 자고 나면 나아졌으면 얼마나 좋을까.

엄마도 그런 말을 한 것 같았다. 해인이 병원 건물 뒤쪽으로 갔다. 이제는 도연이나 지혜, 간병인이 옆에 없어도 혼자 다닐 수 있었다. 병실에서는 손을 뻗어 벽을 짚어 화장실을 갔다. 지팡이도 왼쪽, 오른쪽을 쳐서 장애물이 없으면 길이 되었다. 타닥타닥. 해인이 바닥을 치는 지팡이 소리가 병원 바닥에 울렸다.

그날도, 해인은 자장면을 먹으려고 노스님과 잰걸음으로 걸었다.

"스님."

"응?"

"저기 저 소나무가 너무 멋있어요."

만세루 옆의 굽은 소나무를 보며 해인이 말했다.

폐병에 걸렸어도 해인은 산과 들로 쏘다녔다. 관음사는 울창한 소나무 숲에 자리하고 있었다. '나, 집에 갈래.' 절 밑 마을에서 놀던 아이들의 엄마가 찾아오고 해인은 혼자 남았다. 그렇게 털레털레 산을 오르다 관음사 만세루 범종이 보이면 해인은 두 손을 가슴에 모으고 고개 숙여 합장

하곤 했다. 그 고풍스러움과 멋스러움에 해인은 감탄하곤 했다.

"소나무 껍질이 어떻게 생겼느냐?"

"소 몸뚱이에 똥이 묻어 말라비틀어진 것 같아요."

"옛날에는 솔나무라 했단다."

노스님과의 대화가 떠올랐다.

로비에 서서 비를 보며 두런거리는 사람들이 소나무로 느껴졌다. 해인은 피식 웃었다. 조선소나무, 해송, 금강송은 잎이 두 개였다. 백송, 수입된 미송이라 불리는 리기다소나무는 잎이 세 개였다. 반송은 줄기가 여러 갈래, 금송은 잎이 두툼했고 오엽송은 잎이 다섯 개였다.

"저기 절벽에 있는 소나무는 이 세상에 놀러 온 자리를 잘못 잡은 거같다. 사람도 그 마음이 여러 갈래이듯, 몸이 곧 슬기이고 슬기가 바로 몸이니라. 절대 몸을 아껴야 한다. 저 불편과 불행을 즐기는 소나무들맹그루 순응하고 질서를 잡아 여러 갈래로 몸을 이뤄 우리가 평생을 사는 거란다. 본능과 욕망으로 말이다."

"……."

"몸통, 팔 그리고 다리. 그게 다 소나무 이파리 안 닮았나. 절대 내가 너를 채워줄 순 없단다. 너의 몸과 마음은 네가 채우고 관리해야 하는 기라. 네 인생은 나도 너의 삼촌도 대신 살아줄 수는 없는 기라."

절벽의 소나무들은 해인이 보아도 간당간당했는데 바위 사이 속에 뿌리를 박고 그 몸을 잘 버텨 내고 있었다. 그 소나무 사이로 별과 달을 보았고 뜨는 해도 보았고 지는 해도 보았다.

해인은 뚝뚝 떨어지는 빗소리를 들으며 담배 연기를 뱃속 깊숙이 빨았다. 지금쯤 보랏빛 칡꽃이 필 땐데. 보랏빛 칡꽃 향기가 그리웠다. 누군가 꽁초를 버리려고 둔 빈 깡통에 빗물 떨어지는 소리가 들렸다. 해골 같은 얼굴을 하고 담배를 태우던 해인은 담뱃불을 끄고 꽁초를 재떨이 깡통에 넣고 몸을 일으켰다.

세월이 지나면 사는 게 좀 쉬워질 줄 알았다. 내리는 빗속에 모자를 쓴채 차양을 깊게 누르고 마스크를 쓰고 바라보고 있을 지혜를 생각하니 줄줄 내리는 비가 폭우가 되어 쏟아졌으면 했다.

촉수를 뻗쳐 병원 뒤쪽 현관으로 들어서면 길은 세 갈래로 나눠져 있었다. 기우뚱 절뚝거리며 서른 걸음 걸으면 되었다. 건축법인지, 병원의 배려인지 병원 로비에는 맹인들을 위한 볼록볼록한 바닥 타일이 깔려 있었다. 동그라미 점으로 된 건 정지, 기다란 사각형은 진행. 딱 두 종류뿐이었다.

해인은 일어섰다. 죄의식과 콤플렉스 속으로 후득후득 비가 내렸다. 그 비를 맞으며 다시 현관 쪽으로 향했다. 진행 보도블록을 탁탁거리며 떨어져 내리는 빗소리에서 물큰 비린내가 올라왔다.

내리는 빗속에 해인은 미열을 느끼고 잠시 멈춰 섰다. 세상이 젖고 있었다. 더 이상 젖지 않는 것들은 이미 젖은 것들이었다. 젖은 것들이 생의 무게를 견디고 버티고 있었다.

그때 '안녕요' 하며 김 간호사가 퇴근을 하는지 밝게 인사를 건넸다. 담배를 피우던 곳에서 현관까지 걷는데도 촉촉이 몸이 젖었다. 마치 노스님에게 지팡이로 사정없이 맞은 듯 해인은 멍했다. 비는 울음을 쏟아 내듯 줄기차게 쏟아져 내렸다.

왜 지혜를 만나면 엄마가 떠오를까. 비가 내리자 유배지, 섬에 갇혀 있다는 느낌이 들었다. 비에 젖어서 그럴까 문득 해인은 평상시 잘 마시지 않던 술 생각이 간절했다.

삼촌, 지효 스님은 비 오는 날이면 곡차를 마시곤 했다. 그래 봐야 막걸리 한두 잔이었지만.

"구도자이지만 성직이기도 하다. 성직도 직업이다. 의사는 몸을 고치지만 승려는 마음을 고친다. 해인아."

"네."

"스님 되는 게 사람 되는 거다. 네가 거 뭐시기 국경 없는 의사횐가 뭔가, 신부 의사님을 존경한다고 했나?"

"네. 저도 승려 의사가 되고 싶어요."

"그래. 해봐라. 꿈꾸는 건 자유다. 번뇌도 없고 장애도 없으면 깨달음도 없는 법이야. 번뇌, 장애와 부딪혀 싸우는 일, 그게 수행이다. 내가 해야 할 일을 내가 알고 내가 해야 할 일을 내가 하는 게 부처인기라."

"……부처되기 쉽네요."

해인과 노스님이 함께 웃었다. 해인은 여전히 사무치는 추억 속을 헤매고 있었다. 오로지 내리는 비 때문이었다.

지혜는 스케줄이 있어 가야 한다고 했다. 현관 엘리베이터 앞에 섰는데 도연이 엘리베이터 안에서 나왔다.

"저 다녀올게요."

"……."

지혜가 멀어져 갔다. 도연이 휠체어를 앞에 두고 앉으라 했다.

"내가 걸을게."

"걸으실 수 있겠어요?"

두 다리가 휘청거렸다. 도연이 잡았는데도 숨이 턱턱 막혀 왔다. 기우뚱 절뚝 해인이 걸음을 옮겨 놓았다. 빈혈인가. 비를 맞아서인지 미열을 느낄 수 있었다.

"타시죠."

"싫어. 세상을 쳐 이겨 내야지."

"스님 앞에 서면 은근히 제가 고문 당하는 느낌이 들어요."

"지랄."

도연이 피식 웃었다. 그러나 해인은 복잡한 감정들이 스쳐 지나갔다.

세상이 너에게 부딪혀 오면 너는 그 파도를 쳐 내고 이겨라라고 삼촌이 말했는데 이기지 못했다.

"스님이 사고 났던 곳이 교통사고 다발 지역이래요."

해인이 천천히 고개를 끄덕였다. 속으로는 '그런데 뭐?' 했다.

"제가 그 지역 도로를 지날 때 감속 지역으로 할 수 없냐고 도로교통과에 건의했어요."

"……."

"오지랖이죠?"

해인은 대답 대신 가쁜 숨을 토해냈다. 그간 도연의 간병을 받으며 가장 많이 들은 이야기가 '조금만 더 참아 봐요. 산 사람은 산목숨이니 또 살아야 하잖아요.' 하는 말이었다.

병실로 돌아와 베드에 누웠다. 빗소리가 여전히 유리창을 때리고 있었다. 텔레비전에선 드라마가 끝나고 아홉시 뉴스를 진행하고 있었다.

금방 그칠 비가 아니었다. 가장 오래된 환자가 창가의 베드를 차지할 수 있었다. 창문이 열려 있었다. 빗방울이 들이쳤다. 그러나 해인은 창문을 닫지 않았다. 천둥이 치고 있었다. 몸이 축축했다. 다리가 후들거리고 머리가 띵하게 아파 왔다. 열려 있는 창문을 닫은 해인은 젖은 환자복을 갈아입으려고 꺼냈다.

그저 부대끼며 사는 대로 살았다. 흠뻑 비를 맞고 질척이는 거리를 한없이 걷고 싶었다. 결코 즐거운 인생은 아니었다. 그러나 엄마 아빠, 노스님, 지효 삼촌, 도연 스님, 지혜. 그만큼 아름답고 행복했다. 열 가지를 다 가져야 행복한 사람이 있고 한 가지만으로도 행복한 사람이 있었다.

"소경은 만지고 두드려 볼 수는 있어도 바라볼 수는 없구나. 놓아도 보고 만지고 두드려 볼 수는 있어도 듣지는 못하겠지."

생각이 거기까지 미치자 해인은 '쓰발' 하고 입에서 나오는 대로 욕을
내뱉었다.

문 없는 문. 욕을 해봐도 좌절감, 자괴감과 모멸감의 한 문을 열면 또
한 절망의 문이 기다리고 있었다. 이제 조금 더 있으면 병실 문을 열고 병
원 밖으로 나가야 한다. 거리를 걷는 시뮬레이션을 마음속으로 수도 없이
했다. 손으로 만져 지폐 천 원권, 오천 원권, 만 원권, 오만 원권도 구분할
수 있었다. 이제 혼자서도 병원 지하에 있는 마트에서 휴지도 살 수 있게
되었고 담배도 라이터도 살 수 있게 되었다. 아직 혼자서 매점까지 오고
가는 건 서툴었지만. 그동안 계단 오르고 내리는 연습, 건널목에서 지팡
이로 탁탁 치다가 차도에서 인도로 올라가는 연습, 보도블록의 끝을 알아
보는 방법 등을 수도 없이 학습해 왔다.

비가 오지 않았다면 또다시 문을 열고 나가 뜨거운 물에 몸을 담그려
고 사우나탕을 찾아갔을 것이다. 외출해서 뜨거운 물에 몸을 담가 본 해
인은 그 맛을 잊지 못했다. 의료진들은 외출증을 끊어 줄 테니 시도해 보
라고 부추겼다.

병원 안의 문, 밖의 문을. 그동안 연습 삼아 얼마나 그 벽 같은 문에 머
리를 들이박았던가. 혼자 지팡이로 탁탁 치며 세상의 문을 열고자 돌아다
녔다. 길 없는 길, 문 없는 문. 오늘도 문을 만들어야 한다. 한 문을 열면
또 하나의 문이 나왔다. 이제 제법 문을 열고 닫는데 자신이 붙었다.

"가보자."

천천히 숨을 내쉬며 새소리를 따라 걷기 시작했다. 탁탁. 세상은 눈이
보이지 않아도 살 수 있었다. 타닥타닥. 지팡이가 길 없는 길바닥의 보도
블록에 부딪혀 내는 소리가 경쾌했다. 얼어붙은 죽음의 사바. 사는 건 여

전히 서툴고 겉돌기만 했지만, 혼란스럽고 힘들기만 했던 금생, 돌아보면 길고 먼 길들이었다. 서성거리다 아파하다 반생半生이 훌쩍 지나갔다. 몇 생生이나 더 이놈의 길바닥을 헤매고 누벼야 되나.

밖의 경계를 보며 제대로 가고 있다고 생각했는데 부딪혀 엎어지고 나동그라지고 기어코는 다쳤다. 그때마다 숱한 생각들이 스쳐 지나갔다. 길 위에서 길을 잃은 것이다. 해인은 '아파' 하며 입을 빼물고 주뼛주뼛하다 '젠장' 하고 오만상을 찌푸렸다. 무릎이 까지고 팔꿈치에서 피가 나고 다시 일어서면 언제나 갈림길이었다. 쓸쓸함이나 외로움 같은 건 참을 만했다. 이리 가야 하나 저리 가야 하나. 길을 잘못 들어 마음 끓이며 돌아 나오길 몇 번, 목구멍까지 외마디 비명이 차올라 오곤 했다. 살아도 살았다 할 게 없고 죽어도 죽었다 할 거 없는 목숨이었다.

집도의, 인턴 레지던트들, 박 간, 김 간, 이 간, 간호사 쌤들. 간병인들의 얼굴들이 스쳐 지나갔다. 유년의 고통과 마약성 진통제와 함께 했던 그 시비선악의 상처와 분노뿐이던 경계. 가장 행복한 때는 언제였던가. 해인은 후유, 하고 한숨을 지었다. 유년? 따스했던 엄마 아빠가 병들기 전이었다. '괜찮아?' 엄마가 묻던 그날들. 사방팔방이 절벽이라도 벽을 문으로 만들어야 했다.

귓불, 목으로 더운 바람이 느껴졌다. 찜질방을 찾아 나서는 길이었다. 치욕과 피투성이가 되어도 살아 버티라던 엄마. 발자국 소리가 들리면 물었다. 재활 병원의 정문을 나서면 사차선 도로가 있었고 정문 오른쪽으로 건널목. 건널목을 건너 좌로 칠백 미터 정도 가면 골목이 나오고 골목에서 이십 미터 가면 또 소도로. 좌로 이십여 미터를 가면 불가마 사우나탕이 있을 것이다.

"행복해 보여요."

"행복?"

못된 짓을 하다 들킨 것처럼 해인은 되묻다 움찔했다.

"안 그래요?"

"그래, 나 행복하다. 어쩔래?"

"행복하게 살아요. 이젠 저로 인해 행복해지실 거예요. 스님이 만든 문門으로, 길로 저도 좀 다니게 해 주세요. 길을 만드는 것이 도道라고 하지 않으셨나요? 잘 생각하셨어요. 나이 들어 늙어서요. 기둥과 대들보만으로는 절을 지을 수 없어요. 나 같은 보호자 하나 두는 게 얼마나 행운인지."

지혜가 콧소리로 말했다.

"제발, 그만 나를 내버려두지. 거치적거리니까."

해인이 웃으며 맞받아쳤다.

"왜요. 난 오빠랑 부부, 가정을 이뤄 천년만년 행복하게 살 마음 같은 건 없어요."

"고행하는 게 너랑 연애하는 것보다 더 쉬워."

해인이 약간 언성을 높여 말했다.

"아, 그러니까. 그러니 스님만 행복해하지 말라고요. 나도 행복할 권리가 있다니까요."

"……."

지혜가 오래전부터 생각하고 있었지만 참고 있다 생각났다며 내뱉는 말에 울컥 연민이 일었다. 지혜도 깜냥껏 해인의 비위를 맞추려는 노력을 보였다. 승복이란 유니폼일 뿐이고, 결혼하지 않는 신부님과 결혼할 수 있는 목사님이 있듯이 우리나라의 스님들 중 결혼하지 않은 스님보다 결혼한 스님들이 더 많다는 말에 머쓱한 표정을 지었다. '스님은 아마 평생 가난하고 주변머리 없이 살 거예요. 그죠?' 할 때 쓴웃음이 나왔다.

변변치 못했던 유년, 소년 시절들. 그 시절의 기억을 지우려 얼마나 애썼던가. 절집에 와서 그래도 인생 잘 풀렸다 했다. 공부하랴, 중노릇 하랴, 앞가림하기도 바쁘긴 했지만 노스님이랑 함께 장에 나가 자장면 먹고 토하던 일, 묵밥 먹고 오다 넘어진 일, 많고 많은 시간들. 산과 들로 쏘다니던 시간들이 추억으로 쌓였다. 그렇지만 이제 교통사고 환자였고, 테이블 데쓰 상황에서 벗어나 어디로 가고 무엇을 어떻게 해야 할지 몰랐다. 가고 오고 머무는 것은 아무것도 없었다. 가는 곳마다 본래 그 자리요, 이르는 곳마다 출발한 그 자리이리라.

귓속은 여전히 빗소리로 채워져 있었다. 빗소리들이 다른 소리들을 모두 삼켜버렸다. 갈아입은 옷들을 내놓고 젖은 속옷을 세탁하려고 일어섰다. 순간 해인은 숨을 크게 들이켰다. 발기가 된 것이다. 어두운 얼굴을 하고 있던 해인은 '죽었다 살아났네.' 하며 희미하게 키들거렸다. 도무지 좋아질 기미도 나아질 것 같지도 않았던 몸이었다. 목발도 없이 두 다리를 침대 밑으로 내리고 섰는데 설 수 있었다. 물론 한 손으로 침대를 짚고 선 것이다. 다시 주저앉은 해인은 손에 젖은 환자복을 꽉 움켜쥔 채 망연히 침대에 걸터앉았다. 낭패스러웠다. 꼿꼿이 허리를 세우고 앉았는데 이내 등짝에서 허리 쪽으로 찌르르한 통증이 전해져 왔다. 해인은 노인처럼 입을 우물거리다 침대에 몸을 눕혔다. 아무래도 이대로는 잠을 청하긴 힘들 거 같았다. 병상 생활을 하며 처음으로 술 생각이 나자 해인은 '내가 정신이 어떻게 된 거 아냐?' 하며 쓰게 웃었다. 죄 많은 인생, 담당 의사가 말하길 발기가 된다면 몸은 정상으로 돌아온 것이라고 했다. 해인은 바보처럼 입술 언저리를 혀로 핥았다.

"스님, 스님."

"……."

"눈만 먼 줄 알았더니 이놈의 스님께서 귓구멍까지 막혔나?"

지혜가 종알거렸다.

남근을 독사의 아가리에 넣을지언정 여자의 몸에는 넣지 마라. 애욕
은 착한 법을 태워 버리는 불꽃과 같은 것. 얽어 묶는 밧줄과 같고 시퍼런
칼날을 밟는 것과 같고 험한 가시덤불에 들어가는 것과 같고 성난 독사를
건드리는 것과 같고 더러운 시궁창에 들어가는 것과 같다고 했던가.

아니나 다를까, 지혜가 해인을 요모조모로 뜯어보는 눈치였다.

"야, 너 가라."

"난 왜 오빠가 그런 말 할 때만 되면 부아가 치밀어 오를까?"

지혜가 코웃음을 치며 말했다.

"가라니까."

"죽었다 살아나니까 돌았어요?"

"꺼지라니까."

나른한 피로감이 몰려왔다. 해인이 하얀 지팡이를 휘둘렀다. 이미 도
연은 내일부터 간병에서 손을 떼고 병원에도 얼씬거리지 않기로 했다.

"가서 너희 아버지나 돌봐."

"아버지는 129 불러 알코올 중독자로 강제 입원 조치시켰어요."

지혜가 마른 소리로 말했다.

"이제 나한테 단물, 쓴물 다 빼먹었다는 거지?"

"이제 몸도 뺐고 돈도 뺐었으니 볼짱 다 봤으니 다른 년 찾아야지."

"나쁜 새끼."

순간 지혜가 표독스레 말했다.

해인은 호주머니 속에 든 핸드폰을 만지작거렸다. 지혜가 야속하다는
듯 한숨을 내쉬었다.

"왜 이렇게 모질게 구는 거냐고요?"

"……."

지혜가 보조 의자에서 일어나 침대 위 해인의 몸에 몸을 바짝 붙이고

앉았다. 해인은 돌아누우며 열적은 목소리로 말했다.

"왜에?"

그때 지혜가 해인의 허리에 손을 올렸다.

"만지지 마."

해인이 지혜의 손을 뿌리치며 당황스럽게 말했다. 은근히 신경을 긁는 지혜는 염통에 염장 지르는 데 선수였다. 까칠했다. 호락호락하지 않았다. 침묵이 때로는 최고의 대답이라는 걸 해인은 알고 있었다. 지혜에게는 해인을 어질어질하게 만드는 이상한 구석이 있었다. 도연도 지혜도 가까이 오지 못하게 하자 두 사람은 멀찌감치에서 바라보고 서 있다는 걸 알 수 있었다.

"너는 누구이며 너의 주인은 어디 있는고?"

"……."

"너의 몸뚱아리 주인이 누구냐 말이다."

"……."

"입이 어디로 달아났느냐? 귀가 있는데 이놈아 어찌 내 말귀를 못 알아먹느냐 이 말이다."

"……."

"도대체 너란 놈은, 그래. 언제나 꿈에서 깨어나려고 이 지경이냔 말이다."

'꿈을 꾸는 주체가 누구란 말인가. 벙어리가 꿈을 꾸면 누구에게 말할까.' 삼촌은 언제나 따스하게 대해주는 노스님과는 달랐다. 보기만 하면 모질게 굴었다.

"오늘의 청춘이 내일의 백발임을 알아라. 이 절밥 도둑놈아."

버럭버럭 소리도 질렀다. 그렇게 삼촌에게 혼이 나도 살아있을 때가 좋았다.

해인은 몸을 일으켰다. 해와 달은 바뀌는데 산이 높아 못 오시나 물이 깊어 못 오시나. 저승길이 좋다 해도 이승만 못할 텐데. 한번 가신 엄마 아버지, 그 뒤를 따라간 삼촌, 넋이라도 좋고 혼이라도 좋고. 만경창파 고해 같은 이승길. 마지막이라며 재가 되어버린 지효 스님의 유골. 그동안 목에 걸고 있던 백팔염주의 어머니, 아버지를 바다에 뿌려 주고 싶었을 따름이었다. 하늘 아래 무엇이 높다 하고 땅 아래 무엇이 깊다 할 것인가. 그리는 마음에 꽃은 피고 지고 다시 꽃은 피건마는.

"가, 너도 나 같은 놈 때문에 인생 조지지 말고."

해인이 더듬거리며 말했다. 기가 막힌다는 듯 지혜가 피식 웃었다.

"별 강짜를 다 부린다."

또다시 가슴이 졸아들기 시작했다. 얼굴에 갑자기 열이 확 올라왔다. 이유도 없이 해인의 속이 부글부글 끓어올랐다.

소리를 크게 지르고 독기 서린 신경질을 부리던 해인의 숨이 목젖까지 차올랐다. 괜히 서글픈 생각이 들었다. 가슴까지 저릿해 왔다. 이럴 땐 막무가내, 꼴통 슈퍼 또라이처럼 구는 게 최고라는 걸 일찍이 노스님에게 배웠다. 해인의 똥고집도 알아주었지만 가늘게 눈을 뜬 노스님 고집 또한 만만치 않았다.

해인은 소리치며 하얀 지팡이를 휘둘러 댔다. 사람들이 저만큼 비켜났다. 슬픔을 밀어내듯 해인은 바닥에 퍼질러 앉아 지뢰를 밟은 것처럼 입에서 나오는 대로 쌍욕을 하며 고래고래 소리를 내질렀다.

"가, 제발. 남은 생 기생충처럼 너한테 붙어먹고 싶지 않으니까."

착잡함, 참담함의 끝에 해인은 그만 바닥에 쓰러지고 말았다. 발작이었다. 해인이 사지를 버둥거렸다. 입에 게거품을 물진 않았지만 팔과 다리를 여전히 허우적거렸다. 안전 요원들이 득달같이 달려와 해인의 양팔을 잡았다. 해인의 몸이 물결처럼 출렁거렸다. 살결이 백옥 같고 얼굴이 동글고 눈빛이 순하고 예뻤던 지혜가 놀랐을 것이다. 입이 마르고 몸이 부들부들 떨렸다. 지혜 앞에서 처음으로 보여주는 발작이었다. 성진 스님이 큰 돈을 시주하게 한 게 지혜라는 걸 모를 해인이 아니었다. 당황한 지혜는 주춤대다 질겁해서 멀찌감치 떨어져 섰으리라.

쥐약, 싸이나, 그리고 그라막손, 제초제를 박카스 병에 넣어서 정 못 살 거 같으면 마셔 버리자고 했던. 아직도 걸망 속에 그런 것들을 버리지 않고 있던 해인이었다. 평상시에도 병원에 올 때면 카메라 후레쉬를 받지 않으려고 도연이 근접 경호를 하고 모자를 깊게 눌러 쓰고 얼굴은 커다란 마스크로 가린 채 해인을 찾던 지혜였다. 해인은 발걸음 체취만으로도 알고 있었다. 가까이에서 만일의 사태를 대비하고 있는 도연의 발걸음을 인식하고 있었다. 도연이 근거리에 서서 지혜를 경호하고 있다는 사실을.

해인은 그렇게 해프닝을 끝내고 병실로 돌아와 저녁도 먹지 못했다. 난리법석을 치는 모습을 분명 도연도 보았을 것이다. 얼마나 버둥거리며 소리를 쳐 댔는지 입가에는 거품이 묻어 있었고 머리가 빙글빙글 돌았다. 의사는 안정제를 투여했고 해인은 부르르 진저리를 쳤다.

"그래요, 저 가요. 가."

사람들이 더 모여들자 눈을 휘둥그레 뜨던 지혜가 슬며시 멀어지는 눈치였다. 해인은 보안 요원들에 의해 처치실로 옮겨졌다. 머리가 지끈거리며 아파왔다. 해인은 여전히 몸을 떨고 있었다. 이렇게 난리법석을 피우게 될지 해인도 생각지 못했다.

처치실에서 병실로 돌아오자 머츰했던 비가 다시 굵어지고 있었다. 창문으로 떨어져 내리는 빗소리를 듣던 해인은 '내가 이렇게 변할 수도 있구나' 하며 몸을 축 늘어뜨렸다.

이것이 있으므로 저것이 있고 이것이 생기므로 저것이 생겼다. 이것이 없으면 저것도 없을 것이었다. 괴로움의 원인은 사고팔고四苦八苦였다. 사랑하는 사람들과 언젠가는 반드시 헤어져야 하는 것, 원한 가진 사람과는 반드시 만나는 것, 갖고 싶은 것을 얻기가 매우 어려운 것은 큰 고통이었다.

지혜랑 살고 싶었던 날들이 많았다. 지혜가 된장국 끓여 놓고 기다리는 상상, 지혜랑 옷 벗고 뒹굴고 싶었던 상상, 실제로 꿈을 꾸었고 몽정의 밤들은 축축했다.

6인용 병실이었다. 지난밤, 어젯밤은 심사가 더 복잡했던 일요일이었다.

"스님, 우리 기분 전환하게 맥주 한 잔 해요."

건너편 쪽 베드의 환자가 다가와 해인의 의사를 물었다.

꿈지럭거리던 해인이 귀를 쫑긋하다 한순간 침묵했다. 그리 친한 사이가 아니기 때문이 아니었다.

"스님, 저 내일 퇴원하잖아요. 스님도 일주일 후면 퇴원하신다면서요? 송별회 하자고요. 병실에 스님하고 저 둘밖에 남지 않았어요. 다 외출하고 외박하고."

가끔 토요일 밤이면 그런 날이 있었다. 그래도 석연치 않았지만 해인은 창가 건너편 쪽 베드 환자를 따라 나섰다. 장마도 아닌데 연이어 비가 내리고 있었다.

이제 목발 없이도 걸을 수 있었다. 병원에서 구부러진 스테인리스 지팡이를 내주었다. 기우뚱 절뚝. 앞으로 하얀 지팡이 하나만 있으면 된다. 운명은 앞으로 얼마나 많은 시간을 허락해 줄 것인가. 속내는 당장 이 지긋지긋한 병원을 퇴원해 걸어나가고 싶었다. 얼마나 악착을 떨었던가. 두 발로 병원 밖으로 걸어 나가기가 이토록 힘들 줄 상상도 못했다. 다시 그 아름다웠던 세상을 볼 수 있을까. 이대로라면 눈이 멀었다 해도 일상생활은 가능할 텐데.

"어디로 가나?"

창가 건너편 베드의 환자를 따라가며 생각에 젖었다. 교통사고로 왼쪽 팔을 잃은 환자였다. 왼쪽 손이 아프다고 난리를 피우던 이가 한쪽 팔로 권하는 소주와 맥주를 넙죽넙죽 받아먹었다. 병실 내에서는 보호자가 가져오는 음식 외에는 외부 음식을 먹을 수 없었다. 그러나 병원 측 몰래 병실 밖의 휴식할 수 있는 야외 공원이나 만남의 장소에서 전화로 주문하면 배달원들이 철망 안쪽으로 통닭과 함께 1.5리터 콜라병에는 맥주를, 사이다병에는 소주를 부어 전해 주었다.

바람이 불어오자 나뭇잎들 흔들리는 소리가 들려왔다. 타사시구자拖死屍句子, 무엇이 너의 그 송장을 끌고 가는가. 화두는 도무지 잡히지 않았다. 어른스럽지 못했다. 딱히 할 수 있는 것들도 없었고 하고 싶은 것도 없었다. 생각이 깊어질수록 소심해졌다. 망념에 이리 쓸리고 저리 쓸리고 그저 아프기만 한 추억을 곱씹던 세월이기만 했다. 병동 뒷산쪽 어디선가 부엉이 우는 소리가 들려왔다. 해인은 희망을 갖고 살자는 건너편 베드 환자의 말을 들으며 담배를 태워 물었다.

"스님, 스님 애인은 너무 예쁘세요."

해인은 '참 복도 많으세요'라는 환우의 말에 쓸쓸히 웃었다. 자괴감으로 마음이 편치 않았다. 해인은 어느 때보다 목이 말랐었다. 삼촌의 유골을 바다에 뿌려 주고 처음 마시는 곡차였다. 바람이 불고 있었고 뒷산에서 날아온 부엉이가 다시 울고 있었다. '한 잔 더 해요?' 하는 말에 슬픔을 털어 넣듯 벌컥벌컥 맥주를 마셨다. 갑갑한 기분이 한결 나아졌다. 취하고 싶었다. 해인은 가슴을 펴고 목구멍으로 술잔을 넘겼다. 짜르르했다. 외팔이 환자는 맥주에 소주를 섞어 마시는 모양이었다. 이제 속인인데 취한들 어떠리. 이제 기본과 원칙도 지키지 않을 것이야. 색깔 있는 옷을 입어도 되고. 병원 관계자에게 들키면 강제 퇴원 당하겠지만 들켜도 소란만 피우지 않으면 퇴원 각서를 쓰고 주의만 줄 뿐 그 이상의 조치는 취하지 않았다. 술을 마셔서는 안 되는 내과 환자들이 아닌 정형외과 쪽의 병동에서는 암암리에 있는 일이었다. 해인은 비척이며 어떻게 병실로 올라왔는지 기억이 없었다.

얼마나 잠이 들었을까. 해인은 비몽사몽한 블랙홀, 혼몽 속에 부드러운 손길을 느꼈다. 구월의 밤이었고 비가 오락가락 하는 밤이었다. 움찔했지만 마신 술로 몸을 가누지 못할 정도가 되어 버렸다.

꿈속 같았다. 부드럽고 따스하다는 느낌이 들었다. 안치된 시체처럼 드러누워 있던 해인은 도리질하고 꿈틀하다 아, 하는 꿈결 같은 한숨을 내쉬었다. 그때였다. 순간 해인의 몸을 더듬고 파고드는 몽롱함에 잠을 깼다. 은은히 피어나는 토마토 향내 때문이었다. 지혜의 손이 점점 더 대담해지기 시작했다. '어, 건너편 베드에 외팔이 환자가 있는데' 해도 풀어헤친 가슴에서 사타구니 쪽으로 지혜의 손이 내려가고 있었다. 지혜는 구름이 되고 비가 되고 바람이 되고 있었다. 입술로 신음 같은 것들이 새어 나왔다. 끝없이 벼랑으로 떨어져 내려가는 기분이 들었다.

"가만히 좀 있어 봐. 아무도 없다고."

지혜가 살쾡이처럼 말했다. 꿈인가 했는데 생시였다. 해인은 고개를 가로저었다. 지혜가 반야의 원무圓舞를 추는 나비처럼 팔랑거렸다. 해인은 얼굴 표정을 일그러뜨렸지만 몸을 꼼짝할 수 없었다. 알몸이 된, 머리를 풀어 헤친 지혜가 해인의 몸을 감싸 안았다. 창 밖에는 가랑비가 소나기 되어 퍼부어 대고 있었다. 숨이 멎는 것 같았다. 밀어내야 하는데 밀어내지 못했다. 해인은 헤벌어진 입으로 거친 숨결을 내뿜었다. 그때 지혜가 울고 있었다. 해인의 등짝을 손톱으로 파고들었다. 지혜의 입에서 술 냄새가 훅 풍겨 났다. 해인이 저항할 수 없다는 걸 안 지혜의 날갯짓은 거칠 게 없었다.

"왜 이래, 제발⋯⋯."

"⋯⋯오빠를 철들게 하려고."

아찔했다. '그만 멈춰' 했지만 목젖을 떨며 우는 지혜의 가쁜 숨소리와 설운 울음소리가 겹쳐 들려왔다.

"불쌍한 인간아, 아이고 이 불쌍한 놈아."

해인은 살아 있어도 살아 있는 거 같지 않았다. 지혜가 울고 있었다. 애써 숨을 고르던 해인은 쪼그라들었다. 사정을 했는데도 언제 사정했는지 몰랐다. 그냥 몸을 떨었을 뿐이다. 다행히 병실엔 아무도 없는 모양이었다.

지혜는 이승과 내승을 깨우듯 날개를 오므렸다, 날개를 접었다 폈다 팔랑거렸다. 꿈인가 생시인가 바르르 몸을 떤 해인은 다시 잠에 곯아떨어졌다.

"잘 주무셨어요?"

"⋯⋯."

"팔도 구부. 열이 있으시네요. 다음주 퇴원이시죠? 가시면 어디로?"

"⋯⋯."

새벽이 되고 지혜와 대학 동기라는 김 간호사가 와서 지난밤의 일들을 다 알고 있다는 듯 해인을 보고 웃으며 물었다. 떠난다면 또 어디로 가야 하는가. 해인은 아무 대답도 하지 못했다.

"아⋯⋯아. 꿈이었던가?"

해인은 신음과 같은 탄식을 내질렀다. 비가 오는데 차가운 밖에서 술을 마신 탓일까. 지혜가 지난밤 '오늘만이라도 뒤척거리지 말고 편안히 잠들라고' 했던가. 감기 기운인지, 곡차를 마신 탓인지 해인은 콜록콜록

기침을 쏟아 내고 있었다.

"오빠는 아주 오래 살 거야. 오빤 나한테 지은 죄가 크잖아."

"미안하다, 용서를 빈다."

해인은 미간에 힘을 주며 퉁명스레 말했다.

"히이, 순진하시기는. 오빠가 죄를 지어 봐야, 나만큼 지었을라고……."

"……."

"……나 오늘도 영화 찍었어. 아주 나쁜 악질 놈들 손목 두 개를 잘랐어."

"……."

"나한텐 이렇게 악녀 역할이 딱이라니깐."

"……나는 네가 행복했으면 좋겠어."

"나 지금 무지무지 행복해. 그런데 오빠. 오빠 내게 더 망가질 인생이 있는 줄 아나 보지?"

지혜가 톡 쏘던 말을 떠올렸다. 지혜의 말에서 삶의 허기짐 같은 걸 느낄 수 있었다. 언제나 지혜가 수상쩍었지만 그렇다고 '너 어떻게 사니?' 하고 한 번도 묻지 않았다. 지혜였기 때문이었다. 그렇게 반듯한 삶도 내놓을 성과도 없었던 해인이었다. 그러나 불꽃같은 삶의 저편에서 열망을 뿜어내며 살지 못한 해인은 그저 완전주의자처럼 살아온 지혜가 부러울 따름이었다.

"으이그, 이 속물아. 내가 그렇게 한가한 운명이 아니라고."

"왜 그래? 속물이라고 다 싸구려 저질은 아니라고. 오늘은 어떤 장면을 찍었는지 알아? 나쁜 놈들 손모가지를 잘라 버렸어. 마네킹 팔이었지만. 다음번엔 악당 놈들 다리를 자르는 대목이야. 아직도 영화의 대본엔

죽일 사람들이 많아."

지혜의 말투가 곱지 않았다.

"그런 역할이라면 넌 딱이었을 거야. 너에겐 타락한 천사 기질이 충분하니까."

"피이, 성聖이 어디 있고 속俗이 어디 있나……?"

지혜의 말투가 더 거칠어졌다. 문득 해인은 잠시 귀를 의심했지만 멈칫했고 표정이 굳었다.

"아이고 이년아, 저 언덕 넘어가는데 니가 내 돛이고 닻인 줄 아는가 봐?"

"오빠야, 명심하라고. 오빠도 피안으로 가는 이 항해에 내 돛도 아니고 닻도 아니야……. 그저 뗏목일 뿐이지"

지혜의 말에 해인이 침을 꼴깍 삼켰다.

"누가 그렇다고 돛이 되어준대? 성모독聖冒瀆인지 성모독性冒瀆인지, 사람들이 돌 던지려면 던지라고 해. 난 타인의 삶에 돌 안 던져. 바쁜 세상에 남 제사상에 감 놔라 대추 놔라, 하는 이가 어디 있어? 오빠는 내 생의 도반, 뗏목일 뿐이라니까. 그러니 내가 이렇게 개입하고 간섭하려 드는 거지. 그리고 뭐, 인생이라는 게 뭐 있냐? 알맹이가 있는 거 같지만 속은 텅 빈 거 아냐? 꿰뚫어 보는 건 지혜智慧고 내려놓는 건 해탈解脫이라더니? 오빠의 화두는 사는 거고 삶은 수행修行이라며? 이렇게 살아도 한세상, 저렇게 살아도 한평생인데 뭐."

"번지수 잘못 짚었어."

지혜랑 말싸움을 하면 졌다. 새침데기처럼 갑자기 밀어 붙이는 지혜 때문에 해인은 피식 웃었다.

해인의 말에 지혜가 '지옥으로 가나 극락으로 가나 일단 가보자'고 하며 마뜩찮다는 듯 미소 짓다 다시 입을 열었다.

"난 한 번도 오빠를 이겨 본 적이 없거든. 나름 나도 노력해서 배우로 자리를 잡았고 경제적으로도 능력을 가졌고. 아버지 같지 않은 아버지에게 투자해서. 늙어서 대사 외울 때까지 주연이 못 되면 조연으로 살 수 있거든."

"……"

"그것 참 취향 독특하군. 그런데 왜 나한테 와서 찝쩍대냐?"

"오빠가 8정도를 지키며 참되고 바르게 살아온 걸 내가 내 눈깔로 봤으니까. 답답하고 깝깝하긴 했지만."

지혜의 말을 들은 해인은 쓸쓸히 웃었다.

"그거 참. 오빠는 사람을 갑갑하게 만든다니까. 엄마가 음독하려고 약을 사 모았을 때 그때 오빠가 영양제를 주며 바꾸지 않았다면 내가 지금 이 자리에 없었을걸. 이래서 난 오빠를 보면 내 인생이 열 받고 미치고 팔짝팔짝 뛴다고요."

"꼭……. 매 순간 승냥이처럼 덤벼드는구나, 너. 다 멍청하고 쓸데없는 기억이야."

해인이 웃는 억양으로 빈정댔다.

"오빠는 산에서 수행이나 해. 뒷바라지는 내가 다 할 테니."

"지랄……. 너 어쩌다 쪼다, 빙충이가 됐냐?"

"히이, 나도 우당탕탕 서둘러 운명이라는 걸 만들 만큼 바보는 아냐. 안 잡아먹는다고요. 오빠는 수행하시며 산에서 자연인, 아니 자유인처럼 사시라고요. 난 한 달에 한두 번 갈 테니까"

"……크으. 됐다, 그래."

"내 말이 그 말이라니까. 도대체 난 오빠가 왜 그리 당당한지 모르겠어. 눈이 먼 병신, 소경 꼬락서니를 하고. 그 주제에. 병신 육갑 지랄 떠는 것도 한두 번이지."

"……."

해인은 '미친년' 하고 말하려다 꾹 참았다. 불가근불가원 하자던 해인이 연락을 끊어 버리자 '사고가 난 건 아니지, 아픈 건 아니지?' 하며 도연을 들들 볶아 소식을 전해 듣곤 했다던 지혜였다.

지혜가 침대에 걸터앉았다 벌떡 일어나 비죽 얼굴을 가까이 대며 해인의 허리를 간질였다.

"크으, 지랄을 떠세요. 나 물리 치료실, 운동실 가야 해."

해인이 휠체어를 탔고 지혜가 휠체어를 밀었다.

"오빠 스님. 왜 그래요? 여자들한테 미투당하거나 칼침 맞아 본 적 없지? 시방 나한테 인생 한 번 날려볼텨?"

"……."

지혜가 희극 배우처럼 과장된 목소리로 대화를 이끌어 나가다 '뒈져 볼텨?' 하는 대목에서 해인이 픽 웃었다.

"오빠 어린 시절이 좋지 않았어?"

두 사람 사이에 한동안 침묵이 흘렀다. 지혜가 분위기를 바꾸려는 듯 화제를 바꿨다.

"끔찍했지. 악몽 같았어. 꿈인가 하면 생시였던."

꾸물거리던 해인이 소태 씹은 얼굴로 입을 열었다.

"그런 가운데 난 오빠가 옆에 있어서 좋았다."

지혜가 또박또박 말했다.

"어쩌다 태어났고 어쩌다 너랑 만났을 뿐이야."

"노스님이 그랬잖아. 그게 다 불은佛恩이라고"

해인이 소리 나는 쪽으로 얼굴을 돌리며 더듬듯 말했다. 지혜가 선머슴 애처럼 큼큼 콧소리를 냈다. 어깨를 왼쪽, 오른쪽으로 흔들대던 지혜가 배시시 웃었다. 죽은 해인의 엄마가 토마토 향이 나는 느낌 좋은 천연

기초 화장품을 썼다니까 그 말을 들은 다음 날부터 줄곧 그 천연 화장품만 고집한다는 지혜였다. 해인은 싫지 않았다. 잘생긴 얼굴에 예쁜 몸매, 지혜가 재벌 2세와 요란한 스캔들을 일으켰다는 내용을 모르는 건 산속에만 처박혀 있었던 해인뿐이라고 했다.

"……강을 건넜으면 뗏목은 잊어야지. 그걸 평생 메고 다닐 거냐?"

"오빠 나를 모르지. 난 한 번 탐내면 꼭 갖는 사람이라고. 비록 오빠가 만신창이가 되어서 내 차지가 되었지만, 장님 스님아. 왜 그러냐? 나도 얼마 안남은 이 세상, 이번 작품만 끝내고 속세랑 인연 끊고 산속에 들어가서 오빠 공양주나 하며 평생 조용히 살려고."

"기분 내는데 기분 깨서 미안하지만 번지수 잘못 짚었다. 다른 데 가서 찾아 봐라."

"맞아, 나도 그렇게 생각해. 오빠는 사는 게 꼬릿꼬릿해가지고 먹물 승복 입은 오빠랑 평생 살 생각은 일─도 없어. 아마 나 같은 년이랑 살면 오빠는 사흘도 못가서 놀래 자빠지고 질식사할 걸."

지혜가 김칫국 마시지 말라고 했다.

색色 그리고 공空을 넘으면 일체종자심식─切種子心識, 그 마음이 반복하며 화합하는 마음의 작용, 그놈들이 지어내는 걸 경계라 했던가.

"무리하시는 거 아니에요?"

"내 인생은 내가 살아야 해."

해인이 씩씩하게 대답했다.

"그래도……."

지혜도 도연도 미덥지 않다는 목소리로 걱정했다. 벙거지 모자와 검은 색안경을 구입했다. 회색 우리 옷도 한 벌 구했다. 문득 병원을 나서면 엄마가 기다려 줄 것만 같았다. '엄마' 하고 부르면 엄마가 집에서 '왔니?'

하고 달려 나올 것 같았다.

신발이야 뒤집어 지건 말건 가방을 마루에 던지고 '밥 줘. 배고파' 소리쳤다.

악착같이 살아서 잘 살아서 보여 주고 싶었는데. 행복하게 살아서 극락에서 두고두고 내려다보라고 죽은 엄마 아빠에게 보여주고 싶었는데.

"제기랄."

해인은 혼잣말을 중얼거렸다.

잇몸이 부었다. 아플 때, 너무 이를 악물었던가. 앞니와 아랫니는 틀니를 하고 있었다. 미간을 좁히고 눈에 힘을 주었다. 오뉴월 땡볕은 어제 다르고 오늘 다르다더니 뼈만 남은 몸이었다. 가을이 오고 있었다.

"스님, 대체 왜 그러세요?"

도연의 목소리에 쓸쓸함이 배어 있었다.

"너도 살아야지. 언제까지 내 시다바리만 하고 살 거야?"

"……."

재활 병원에서도 퇴원해야 할 날짜가 다가오고 있었다.

"심봉사도 눈 떴잖아. 너는 너의 눈을 뜨고 나는 나의 눈을 뜨고. 움직인 상태에서의 정지함은 정지함이 아니잖아. 홀로 왔고 홀로 가는 길. 스님은 스님의 길, 나는 나의 길. 내 인생 네가 대신 살아줄 수 없잖아."

해인이 낮은 목소리로 말했다. 갑자기 명치께가 아파왔다. 해인도 모르게 숨 쉬는 소리가 밖으로 새어 나왔다. 홀로 왔고 홀로 가는 길. 출가 사문沙門에게 行行이 없다면 승僧이 아닌 것이다.

"……그래도."

갑자기 머릿속이 복잡해졌다는 듯 도연이 말끝을 흐렸다.

"그래도는 이어도 옆에 있다는 섬이지?"

"……."

해인의 농담에 도연이 쓸쓸히 웃었다.

갈애渴愛의 날들이었다.

이 모든 법의 빈 모습은 생긴 것도 아니며, 멸한 것도 아니다. 더러운 것도 아니며, 깨끗한 것도 아니다. 증가하는 것도 아니며, 감소하는 것도 아니다.

해인은 도연을 떠나보낼 핑계를 따로 찾지 않았다. 슬픔, 공황, 자폐적인 밤들을 함께 지켜 주던 도연이었다.

"이리 와 봐."

해인이 두 팔을 벌렸다. 도연이 해인의 품에 안겼다. 도연 앞에서 오래오래 울던 해인이었다.

"고마웠어. 이 어둡고 답답한 현실 속에서 그렇게 나를 보듬고 안아 줘서."

"……스님. 정 그러시면."

도연이 합장하고 섰다가 허리를 숙여 인사를 하고 돌아섰다. 이윽고 나가는 기미를 느낄 수 있었다. 가져온 게 아무것도 없으니 가져갈 게 아무것도 없는 수행자였다.

하늘이 땅이요, 땅이 하늘이었다. 하늘과 땅이 마주 안고 굴러 산을 만들고 물을 만들었다. 산다는 게 꿈같고 허깨비 같고 그림자 같고 이슬방울 같았다.

지혜를 보냈다. 도연도 떠났다. 혼자가 된 해인은 얼마나 은산철벽銀山鐵壁처럼 얼마나 앉아 있었던가. 그놈의 텔레비전 소리가 여전히 귓속을 파고 들어왔다. 허리가 시큰거렸다. 끙 신음을 삼킨 해인은 침대에 몸을 누이고 이불을 머리끝까지 뒤집어썼다.

"이렇게 또 스님과 지옥과 같았던 한 철을 살았네요."

"고마워. 살아 줘서."

도연이 '주무세요?' 하고 물었고 해인이 '아니야'라고 대답할 때 밤 열시 티브이는 꺼졌고 도연이 침대 밑에 있던 긴 의자를 꺼내 마지막 밤의 몸을 눕히고 있었다.

5

벙어리가 꿈을 꾸면
누구에게 이야기하는가

5
벙어리가 꿈을 꾸면
누구에게 이야기하는가

"제기랄, 니르바나는 어디에 있을까."

혼잣말하는 해인의 목소리는 경직되어 있었다.

이승도 저승도 아닌 병실에서 봄과 여름을 다 써 버렸다. 이윽고 해인은 하얀 지팡이를 타닥거리며 재활원 정문을 나섰다. 도연과 지혜를 떠나보냈다. 고마웠지만 혼자 가야 하는 길이었다. 퇴원은 백 수사관이 도와주었다. 길가에 크고 작은 상점들이 좌우로 죽 늘어서 있을 것이다. 먹고, 싸고, 자고. 마트에 들어가 점원에게 부탁해 일회용 비닐 우비를 사입었다.

"젠장, 어쩌다 우산이 없는 인생이 되었을까?"

재산 목록에 우산 하나 간직하지 못한 인생이 되어 있었다. 우산을 사려다 지팡이로 인해 우산까지 드는 건 무리란 생각이 들었다.

"……내게도 우산이 있었는데."

등에는 걸망을 메고 앞에는 가방을 찼다. 우비를 입었다지만 발목 위 정강이 쪽은 비에 젖고 있었다. 궂은일들은 왜 한꺼번에 오는지. '날씨도

도와주지 않는구먼' 궁시렁거려도 슬퍼하거나 외로워할 새가 없었다. 빗소리가 지나가는 차량들, 스쳐 지나가는 행인들의 발자국 소리들을 잡아먹고 있었다.

"……어찌하면 세상과 화해할 수 있는 거지?"

해인은 낮게 기침을 삼켰다. 비가 오는 날 장애인들은 거의 외출을 하지 않았다. 그렇다고 비가 온다 해서 퇴원을 미룰 수는 없는 일이었다. 갈 곳은 이미 정했다. '니르바나' 하고 혼잣말을 한 해인은 씩 웃었다. 어느새 7월, 장마가 시작되고 있었다. 뉴스에서는 태풍이 오고 있다고 했다. 해인은 하얀 지팡이로 타닥타닥 비에 젖은 보도블록을 두드리며 장마 속으로 걸어 들어가기 시작했다. 옷 가게, 그릇 가게, 쌀 가게, 음식점들이 늘어서 있을 것이다. 화장품 가게와 산부인과 그리고 여관도 있을 것이다. 먹고, 자고, 싸고. 기우뚱 절뚝 걷던 해인은 바랑 끝이 흘러내려 어깨끈을 올렸다.

"니르바나라."

해인은 한 걸음 한 걸음 조심조심 걸었다. 개량 회색 한복을 입고 하얀 지팡이를 손에 쥐었다. 등에는 바랑을 멘 행색에 금세 쓰러질 듯한 불안한 걸음걸이였다. 지나는 행인들이 힐금힐금 쳐다보는 눈치였다.

왼발을 옮기고 왼발에 무게 중심을 두고, 오른발을 잽싸게 옮기고 자세를 바꿀 때마다 등에 멘 바랑이 어깨에서 흘러내려 몸이 왼쪽, 오른쪽으로 뒤뚱거렸다. 웃기는 걸음걸이였다. 한순간 해인은 걸음을 멈췄다. 하얀 지팡이에 힘을 주었다. 걸을 때마다 온 신경을 긁어모아야 했다.

"길이 끊어진 곳에 길이 있다고."

보도블록이 끊기고 턱이 높아졌다. 바랑을 내려 어깨에 맨 끈을 조절해야 하는데 내용물들이 젖을까 그저 추슬러 끈을 올릴 뿐이었다. 무엇일까. 순간 해인은 멈칫했다. 차도 같지는 않은데. '가보자' 가보고 길이 막혔으면 돌아 나올 수밖에 없었다. 그랬다. 어른도 길을 잃어버릴 때가 있었다.

해인의 키에 맞게 제작된 하얀 지팡이는 접어서 가방에 넣을 수 있는 4단 지팡이였다. 알루미늄 재질로 끼워 돌려 홈을 맞추면 제법 힘을 받았다. 그래서 밤색 원목 손잡이가 달린 하얀 지팡이 중 최고로 두꺼운 놈을 선택했다. 해인은 지팡이를 들었다 놓을 때마다 노스님이 된 기분이 들었다. '으음, 노스님의 주장자는 연수목 감태나무로 만든 것으로 가볍고 울퉁불퉁한 게 참 멋있었는데' 하고 신음을 삼킨 해인은 '아득한 지평선 노을바다를 향해 가볼까.' 하고 다시 신음을 삼켰다. '들고 놓음.' 하고 '찬란한 빗소리 닿음, 부딪힘, 충돌.' 하며 귓속에서 빗소리를 걸러 내며 온 신경을 곤두세웠다.

지팡이로 바닥을 치면 튀겨 오르는 소리들은 다 달랐다. 지나가는 차량들의 소음에 맞추어 '아제아제' 하고 일자一字 목탁 염불에 맞춰 걸음을 놓았다. 붕대와 소독약, 주사기, 링거로부터의 해방이었다. 시력을 잃었기에 청각, 오관으로 주변을 인식해야 했다. 아직도 매 끼니때마다 알약들을 한 움큼씩 먹어야 했지만 괜찮아, 하고 속으로 말했다. 말은 그렇게 했지만 몸은 괜찮지 않았다.

비가 내리는 거리의 풍경 속에 넘어지거나 또 쓰러지면 사람들이 쳐다볼 것이다.

어머니를 두고 목이 쉰 채 떠나온 먼 길, 또 다시 세상 속으로 떠나는 길이 두렵지 않은 것은 아니다. 하루에도 몇 번씩 울고 싶기만 하던 날들, 절체절명의 날들. 이제 또 어떤 모습으로 새로운 삶을 살게 될지. 온통 뒤죽박죽이 된 인생이었다. 상처와 절망으로 만신창이가 된 몸이었지만 새살이 돋아 나왔다. '이제 남은 생, 불편하겠지만 그래도 살아남아야 하는 거야. 니르바나로 가는 거야. 너희들이 니르바나를 알아?' 하며 해인은 미친놈처럼 또 중얼거렸다. 지나가는 사람들은 해인과 상관없다는 듯 잰 걸음으로 앞질러 갔다.

모든 건 변했다. 변하지 않은 건 하나도 없었다. 지난 밤, 잠이 올 리 없었다. 진부하고 낡아 빠진 세상, 군부 독재, 자본에 물든 불교. 바뀌어야 할 것들은 하나도 바뀌지 않았다. 여전히 부조리한 세상과의 관계 회복을 위해 나아가는 길은 결코 쉽지 않았다. 끈적끈적한, 눈물 같은 비. 핏물 같은 비. 아가리를 벌리는 저 도시의 욕망 속으로. 성기처럼 솟아 있을, 하늘을 찌를 듯한 회색 콘크리트 건물들 사이로 수없이 많은 사람들. 그동안 누구를 만났으며 무엇에 홀렸고 무엇에 설레었던가. 한 걸음씩 지팡이를 내짚으며 마음을 다잡던 해인은 '아, 내가 서있는 곳. 지금 여기가 니르바나거늘.' 하며 숨을 크게 들이켰다.

자꾸 쿡쿡 찌르고 허공을 가르며 날아오던 노스님의 지팡이. 만지고 두드려 볼 수는 있어도 바라보지는 못하는 신세. 해인은 지팡이를 잡은 손에 힘을 주었다. 그러나 한편으로는 '그랬구나, 내 눈 앞에 있는 모든 것들이 장애물이었구나.' 했다. 해인은 멈칫했다. 하마터면 누군가와 몸을 부딪칠 뻔했다. 반사적으로 해인은 옆으로 비켜섰다. 지나가던 사내가 '똑바로 보고 다니지'라고 빈정대는 거 같았다. '몰랐구나, 그 장애물들이 디딤돌이었다는 걸. 내가 그걸.' 하며 흔들흔들 느릿느릿 걸음을 만들어 옮기던 해인은 웃음을 실실 흘렸다.

어느새 시월이 가고 있었다. 비 맞은 중 아니랄까봐 지팡이로 자신의 종아리를 살짝 한 대 때렸다. 이제 억울함과 서러움 같은 것들이 울컥울컥 치밀어 오르지 않았다.

"해인아."

"예."

"정신 차려라."

혼자 말하고 혼자 답했다.

그렇게 웅얼거리던 해인은 한순간 망연히 섰다. 머리가 빗물에 흠뻑 젖었다. 코로 숨을 크게 들이쉬고 입으로 하, 하고 내쉬었다. 눈이 먼 채 빗속의 길을 걷는 일이 보통 힘든 일은 아니었다.

"아파요."

"이놈아, 이 색꾼놈아. 그럼 아프라고 때리지 안 아프라고 때리냐?"

웬만하면 그냥 넘어갈 일도 노스님은 가당찮다는 듯 지팡이로 해인의 옆구리를 쿡쿡 찔렀다.

"스님, 그 지팡이 없어지면 제가 산속, 풀숲에 버린 줄 아세요."

"그래라, 이놈아. 산중에 지팡이 할 나뭇가지 쌔고 쌨다, 이놈아."

해인은 노스님의 말에 씩 웃었다. 그렇게 노스님은 해인의 상처를 보듬고 안아 줬다. 노스님은 불가근불가원不可近 不可遠, 절묘하게 거리를 두었지만 다정하고 차분했다.

"내가 말 뼈다귀처럼 말랐지?"

"⋯⋯."

"이 세상에 변하지 않는 것은 없어. 밖으로 모든 인연에 끌리지 않고 마음속에 헐떡거림이 사라져야 은산철벽이 되지."

지팡이를 든 기분이 이런 기분이구나. 노스님이 다시 지팡이로 머리통을 탁 내려치는 것 같았다. 해인은 그때마다 움찔했고 뒤로 물러섰다.

장님이 넘어지면 지팡이 나쁘다 탓한다더니 그 말이 딱 맞았다. 생각 때문에 휘청, 균형을 잃고 하마터면 앞으로 고꾸라질 뻔했다. 거리의 점자 블록을 너무 기대하지 말라던 선배 맹인들의 말은 옳았다.

"지금이라도 택시를 불러?"

그동안의 날들이 도통 실감나지 않았다. 꿈속의 귀신들이랑 그 수많았던 뱀들은 더 이상 몸을 칭칭 감지 않았다. 해인은 숨을 고르며 '받아들

여야지, 뭐. 어떻게 해.' 하며 혼잣말처럼 중얼거렸다. 그러나 한편으로 오기가 생겼다. 가슴을 저미고 손발을 오그라들게 하던 고통. 마침내, 마침내, 새살과 함께 혈색이 돌아왔다. 의료진들의 예언대로 세월이 약이었다. 그러나 원망과 증오, 고통과 번뇌, 회한은 다 비우지 못했다. 몸의 통증, 그렇게 아파 신음과 비명을 내지르던 시간들. 인연 따라 무정형이고 꼼짝도 못했던 병상의 베드. 겨우 잠들면 통증이 밤을 깨우던 칠흑의 그 단조로웠던 죽음의 시간들. 운명에게 사지를 빼앗겼던 수형의 날들. 수십 번도 더 죽고 싶었던 날들. 사바. 벽 안에 갇혀 상처 입은 짐승처럼 우우 통곡했던 나날들로부터 이제 빠져나가는 길이었다.

"살자 하니 고생이고 죽자 하니 청춘이라. 도시몽중 꿈이로다."

어둠 속 한 치 앞도 보이지 않는 길이었다.

"그 얼마나 오늘을 기다렸던가. 그 언젠가가 바로 지금이네. 그럼 지금부터라도 인인 따라 주어진 삶을 즐겨 볼까나."

이제 한 달 후에 다시 안과 진료를 위해 병원을 찾으면 된다고 했다. 불편한 몸을 추스르는 해인에게 담당의는 다른 안과를 찾아도 상관없다고 했다.

무엇이 눈을 멀게 했던가. 선입견이 눈을 멀게 했다. 요망한 세 치 혀가 눈을 갉아 먹었다. 어린 날 성운 사형이랑 개구리를 너무 많이 잡아먹어서 눈이 먼 것이다라는 생각을 했다. 그때 해인은 이상한 기미를 느낄 수 있었다. 왼쪽 눈이 뜨거워지고 아리아리했다. 오른쪽 눈도 시큰거렸다. 해인의 얼굴이 굳어졌다. 멈춰선 해인은 손등으로 눈두덩을 비볐다.

와중에 해인은 등 뒤에 누군가가 따라오는 기척을 느꼈다. 귀에 익은 발자국 소리였다. 어찌해야 할 바를 몰라 허둥대던 해인이 유심히 발자국 소리를 들어보니 확실했다. 생각도 하지 못한 일이다. '우리가 만난 게 불연佛緣입니다.' 백 수사관의 말에서 진정성을 느낄 수 있었다. 오랜 공무원 생활로 우직하고 일관되게 살아온 사람이라는 걸 느낄 수 있었다. 해인은 일부러 눈치챘다는 걸 드러내지 않았다. 해인은 빗속에서 SUV 차량 한 대가 멈추었다 출발하는 소리도 포착할 수 있었다. 비바람이 불어와 물결처럼 얼굴에 찰랑찰랑 부딪혔다. 처음엔 '설마?' 했지만 이내 해인은 고개를 끄덕거렸다.

옆 베드의 환자들이 아직 하얀 지팡이 하나에 의지한 채 세상으로 나가는 것은 무리라고 말했다. 도연이 옆의 환자들의 심부름을 해 주었고 지혜도 올 때마다 먹을 거며 마실 거를 돌린 탓이었다. 해인은 두 팔을 벌리고 찬 공기를 들이마시며 입술을 사려 물었다.

"잘되면 내 탓이고 안되면 조상 탓. 바보들이 환경 탓, 남 탓이나 한다."

해인이 찡얼대면 삼촌이 버럭 소리를 지르곤 했다. '성진이 너무 미워하지 마라. 그놈이 그렇게 된 건 다 나 때문이다.'라고 삼촌이 말했다. 몰랐다. 그때는 정말 몰랐다. 가슴이 답답해져 왔다. 이마에는 송송 땀이 나 있었다.

"스님, 무문관에 계신 성호 스님한테 들은 얘기가 있는데."

"무슨?"

사형 성진 스님과 성운 스님의 이야기만 들어도 지겹고 원망스러웠다.

"지효 스님께서 민중 불교 연합회 부의장 하셨던 건 아시죠?"

"응. 명선 스님이 의장을 하고. 그런데 그게 뭐?"

"지명 수배 당하자 명선 스님하고 지효 스님은 무문관으로 들어가 숨어 버리시고."

"……."

"그때 성진 스님이 중정중앙정보부에 끌려가 치도곤이를 당했답니다.

모진 고문으로 운신도 못했고요. 그래서 자비행 보살님 자취방에서 6개월을 앓는 동안 지혜가 생겨난 거랍니다."

"……."

해인은 왠지 까닭 모를 허탈감이 몰려왔다. 오랜 세월 고통과 증오, 분노로 찌들려 왔던 지난날들이 스쳐 지나갔다.

생각해 보니 꿈같은 날들이었다. 전신마비의 날들. '꿈이었을까. 몽생몽사, 모두가 다 꿈이었을까. 꿈에 살고 꿈에 죽는 꿈. 꿈이라면 꿈은 깨어 무엇 하리.' 수도 없이 되뇌었다. 사는 것도 꿈, 죽는 것도 꿈, 행복도 꿈. 무엇이 깨달음이 되는 것인가. 꿈인가 하면 생시였고 생시인가 하면 또 다시 꿈이었다. 살아 있는 시체로 봄, 여름을 누워서 지냈다. 왼쪽, 오른쪽 모로 눕는데 한 달이 걸렸다. 눈물겹고 피나는 노력이었다. 벌레처럼 옆으로 누울 수 있었던 게 사고 후 두 달이 지나서였다. 일단 몸을 옆으로 눕히기 위해 얼마나 애썼던가. 오른손으로 침대 바닥을 짚고 왼손을 어깨 쪽으로 뺀 채 팔꿈치에 힘을 주었다. 어렵게 몸을 좌우 옆으로 놀릴 수 있었다. 엎드리기는 또 어떠했던가. 일단 몸을 뒤집어야 했다. 몸을 뒤집다 폭삭, 무너졌던 게 한두 번이 아니었다. 기어코 낮은 포복 자세로 기었다. 침대 위로 올라갔다가 내려왔다가 하는 사투를 벌였다. 이 없으면 잇몸이라고 짚은 왼손, 오른손이 발이었다. 차츰 허리에 힘을 줄 수 있었다. 이윽고 무릎을 땅에 대고 몸을 일으킬 수 있었다. 앉고 싶었다. 물리치료실에서 받은 전기 치료와 물리 치료, 운동 치료 덕분이었다. 입원 후 넉 달째가 되어서야 구부정하기는 했지만 겨우 앉을 수 있었다. 양손을 짚고 눈물과 땀과 피를 흘린 결과였다. 뒤이어 휠체어를 탔고, 목발을 짚었으며 일어서서 찔끔찔끔 울었다. 한 걸음, 남은 날들을 위해 세상을 향해 한 걸음 걷기가 얼마나 힘들었던가.

"경계에 졌다. 일체유심조, 모든 것은 마음의 작용에 의해 생겨나거늘. 그 마음이 지어내는 놈들. 마음이 부처요, 마음이 법이거늘. 무엇이 나를 속박하였던가. 파계의 죄과가 이리도 크단 말인가."

피가 왈칵 곤두서는 거 같았다. 지혜에게 얼마나 용서를 빌었던가. 서울역 파출소에서 서대문 파출소 지하 취조실로 끌려갔을 때 얼마나 삼촌을 저주하고 또 저주했던가.

"명선 스님 어디 있어?"

"모릅니다."

순간 주먹 발길이 날아왔었고 해인은 개구락지처럼 쭉 뻗었다. 당혹감과 굴욕감, 수치심과 까닭 모를 노여움으로 숨이 막혀 왔다. 고개를 떨어뜨린 채 '살려주세요. 제발 그만' 해보았지만 소용없었다. 얼마나 구질구질했던가. 얼마나 비루했던가. 맞으면서 희열을 느꼈다. 얼마나 우스꽝스러웠던가. 맞을 때마다 움츠렸고 오줌을 질질 쌌으며 똥도 싸 갈겼다.

"명선 스님을 만난 게 언제야?"

취조하는 사내가 '이름을 대 봐' 하며 책상 위에 노트북, 볼펜과 종이를 꺼내 놓고 물었다.

"없는데요."

"이 새끼가 정말."

비굴하고 비겁하고 나약한 표정을 지었지만 실제로 명선 스님을 만난 적이 없었다.

'으, 아악, 안 돼. 어억' 하는 악몽이었다. '꿈을 꾸고 있는 거야' 했지만 공포로 질끈 눈을 감곤 했다. 그저 재수가 없었을 뿐. 지극히 개인적인 불행일 뿐이었다. 장애의 날들. 모든 것들은 하루아침에 급작스레 일어난 일들이었다. 당당하고 꿋꿋했는데. 죽고 싶어도 죽지 못했다. 죽지 못해 살아 지옥과 같았던 날들.

성진 스님은 그렇게 석 달을 소름끼치는 비명을 내지르며 폐인이 되다시피 했다는 것이다. 그렇게 망가진 성진 스님에게 '제발 참회하시고 착하게 좀 사세요' 하고 소리치지 않았던가. 결국 삼촌은 집회 및 시위에 관한 법률 위반으로 2년 6개월의 형을 살았고 성진 스님은 무혐의로 풀려나기는 했는데 난지도 쓰레기 더미에 버려졌었다고 했다. 그 바람에 노스님까지 경찰서에 불려가 곤욕을 치르기도 했다고 한다.

걸을 때마다 거친 숨소리가 새어 나왔다. 시각 장애, 신체장애로 비 내리는 서울 도심 거리를 걷는다는 일은 보통 일이 아니었다. 몸은 뻣뻣해서 자세를 바꿀 때마다 울렁거렸다.

"이놈아, 이 색꾼놈아. 이제 눈 감고 입 다물고 없는 듯 살아. 종달새 한 마리 다쳤다고 저 봄으로 흐르는 개울물이 멈출 것 같으냐? 고통은 집착에서 나오는 미망迷妄일 뿐이야, 어서 그 미망에서 빠져나오라고."

미망이었다. 사람들은 곁으로 무시로 지나가고 있었다. 타닥타닥. 소리가 나게 하얀 지팡이로 보도블록을 두드렸다. 물리 치료실, 전기 치료, 운동 치료실에서 얼마나 땀을 흘렸던가. 마비되었던 감각들이 하나둘씩 살아나기 시작했다. 갓난아이가 걸음마하듯 네 발 바퀴가 달린 워커, 보행기를 짚고 일어서서 어기적어기적 한 걸음 떼어놓기가 그렇게 어려웠다니. '부처님. 저를 이렇게 만드시다니. 도대체 당신의 뜻은 무엇입니까.' 하고 얼마나 한탄했던가. 네 발에서 두 발로 목발을 짚고 걸었다. 기우뚱 절뚝. 그렇게 다시 일어나 비틀비틀. 오른발은 그래도 힘을 줄 수 있는데 왼발은 그렇지 못했다. 왼발은 짧게, 오른발은 그래도 제법 걸음을 넓게 떼었다. 몸은 일기 예보보다 더 정확했다. 비만 오면 뼈가 쑤시고 잇몸이 야리야리해지는 날궂이, 몸살을 앓아야 했다.

성운 사형이 자살했을 때 '바보같이 죽긴 왜 죽어. 사람이 원래 경박했지. 기왕이면 잘 살지. 벼엉신 쪽팔리게.' 하며 분통을 터뜨렸는데 그때는 몰랐다. 성운 사형의 고통은 사형의 것만이 아니었다. 얼마나 고통스러웠을까. 얼마나 미안하고 죄스러웠을까. 해인은 '죽으면 다 끝'이라며 극단적인 선택을 했다는 성운 스님을 이해할 수 있었다. 우리 중들은 하나의 애도가 끝나면 또 다른 애도가 이어지므로 늘 끊임없이 상중喪中인 채로 사는 거야 하시던 노스님, 사숙 지효 스님 그리고 잠시나마 사랑했던 그의 여인, 순임이 이모. 그 헤펐던, 사람 좋아 보이던 순임이 이모의 인因과 연緣의 얽힘을 생각하며 해인은 속으로 '나무아미타불'을 늦게나마 주워 삼켰다.

"속박된 자는 해탈하지 못한다. 왜 그런가? 이미 속박되어 있기 때문이다. 속박되지 않은 자도 역시 해탈하지 못한다. 왜 그런가? 속박이 없기 때문이다. 생사를 떠나 따로 열반이 있는 것이 아니다. 그러니 어떻게 생사와 열반을 분별하겠는가."

몸에 와 박혔던 노스님의 주장자 같은 말씀이었다.

해인은 '아, 48경계經戒, 그놈의 경계에 눈이 뒤집혔었군.' 하며 끙 한 숨 섞인 어투로 또다시 미친놈처럼 중얼거렸다. 그래도 신경을 바짝 긁어 모았다. 긴장한 탓인지 손이며 온몸에 생땀이 났다. 해인은 순간 움찔했다. 하마터면 넘어질 뻔했다. 멈춰 서서 고개를 비스듬히 젖혔다가 겨우 균형을 잡았다. '에효' 하며 해인은 다시 걸음을 한 발짝 두 발짝 옮겼다. 의사가 간이 병들면 눈으로 볼 수 없게 되고, 콩팥이 병들면 들을 수 없게 된다 했던가. 마음이 병들면 눈으로 볼 수 없고 귀로 들을 수 없으며 냄새를 맡을 수 없다는 것도 알았다.

"심위법본心爲法本이라. 만법의 근본인 그놈의 마음, 마음, 그놈의 마음."

장마라고 했다. 어깨에 멘 걸망엔 가사와 장삼, 발우뿐이다. 사는 게 수행이라 여겼다. 점수, 차츰차츰 쌓아 가면 언젠가 활연개오하리라 믿었다. 그러나 성불은커녕 보통 사람으로 살아 내는 것도 벅찼다. 돌아보면 떠나기 위해 떠나왔던 길은 아니었다. 머물기 위해 떠나왔던 길들, 살아 보기 위해 떠나왔던 길들이었다. 그 멀고 멀었던 청춘의 길. 이제 어떤 마주침들이 기다리고 있을까.

"무엇하러 가는가?"

"살아 보려고 갑니다."

여전히 혼자 묻고 혼자 대답하다 실실 웃음을 흘렸다.

어떻게 사나. 무엇을 해서 살아갈 것인가를 걱정해 본 적은 없었다. 이래도 살았고 저래도 살았다. 먹먹하기만 했던 가슴이 조금 뚫리는 것 같았다. 길은 또 다른 길로 이어질 것이다. 깨달음, 열반이 목표였던 것이 맞지만 첫 번째 화두는 살아남는 것이었다. 어찌 되었든 살아남았다. 아프지 말고 남은 생 잘 사는 게 수행이라 생각했다. 어떤 상황, 어떤 경계에서든 손쓸 수 없는 지경에 이르면 어떤 처방도 수행도 소용없다는 걸 이제야 알았다. 가다 못가면 택시를 부르면 된다. 가다, 가다 못 가면 쉬었다 가리라, 하며 해인은 코를 홀쩍 들이켰다.

"S대 병원이라, 가 보자."

눈이 멀고 이렇게 혼자 길을 떠나 보기는 처음이었다. 해인을 찾는 이는 S대 병원에 입원해 있다고 했다. 속으로 '바보 새끼, 잘 살지. 왜 아파?' 하고 힘없는 목소리로 중얼거렸다. 그러나 오온개공五蘊皆空, 사는 게 그게 마음대로 되지 않는다는 걸 해인도 이젠 알고 있었다.

퇴원하기 전 도연에게 미리 회색 우리 옷을 준비해 달라고 했다. 장님이 승복을 입어 승가에 누를 끼치게 하고 싶지 않았다. 도연이 검은 색안경과 함께 '이건 제 선물이에요' 하며 내밀었다. '다 내가 변변치 못해서 그렇지' 하고 씩 입웃음을 지었다. 여름 승복이 한 벌 바랑에 들어 있긴 했지만 삼촌처럼 쓰레기통에 처넣지 못했다. 쩝 입맛을 다신 해인은 가슴이 저려와 왼발, 오른발, 해 가면서 걸음을 놓았다. 비록 몸이 똑바로 앞으로 나가지 못하고 옆으로 삐뚤게 나갔지만 그래도 발걸음을 앞으로 놓으려고 애썼다.

"내 생의 선택은 모두 내가 한 것이다."

해인은 입술을 깨문 채 멋쩍게 씨부렁거렸다. 세상은 여전히 칠흑처럼 깜깜하기만 했다. '아픔도 살아 있기에 가능한 거야. 살아 있기에 몸부림치는 거고.' 하며 거친 숨을 몰아쉬었다.

"응병여락應病與藥이라. 눈이 그렇게 소중할 줄은 미처 몰랐다. 장애 없기를 바라지 말자."

가진 거 없이 태어나 다 갖고 살 수 없었다. 포기하고 살 줄도 알아야 했다. 웃는 얼굴로 살고 싶었다. 강한 자는 살아남는다가 아니라 살아남은 자가 강한 것이다. 그러나 갑자기 수행자로서 부끄러워졌다. 모든 존재는 자신으로부터 발생自生하지도 않고, 다른 어떤 것으로부터 발생他生하지도 않으며, 저 두 가지로부터 발생共生하지도 않고, 아무 원인 없이 발생無因生하지도 않는다. 고통도 내가 만드는 것이고 행복도 내가 만드는 것이었다.

"발고여락拔苦與樂하지 못했다. 멸악취滅惡趣하고 파업장破業障, 그렇게 이고여락離苦與樂하지 못했다. 이고득락離苦得樂할 거야."

결혼도 하고 애도 낳고 중노릇도 잘하고 싶다던 성운 사형이 저승에서 '꼴좋다' 하며 내려다보는 거 같았다.

'황천길 가는 길이 그리도 쉬운 줄 알았더냐?' 돌투성이 가시밭길, 아무리 자업자득, 각자도생이라 하지만 성진 스님이 망가진 이유에 대해 듣는 순간 머리를 된통 얻어맞은 기분이 들었다. '이 미련퉁이, 바보 미련 천치 새끼야. 푸줏간에 매달린 고깃덩어리 같은 새끼야. 달라진 고깃덩어리로 그냥 살아. 몸을 깨달으면 마음은 저절로 깨닫게 되는 법. 소신공양은 아무나 하는 건 줄 알아? 이제 남은 생, 애욕의 고뇌 속에 꿈틀거리며 재 밌게 살아 봐.' 하는 거 같았다.

일단 무조건 버스 소리가 나면 주위에 선 사람들에게 물어보기로 했 다. 애원조로 '저 앞이 보이지 않아요' 하며 도움을 요청하거나. 머리가 띵 하고 다리가 후들거렸다. 사람들은 하얀 지팡이를 보면 피해갈 것이다. 무시하고 스쳐 지나가는 사람들. '나 앞 못 보는 장님이요, 나 눈멀었다' 하고 소리 지르고 싶었다. 마을버스를 타고 지하철역에 가서 지하철을 타 고 혜화역에서 내려야 한다. 안내 멘트가 나오면 앉아 있는 마을버스에서 는 사람들의 머리 위를 더듬어 하차 벨의 위치를 묻거나 부탁해 벨을 누 르고 출구 앞에 서야 한다. 그리고 해인은 머릿속으로 그림을 그렸다.

"왜 이렇게 덜떨어진 거지?"

공연히 허세를 부렸던가. 잠시 길을 멈춰 숨을 골랐던 해인은 다시 용 기를 내어 지팡이를 두드려가며 걸음을 놓기 시작했다.

그저 격리되고 분리되어 병원에 누워 있는 동안 깊은 어둠 속에서 빛 을 찾았지만 빛은 보이지 않았다. 그렇다고 볼품없이 여윈 얼굴로 '어떻 게 해, 내 눈 돌려줘' 하며 파계를 자책하던 시기는 지났다. 그래도 말은 할 수 있고 귀로 들을 수도, 냄새를 맡을 수도, 촉감으로 세상을 느낄 수도 있다는 생각을 했다. 그렇게 많은 수술, 시술의 과정을 마치고 차츰 운동 신경을 회복하는 동안 그래도 지혜를 생각하면 가슴이 뛰었다. 달걀같이 갸름한 얼굴, 어깨까지 내려오던 숱이 많았던 검은 머리카락, 까만 눈동 자, 희디흰 피부색, 샐쭉 눈을 흘기던 새침데기. 고통스러울 때마다 지혜 를 떠올렸다. '스님의 마음에 내가 닿아 아프다면 내가 그만둘게. 그런데 오빠, 오빠를 사랑하는 게 왜 이토록 힘들지? 왜 이리도 아프지?' 하던 여 우같던 지혜였다.

순간 해인은 느리고 둔하기만 하던 걸음을 더 늦추었다.

"허, 그것 참."

비가 퍼붓기 시작했다. 차 앞 유리창은 일반 유리와 다르게 강화 유리로 되어 있어, 사고가 났을 때에는 매우 잘게 부서지는 게 특징이라는데. 유리창에 테이프를 붙여 놓은 것처럼 접합 유리라 파편이 사방으로 튀질 않는다는데. 재수가 없으려니 그날따라 에어백도 작동되지 않았고 유리 알들은 사방으로 튀어 결국 눈으로 들어와 결국 해인의 길에 온통 어둠을 뿌려 놓았던 것이다.

바람도 심상치 않았다. 멈춰 선 해인은 고개를 떨어뜨렸다. 길바닥에 튀는 빗방울 소리를 듣던 해인은 가슴이 덜컥 내려앉았다. 하늘에서 눈물이 아니라 피가 쏟아져 내리는 거 같았다. '몸에 묻었던 피들은 다 닦아 냈는데' 한숨을 내쉬며 헐떡거리던 해인은 몇 번 고개를 내젓다 걸음을 옮겨 놓았다. 온몸으로 슬금슬금 열이 피어올라 퍼지기 시작했다.

"나이 어린 소녀 창녀들, 소매치기들의 기계, 창녀촌의 펨푸, 상종 못할 종자들이 살던 그 양명원에서 나와 이렇게 구도자, 수행자가 되었으니 얼마나 멋지냐? 인마. 그래도 넌 출세한 거야. 나한테 고맙다고 해야 해."

노스님에게 수계를 받고 승려가 되어 출세했다고 덕담을 던지던 삼촌, 지효 스님이 떠올라 씁쓸했다.

"왜 그랬어? 못된 아이들과는 섞이지도 말랬잖아."

눈탱이가 밤탱이가 된 해인의 얼굴을 본 엄마는 거리를 둔 채 서서 야단을 쳤다.

"응, 친구 중에 문수라고 소아마비 아이가 있는데 어떤 누나하고 형들이 때리잖아. 지나가다 봤는데 그냥 못 본 척하질 못했어."

"그래서? 걔네 아버지. 아빠랑 같이 근무했던, 박 소장 아들?"

"응. 문수 동생 보현이도 많이 맞고."

"그런데?"

"나쁜 형아들하고 누나들이 우릴 마구 때렸어. 그리고 보니 본드에 취해 어떤 형을 때려 죽여 놓았더라고. 우리더러 파묻으라고 했어."

"암매장. 그래서……?"

"문수하고 보현이는 그 다음 날, 내가 계란 장사하는 양씨 아저씨한테 부탁해서 양명원을 도망치게 해 줬어."

"바보. ……그럼, 너도 그냥 함께 달아나지."

"그럼……엄마, 아빠는 어떻게 하고…….'

번뇌에 빠져 허우적거리던 해인은 걸음을 멈추었다. 쏟아지던 비가 멈추고 습기 찬 공기들이 바람에 미친년 머리카락처럼 날렸다. 으슬으슬 몸을 떨던 해인은 천천히 고개를 가로저었다. 긴장감으로 식은땀과 함께 온몸으로 피로감이 퍼졌다.

이쯤이면 마을버스 정류장에 도착할 때가 되었다. 비는 내려도 정류장이 어디쯤에 있는지 반복해서 걸어 보았기에 가늠할 수 있었다.

"말씀 좀 물을 게요. 여기 마을버스 정류장이 어디쯤?"

'쫄지 말자'고 속으로 처량맞게 말하다 '저기요. 잠깐만요.' 하고 낭떠러지에 서 있듯 지나가는 행인에게 물었다. 핸드폰에 GPS 길 찾기 어플을 깔아 내비게이션 이어폰을 끼고 있었지만 차량용이라 상세하지 않았다.

"어디 가시는데요?"

"예, 혜화역까지 가요."

길을 가다 모르는 사람에게 말을 붙여 보기는 태어나서 처음 있는 일이었다. 누구에게 물어보나, 몇 번 망설이다 용기를 낸 것이다. 순간 미세하고 복잡한 감정 속에서도 용기를 내어 물어 보니 맑고 높은 톤의 20대, 젊은 여자의 목소리였다.

"마침 잘되었네요. 저도 대학로, 혜화역에서 내리거든요. 방향이 같은데. 제가 안내해 드려도 될까요?"

"네, 감사합니다."

해인은 깊은 숨을 들이쉬었다. 별로 바쁠 것 없다는 목소리에서 논리적이고 확실한 표현력이 느껴졌다. 행여나 입에서 냄새가 날까 봐 조심조심 숨을 뱉어 냈다.

"제가 어떻게 도와드리면 될까요?"

"예, 제 왼쪽에 서서서 저의 팔꿈치 옷깃을 잡아 주시면."

"아, 예."

여대생이 왼쪽으로 다가와 팔꿈치 옷깃을 잡아 주었다. 걸을 때마다 목이며 어깨, 팔, 허리, 다리가 삐걱대고 서걱거리는 소리가 들려왔다.

"고맙습니다. 목소리로 보아 대학생이신 모양이죠?"

"……예. 국문과예요."

서른 걸음 더 걷지 않아 마을버스 정류장이 있었다. 마을버스는 아직 오지 않은 모양이었다. 사람들이 줄 서 있었다. 해인을 앞에 세우고 여대생이 줄 뒤에 서는 눈치였다. 해인은 심호흡을 했다. 이젠 살았다라는 마음이 들었다. 생각했던 것보다 훨씬 힘든 길이었다. 해인은 우의를 벗어 걸망 속에 접어 넣었다. 목소리로 보아 여대생은 논리적이고 차분한 성격이었다.

"공부 잘하시죠?"

"네, 장학금 받으려고 노력해요. 그나저나 이렇게 날이 궂은데?"

부끄러운 듯 또박또박 말했다. '그러게요'라고 답하려다 해인은 급하게 입을 다물었다.

얼굴로 빗물이 흘러들어 젖은 채였다.

해인이 내가 원하는 세상을 살고 싶다고 할 때마다 삼촌이 '우짜노, 이

천둥벌거숭이를. 야아. 고깃덩어리. 이놈아. 그리 말해도 못 알아듣나? 보물이 밖에 있는 게 아니고 삼계가 다 네 마음 안에 있다고. 갈 길이 구만 리 같은데.'라 하던 말이 떠올랐다. '그랬나? 과연 살고 싶은 대로 세상 살았던가. 그건 아니다. 살고 싶은 대로 살지 못하고 찌질하게 살았을 뿐 이었다.

안과 담당의는 각막 이식까지 한 지금, 더 이상 현대 의학으로는 어찌 할 도리가 없다고 했다. 징역, 곱징역 같았던 쩔쩔매기만 했던 병상의 날 들을 되돌아보면 괜스레 콧잔등이 시큰해졌다. '그래, 내 팔자가 그렇지 뭐' 해도 사람살이, 세상살이 마음대로 되지 않았다. 이번에는 허리께가 시큰거렸다. 그러나 해인은 실망하는 기색도, 당황하는 기색도 내비치지 않았다.

"젠장. 살아도 살았달 것이 없고 죽어도 죽었달 것 없었던 고깃덩 어리."

휴우, 한숨을 내쉬던 해인은 '혹시 몰라?' 하며 가끔 눈을 부릅떠 보 려 해도 세상은 여전히 보이지 않았다. 해인은 입꼬리를 살짝 올리며 웃 었다.

눈에 좋다는 약, 안 먹어 본 게 없었다. 찧고 까불긴 했지만 지혜는 고 로쇠 물, 비타민A를 가져왔고 복숭아씨를 으깨어 헝겊에 싸서 붙이게도 했다. 소금물로 눈을 씻으라느니, 잉어를 푹 고아 와 먹으라고 강요했다. 뱀장어를 구워 주거나 달여서 가져오기도 했지만 거의 대부분은 다른 환 자들 몸보신용일 뿐이었다. 비린 거, 기름진 걸 먹으면 설사가 나왔다. 또 유명하다는 한의사를 데리고 와 침을 맞게도 했다. 한의사는 손으로 왼쪽 눈알을 왼쪽으로 누르고 오른쪽 눈은 오른쪽으로 밀어 놓고 정명혈이라 며 침을 놓았다. 굉장히 아프기만 했지 효과는 없었다.

"손바닥을 마흔 아홉 번 마찰을 해서 눈에 대세요."

얼마나 손바닥을 비벼 눈에 온열 마사지를 했던가. 얼굴을 찡그리며 오른손으로 왼쪽 귀를, 왼손으로 오른쪽 귀를 잡아당기라 해서 귀를 잡아 당기기도 했다. 덕분에 운동이 되어서 그런지 차츰 뭉쳤던 다른 근육들도 풀렸다. 시력 회복을 위해 눈 안마, 눈 찜질도 게을리하지 않았다. 병원 수가 올리려고 했는지 약도 써보고 침도 맞아 보고 해볼 건 다 해 보았지 만 소용없었다. 시력은 돌아오지 않았다. 깨달음도 구하지 못했다.

대사각활大死却活이었다. 부처를 구하면 부처라는 마귀에 사로잡히게 되고 부처를 구하면 부처를 잃게 된다더니 육안을 잃고 본무생本無生이고 본래공本來空인 심안, 법안, 도안은 언감생심 꿈도 꾸지 못했다. 포기하지 말자 했지만 눈을 뜨자, 깨어 보자 했지만 안달복달 안절부절못하기만 했 던 1급 시각 장애인으로 등록되었을 뿐이었다.

이윽고 버스가 온 모양이었다. 여대생이 왼쪽 팔의 옷섶을 끌었다. 줄 섰던 해인은 여대생이 안내하는 대로 버스 맨 앞좌석에 앉았다.

"어디 가시는 길이세요?"

"아주 오래전 친구를 찾아가요. 그 친구가 S대 병원에 입원해 있다 네요."

해인의 말에 잠시 대화가 끊겼다. 입으로는 그렇게 말했지만 속으로 는 '부처란 이름일 뿐이고 진불眞佛은 이름이 없다'라는 생각을 하다 '저의 부처님을 만나러 가요. 행각하는 사람이 무슨 이유로 졸아들은 마음속에 돌덩이를 넣고 다니는지. 내가 미쳤군.' 하며 해인은 코를 실룩거렸다.

"어느 시인을 좋아하세요?"

버스 의자에 앉아 한결 느긋해진 해인이 분위기를 바꾸려고 불쑥 물 었다.

"김수영 시인하고 백석 시인이요."

"아, 예. 백석의 시에 보면 폭포는 그렇게 곧은 절벽을 무서운 기색도 없이 떨어진다, 높이도 폭도 없이 무작정 떨어진다고 했던가요? 제가 가끔 그 폭포수, 떨어져 튀어 오르는 물 같아 막막했던 적이 있어요."

"……어떻게 그 시를?"

"아, 예. 저의 성호 큰 사형님이 시인이셨어요."

"아……스님이시라, 그랬죠."

"지금 막……. 환속하고 저잣거리로 내려오는 길이에요."

해인이 잠시 굽어진 등줄기를 꼿꼿이 세우고 말했다. 그러나 이내 말을 잘못했다 싶어 입을 다물었다. 조심스레 여대생의 기색을 살폈지만 맞장구쳐 주던 여대생은 '그러시구나' 하며 공감한다는 듯 가냘프고 늘어진 목소리로 말했다. 순간 속으로 지혜랑 비교하며 지혜에게서 느낄 수 있는 차분한 그리고 지혜에게서 느끼는 냉랭한 기분에 해인은 '내가 왜 이래, 지혜랑 비교를 하다니' 하며 콧물을 훌쩍 들이켰다.

여대생이 '백석의 여승女僧'이라는 시를 아느냐고 물었다. '왜, 제게 가지취가 나요? 도라지꽃이 좋아 돌무덤으로 들어간 어린 딸은 제게 없어요.'라는 동문서답을 할까 말까 하다 해인은 말꼬리를 어물거리며 모른다고 대답했다.

그동안 병상 생활은 관 속에 들어앉아 있는 것 같았다. 겨우 절해고도絶海孤島와 같았던 관 속에서 빠져나왔다는 기분이었다. 그러나 거치적거리는 것들이 너무 많았다. 여전히 백 수사관이 뒤따라와 바로 뒷좌석에 앉아 있는 걸 느낌으로 알 수 있었다.

여전히 귀를 곤두세운 해인은 지팡이를 잡은 손을 꼭 쥐었다. 비 때문인지 휘익 하는 바람 소리가 들렸다. '아까는 더웠는데.' 하며 해인은 입술을 달싹였다. 가을이 오고 있었다. 시작도 끝도 없는 시간 속에 혼자 밥 먹고 혼자 잘 자고 선방에서도 여럿이 같이 있었지만 그 내면의 외로움과 고통을 달래는 것도 늘 혼자였다.

"어디가 아픈 걸까?"

해인은 입술을 지그시 깨물었다. 세상은 온통 습기로 눅진눅진했다. 그동안 문수도 보현이도 잊고 살았다. 어떻게 살았을까. '문수야. 너도 생로병사 우비고뇌에 걸린 거야? 외로웠니? 미칠 듯 쓸쓸했니?' 마치 해인은 눈에 보이는 것처럼 문수에게 물었다. 결코 망각되지 않는 기억의 갈피에 박혀 있는 친구였다. 보현이는 흰 피부에 눈이 맑았고 긴 목선이 고왔다는 거 말고는 기억이 나지 않았지만 소아마비로 다리를 절던 문수의 눈, 코, 입 윤곽이며 그러니까, 하던 말투는 똑똑히 기억하고 있었다. 등에 멘 바랑을 풀지 않아 거북한 몸을 추스르다 입술을 깨물었다. 허리에 찌르르한 통증이 지나갔다. 양쪽 무릎이 부어오르고 있었다. 허리도 시큰거렸다. 해인은 핸드폰으로 시간을 확인했다. 지금 시각은 열시 사십분입니다. 하고 이어폰에서 시각을 알려 주었다. 해인은 조그마한 소리도 놓치지 않으려고 온 신경을 바짝 긁어모았다.

소개받은 백 수사관은 목소리만 들어도 베테랑이라는 게 느껴졌다. 일체 속내를 드러내지 않았다. 살면서 업보라는 무거운 돌덩이를 지고 어떻게 왔던가.

"그곳은 어때요?"

이 생각, 저 생각을 하던 해인이 물었다.

"해 뜨는 모습이 아름다워요."

육십오 세라는데 목소리에서 쇳소리가 났다.

"해지는 모습도 아름답겠네요."

"조금 비탈이 있어요. 손바닥 안에 든 연꽃 송이 안과 같은 지형이에요. 저수지가 있고요. 저수지를 돌아 개울물 따라 올라가는. 나중에 스님이 직접 보세요."

그 말에 해인이 히힝 하는 웃음을 입가에 달았다. 그러나 이내 숨이 넘어갈 듯 가슴이 저릿저릿해 왔다.

"이제 어떻게 하실 거예요?"

퇴원 수속이 끝나자 백 수사관이 물어 왔다.

"생사해탈을 해야죠."

감정에 휘둘리지 않으려고 규칙적인 숨소리를 내던 해인이 말하자 백 수사관이 큭 웃었다.

"저, 약속이 있어요."

"무슨?…예. S대 병원에서요?"

백 수사관이 옆에 있을 때 전화 통화를 했었다. 그동안 백 수사관의 노고로 의문에 쌓였던 비밀들을 속속들이 알 수 있었다.

"제가 모셔다 드릴게요."

"아니에요. 안타까운 상황이긴 하지만 버스 타고 전철 타고 제가 제 팔 흔들면서 갈게요. 제가 가야 하는 길인 걸요. 뭐."

"무소의 뿔처럼요…… 네에."

사람 좋은 웃음을 흘리던 백 수사관이 그래도, 위험한데, 하는 목소리를 냈다.

집에 가고 싶었다. 그러나 돌아갈 집은 없었다. 집도 좋고 절도 좋고 이 지상을 떠돌던 살아 있는 해골 하나. 이 세상 어디를 간들 해골 하나 눕힐 곳 없으랴. 오라 가라 하지 않는 열반 터 한 곳 있었으면 싶었다.

이승과 저승의 경계에 선 듯 정적에 잠겨 있던 해인은 입맛을 다셨다. 인생 이모작. 이제 세상의 눈과 비바람을 다 맞아도 좋다는 생각이 들었다. 노스님, 그리고 삼촌은 언제나 머릿속에 남아 고통으로부터 방패가 되어 주었다.

"얘야."

"네?"

"늘 깨어 있어라. 생사生死가 왔다 갔다 하더라도."

햇빛이 쏟아져 내리던 날이었다. 해인은 하던 일을 멈추고 돌아보았다. 햇살 때문에 눈이 부셨다. '네, 무슨 말씀이신지?' 하고 올려다보았다. 눈이 부셨다. 살아 있으라 했는지 깨어 있으라 했는지 정확치 않았다. 그때는 무슨 말인지 이해가 되지 않았다. 노스님은 이미 저만큼 걸어가고 있었다.

노스님은 방이 건조해지자 방 안에 커다란 양동이에 시루를 올려놓고 콩나물을 키웠다. 해인에게는 물을 주는 일이 하나 더 늘은 것이다.

"난 너의 밝은 얼굴과 빛나는 눈이 좋단다."

사방은 쥐 죽은 듯이 조용하고 쓸쓸했다. '그러니 우리 사는 거처럼 살자.' 하는 노스님의 말에 해인이 쓴웃음을 삼켰다. 노스님은 언제나 입술을 깨물고 서 있던 해인을 밝고 빛나게 해 주었다.

"다들 온전한 사람은 없어. 그렇게 상처들을 안고 살아가는 기라. 너는 이 많고 많은 콩나물 중 하나야. 네가 물을 줌으로써 콩나물은 서로 몸 부대끼며 사는 기라. 내가 없으면 번뇌도 없고 번뇌가 없으면 고통, 두려움도 없는 법이야. 인과와 연기가 바로 실존인 것이지."

해인은 그저 까만 눈을 반짝이며 어찌할 줄 몰랐다. 해인을 향해 언성을 높이던 노스님의 말이 무슨 말인지 그때는 이해하지 못했다. 그저 매일매일 콩나물시루에 물을 줄 뿐이었다. 아침에 한 번, 저녁에 한 번. '인과와 연기가 바로 실존이다' 하며 무슨 말인지 이해도 못하면서 콩나물에 물을 주었다. 그때는 몰랐다. 그게 삭막한 절집에서 노스님이 선택한 현장 맞춤형의 도제식 교육이었다는 것을.

처음엔 콩알들만 있었는데 단지 물을 주었을 뿐인데 싹을 틔우더니 금세 콩나물의 모양을 가졌다. 노스님도 하루에 서너 번씩 물을 준다고 했다. 평상시에는 이불로 덮고 떨어진 승복 천으로 콩나물 시루를 덮어 주었는데 받는 물이 넘치지 않게 조심조심 물을 주고 갈며 해인이 하도 정성을 들이자 '콩돌이'라고 노스님이 놀리기까지 했다.

"이게 너야."

"치이, 콩나물이지."

"아, 이놈아. 이놈들이 너의 몸이 된다니까."

한참동안 멍하니 서서 멀뚱멀뚱 노스님을 쳐다보았던 그때는 몰랐다. 노스님이 헌신과 열정으로 키우는 건 콩나물이 아니라 해인의 인성人性이었다는 것을.

"이렇게 물을 많이 준다고 해서 애네들이 이 물을 다 먹는 게 아냐."

눈이 휘둥그레졌다. 자괴감과 모멸감에 휩싸여 있던 해인은 눈을 반짝거렸다. 물속의 영양분만 먹는다는 것이다. 바가지로 주었던 물들은 콩나물 시루 밑으로 거의 빠져 나왔다. 콩나물은 공양주 보살이 무치기도 하고 두부를 넣고 국으로도 끓여 공양상에 올라왔다.

"먼저 이모의 행적을 알아봐 주세요."

"이렇게까지 하시는 이유가 뭔지요? 뭘 어쩌시려고요?"

"그동안 마음만으로 뭘까, 하며 뜯고 씹었던 의문이에요. 저의 몰락한 가족사요. 뭘 어쩌려는 게 아니라 팩트를 알고 싶어요."

"네, 그러죠. 프로페셔널 스님."

고개를 몇 번 끄덕이는 백 수사관의 말에 해인은 희미하게 웃었다. 해인은 주변 인물들의 신상 조사부터 시켰다. 백 수사관이 '죄악의 시대였죠' 하며 깊은 숨을 들이쉬었다.

"그러니까 죽음이 타살인가, 부모님의 발병의 원인, 또 이모님에 대한 실체."

"네."

"그런데 너무 오래된 일이라."

"그리고."

떨리는 목소리였다. 해인은 목을 움츠리기까지 했다.

"그리고요?"

"제가 10월 23일날 퇴원입니다."

"그래서요?"

아마 무표정한 얼굴로 묻는 모양이었다.

"도와 드릴까요?"

"예, 퇴원 수속 좀. 아무래도 제가 자꾸 도연이와 지혜에게 너무 의지하는 거 같아서요. 가장 시급한 게 그러니까 몽골 텐트, 게르 좀 구해서 쳐 주세요. 숙식이 무엇보다 급선무이니까. 그 안에 침대 하나, 이불 베개. 생활용품, 수건, 칫솔은 여기서 쓰던 거 가져가서 쓰면 될 거 같고요."

이미 마름모꼴로 되어 있다는 땅의 경계에는 아주 굵은 동아줄로 개울로 내려가는 길, 절에서 마을로 가는 길, 길마다 경계를 알 수 있게 길을 만들어 놓았다고 했다.

"자연인이 되시는 거네요. ……네. 제 것도 똑같이 구입하겠습니다. 스님 자리는 법당이 있었을 법한 자리, 제 자리는 오른쪽에 개울 쪽 느티나무 밑으로요."

백 수사관이 '갑자기 동지애를 느끼게 되네요.' 하며 고개를 뽑고 어깨를 한 번 으쓱대는 것 같더니 '나무 바로 밑에는 안 돼요.' 하는 해인의 말에 수첩을 꺼내 볼펜으로 받아 적었다.

"바로 앞에 개울이 있다고요?"

"네, 물을 파지 않아도 오른쪽 산쪽으로 샘이 있어요. 동출서류東出西流로 샘이 개울물로 흘러가요. 흐르는 물을 떠먹지 않아도 샘이 있어요. 먹는 물은 걱정하지 않아도 될 거 같아요."

"텐트 밖에서 밥을 해 먹을 수 있게 식기 간단하게. 제 눈이 이 모양이라 불을 피울 수 없으니 비 가림 천막에 LPG 사용할 수 있게끔 해 주시고요."

"네. 스님, 제 텐트 옆에 공양간용 사각 텐트 하나 더 칠게요. 제게 골동품 종이 하나 있는데 스님께 시주해도 되는지요?"

"네, 그건 자유예요. 제가 예불을 하게 되면 종을 칠 수 있게 법당 자리에 텐트를 쳐 주시고 종을 매달아 주시면 더 좋고요. 제가 천일 기도 들어갈 수 있게 만반의 준비를."

아침저녁으로 차고 축축한 날씨였다.

"할아버지의 죽음은 너무 어처구니가 없네요."

"네?"

"정황 증거만 있지 실제 증거들은 너무 오래되어……."

백 수사관이 수첩을 만지작거리며 말했다. 뭔가가 있다, 분명 실체를 파악한 듯했는데 백 수사관이 입을 열지 않았다. 해인은 휠체어에 앉아 환자복 호주머니에서 담배를 뽑아 물었다.

"이정우. 법명 도연. 지운 스님 셋째 상좌. 특임대 블랙 요원 팀장이었네요. 계급은 대위, 소령 진급을 앞둔. 제주도로 작전을 나갔다가 소대원 중 일부가 사고로 사망, 그 이후로 신경 정신과 입원, 퇴원 후 제대. 그리고 입산 승려가 된 걸로 나와 있습니다."

"……네."

해인이 무덤덤한 목소리로 말했다. 그 이야기는 자세하지는 않지만 얼핏 해인도 들은 것 같았다. 명치께가 아파 왔다. 가슴을 누군가에게 얻어맞은 듯 숨쉬기가 거북해졌다. 해인은 한숨을 길게 내쉬었지만 머릿속은 한없이 복잡하기만 했다.

"지혜는요?"

해인이 불쑥 물었다.

"네, 스님이 아시는 내용과는 차이가 있습니다."

백 수사관은 어떤 의미의 질문인지 알고 있다는 듯 답했다.

"……어떤?"

"교통사고 당시, 고속도로 휴게소 주차장에 주차해 있던 차량의 블랙박스를 확인한 결과 지혜 씨가 가해 차량의 운전수가 아닌 걸로 확인되었어요."

"……그런데 왜?"

해인이 신경 썼던 부분이었다. 해인은 처음에 지혜가 가해자라고 여겼기 때문이었다. 백 수사관이 얼굴을 천천히 들더니 해인을 빤히 쳐다보고 있는 것 같았다.

"……배후가 따로 있었습니다."

조금 짓궂은 음색의 백 수사관의 말에 해인이 잠시 침묵했다.

"……배후요?"

해인이 다시 말끝을 흐리며 물었다.

"지혜 씨는……. A급 배우는 아닙니다. 굳이 따지자면 B급이랄까, 주연은 아니더라도 주연급 조연으로, TV 드라마에 곧잘 출연하는."

"……예. 그럼 가해자는요. 그렇게 벤틀리 고급 차량을 몰 정도라면?"

"교통사고, 사망 사건이긴 하지만 블랙아이스로 인한 다중 충돌 과실치사고 보험 처리가 가능했기에 경찰 측에서도 추적하기는 했지만 유야무야된 모양입니다……. 가해자 측에서 손을 써 신원을 덮은 까닭도 있지만요. 가해자 그 여자는 A급 배우로 나이는 지혜 씨보다 어리지만 같은 소속사로 배우로는 선배였습니다. 세진 씨가 지혜 씨를 배우로……."

해인이 말꼬리를 길게 끌며 고개를 갸웃했다.

"스님, 말씀대로 보험 회사 측 직원과 교통사고 조사계에서 나왔던 날의 병원 CCTV를 분석해 보았습니다. 뜻밖의 인물이 등장하더라고요. 스님, 톱클래스 여배우 박세진 씨 아시죠? TV 화장품 광고에 나오는……. 분홍빛 잠옷을 입은 샴푸의 요정요."

"……전 TV나 영화를 안 봐서 모릅니다."

"못 보시는 게 아니고요?"

백 수사관의 말에 해인이 희미하게 웃었다. 어려운 문제에 맞닥뜨린 아이처럼 해인은 머리를 긁었다.

"스님을 최고의 병원, 최고의 의료진들이 수술을 맡게 한 일, 또 각막 기증에 있어서 이진구라는 환자 그리고 그 보호자를 설득한 일, 음, 환자와 환자 가족, 스님께 지정 기증을 하게 하기 위해 스님을 수혜자로 선정하는 과정에서 장례비 일체, 죽은 이가 졌던 부채, 은행에 집을 담보 잡혔던 걸 풀어 주는 조건이더라고요. 또, 스님이 이곳 재활 병원으로 대기 기간도 없이 곧바로 입원하시게 된 일, 모두 박 배우의 배후에 의한 거였습니다. 본명이 박보현이더라고요."

"박보현……? 그날 그냥 블랙아이스 노면이 미끄러져 일어난 우연한 사고가 아니었나요?"

"네, 우연 맞습니다. 그런데 그날 운전대를 잡은 건 남자가 아니라 박 배우였습니다. 그날 박 배우가 도망친 건 음주 때문이었던 거 같아요. 그 사고를 덮어쓴 남자는 그 자리에 있지도 않았던 매니저였고요. 그 박 배우가 양심 때문에 괴로워하다가 죽은 택시 운전수에게는 거금의 위로금을 전했고 병원에 몰래 스님을 찾아왔다가 지혜 씨를 만나게 되었고요."

해인은 '음, 그랬네요.' 하며 고개를 끄덕였다.

"도연이 지혜의 보디가드를 하는 건 맞고요?"

"네, 맞아요. 운전수 겸. 그건 확실합니다. 가끔 박세진 배우의 뒤도 봐주는 눈치고요."

"그런데 말씀을 들어 보니 지혜를 조종한 사람이 박세진이라는 거 같은데……. 단지 가해자라고 나한테 그렇게 잘 해줬을 리는 만무하고."

"그 소속사의 대표가 정인석이더라고요. 조사해 보니 스님의 친구라는 분이었습니다. 스님과 마찬가지로 박인석, 박연희라는 가호적으로 이중 호적을 가지고 있었습니다. 지금은 가족 관계 등록이 생기고 호적 제도가 사라졌지만요. 그간 알게 모르게 지혜 씨의 뒤를 봐주고 있었던 모양이에요. 스님, 박문수라는 이름 기억하세요? 박보현이란 이름하고요."

"아……. 인연도 참."

해인은 신음을 삼키고 입을 꾹 다물었다. 한동안 멍하니 앉아 움직일 줄 몰랐다. 충격을 넘어 경악할 지경이었다. 그동안 해인의 뒤를 봐주고 있던 인물이 바로 박문수라는 거였다.

"세상 참.……할아버지 사건은요?"

잠겨진 비밀 서랍을 연 것처럼 한동안 침묵하던 해인이 다시 입을 열었다.

"네. 부동산 사기단의 수법이었어요. 현직 고위층들이 개입된."

그런데 백 수사관이 수첩에 밑줄 그으며 한숨지으며 말을 이었다.

"……."

"스님의 이모부라는 작자도 그저 놈들에게 이용당한, 그리고 배신당한 케이스 같습니다. 이모는 사망했다고 하셨죠? 이모부란 작자는 실종 상태구요."

해인은 머리가 지끈거려 손으로 머리를 싸잡았다. 무슨 뜻인지 바로 알아듣지 못하고 있다가 '그런데요?' 하며 재차 입을 열었다.

"그 부분이 정확치 않아요. 실종 상태입니다. 곤지암 정신병원에 입원해 있다가요. 그 이모부라는 작자의 소행이구요."

"이모부란 작자는 뭐하는 인간이었는데요?"

"처음엔 그저 복덕방, 부동산 중개업자일 뿐이었어요. 놈들의 수하가 되기 전에는. 여기까지는 입증이 가능합니다. 아마 놈들에게 팽 당한 거 같아요."

백 수사관의 이야기를 듣자니 머리가 멍해졌다. 사건의 개요는 어처구니없었다. 외할아버지에게 조상 대대로 물려받은 삼십만 평의 선산이 문제였던 것이다.

"할아버지는요?"

해인이 흔들리는 목소리로 물었다.

"모진 고문 때문에 풀려난 지 보름 만에 돌아가신 거로……."

할아버지가 순순히 땅을 내놓지 않자 용공 분자로 몰아 세웠다는 것이다. 남파 및 고정 간첩의 활동 자금을 지원했다는 혐의로 체포하여 아버지까지 파면당하게 만들었다는 것이다. 우여곡절 끝에 그 땅은 이모에게로 넘어갔다. 그 땅으로 역이 들어서고 재개발 지구로 지정이 되자 사단이 벌어졌다는 것이다. 이모부는 이모를 정신병원에 처넣고 땅 주인 행세를 하며 사기 행각을 벌였다고 했다. 여러 사람에게 싼값에 토지를 판다고 속여 200억 원대의 계약금을 받아 가로챈 것이다. 모 건설회사를 상대로 토지를 팔기 전에 땅은 자기 이름으로 돌려놓고 등기부 등본, 소유자 명의를 확인시켜 주고 자신의 주민 등록 초본, 등본, 자신 명의의 은행 통장을 준비했다고 한다. 매수인에게는 200억 상당의 부동산인데 급매를 해야 한다며 100억 대에 못 미치는 금액에 내놓은 후 계약서를 다중으로 작성하여 체결한 후 계약금을 슈킹(횡령)했다는 것이다.

"이해가 안 가네요."

해인이 꼬리에 꼬리를 물던 의문으로 아랫입술을 깨물고 물었다.

"뭐가요?"

"그게 가능해요?"

해인은 백 수사관 쪽을 보며 말했다.

"네. 그 진실을 조사하던 스님의 아버님도 감염되신 것 같아요."

"왜요?"

"파출소에서 근무하시던 아버님이 비번 날만 되면 하나하나 그걸 자꾸 캐고 다니니까, 놈들이 아버님과 어머님을 감염시켜 격리해 버린 거죠. 아버님의 선배인 파출소 소장님은 아버님을 덮어 주려다 감염되어 사망하셨고요. 그때 당시에 아버님과 같이 근무하던 그 파출소 소장님의 자제분들이 생존해 있는 박문수, 박보현이었던 것입니다."

"……어떻게?"

해인이 치를 떨었다.

"……그때……처음으로 끌려가신 감염병 연구소에서 어머니, 아버지를 감염시켰던 의사는 그 사건 이후 자책감으로 평생 가난한 이들, 소외된 이들을 진료하는 것으로 참회의 삶을 살다 올 봄 사망했고요."

해인은 남의 일처럼 고개를 끄덕였다. 전신에 힘이 싹 빠져 기침이 쏟아져 나왔다. 무언가를 잠시 생각하던 해인은 비스듬히 옆으로 앉았던 자세를 바로 앉았다.

"그런데 이상해요. 그때 당시 아버님이 근무하던 곳의 파출소장과 스님의 아버지를 폭행하던 별장주와 검은 양복을 입고 있던 사내는 실종 상태라고 합니다."

1976년, 한 여름. 그때의 상황을 그려 보았다. 시골, 면단위 파출소. 경기도와 충청도, 강원도를 잇는 다리 위에서 검문 검색을 하던 지구대

경찰관들. 음주 차량을 적발하고 측정을 거부하는 차량 내의 운전자. 수갑을 꺼내 음주 운전자를 체포하려 하자 뒷좌석에서 나와 '내가 누군데?' 하며 단속하던 근무자들의 따귀를 올려붙이는 취한 사내들. 체포해서 지구대로 끌고 갔으나 이내 서장의 풀어 주라는 전화. 파출소 내로 양복을 입은 블루 하우스 사람들의 침입. 파출소장과, 해인의 아버지를 폭행. 가명으로 된 이름과 전화번호만 있는 명함. 항의하자 오히려 폭행당하는 두 근무자. 해인은 기침이 몸속 어딘가에 숨었다가 다시 터져 나왔다. 해인은 이야기를 들으며 환자복 호주머니에서 또 한 개비의 담배와 라이터를 꺼내 불을 붙여 물었다.

"알고 보니 스님 엄청 부자셨네요."

"부자요……?"

"정부가 그 당시 개발을 할 때 토지 수용을 하면서 공탁금을 걸었어요. 공탁금 소멸 시효가 10년인데 누군가가, 공탁금 관련 청구권 소멸 시효 연장 청구 소송을 해 놓아서 공탁금 지급 청구권 기한을 연장시켜 놓았어요. 그 이자만 해도 엄청나네요."

"……."

순간 해인은 낭패감에 얼굴을 실룩였다. 팔자의 반은 부모라고 조상 덕이 엄청 많은, 재물이 엄청난 팔자라고 말하던 무상 스님을 떠올렸다. 해인은 허탈감만 느꼈다. 원망도 분노도 흥분도 일지 않았다. 갑자기 삶을 지탱하던 끈을 놓쳐 버린 사람처럼 해인은 담배 연기를 뱃속 깊숙이 빨아 들였다.

"병실로 들어갈게요. 사는 게 뭐 이런지."

해인은 작은 목소리로 말했다. 다리가 후들거리고 머리가 띵하게 아팠다. 수도자, 구도자가 아닌 환자 노릇, 중생 노릇도 힘들어서 못할 것 같더니 이젠 익숙해졌다.

"할아버지, 아버님, 또 지구대 파출소장님은 졸지에 불평불만, 사상 불순자로 몰린 것이죠. 그때 당시 녹화 사업의 일환으로."

백 수사관이 달그락거리며 휠체어를 밀기 시작했다. 심한 어지럼증 증세까지 보여 해인은 두 손으로 머리를 감싸고 고개를 푹 수그린 채 거친 호흡을 다스렸다.

"괜찮으세요?"

"……예."

괜찮다고 했지만 괜찮지 않았다. 해인은 휠체어에 앉은 채 하얀 지팡이로 백 수사관의 말을 듣고 땅바닥을 탁탁 쳤다. 왠지 터무니없고 허탕하고 어처구니없다는 생각이 들었다. 지팡이 소리가 아무도 없는 병원 밖 흡연 장소에 울음처럼 퍼져 나가고 있었다. 해인은 '이미 일어난 일은 일어났던 일일 뿐이다. 멸공, 반공, 방첩으로 처참히 짓밟힌 인생살이들이었다. 잊어라. 용기를 잃지 말라고.' 하던 삼촌의 말을 떠올렸다. 삼촌은 이미 원한과 복수와 저주와 증오를 뛰어 넘은 얼굴이었다. 해인은 부는 바람 소리가 귀에서 쟁쟁거려 이마를 찌푸렸다. 어처구니없고 허망하고 몽롱한 기분에 한동안 해인은 꼼짝도 하지 못했다. 지긋지긋하고 끔찍스러웠던 날들이었다. 열이 펄펄 끓어오르자 어질어질하기까지 했다. 마음에서 지옥을 꺼내고 보니 입에서 '관세음보살'이라는 불명호가 저절로 터져 나왔다.

한의사는 국화차를 많이 마시라고 했다. 당근, 연어, 연어 알, 치즈, 블루베리 같은 걸 많이 먹으라고 했다. 술, 담배, 커피, 홍차, 단 것들은 절대 안 된다고 했다. 도연과 지혜를 오지 못하게 하자 그런 것들도 다 떨어졌다.

"잠깐만요."

간호사와 의사들이 대기하는 스테이션 앞에 멈춘 해인은 간호사를 불렀다.

"39도 5부에요."

"기침도……."

간호사는 해인의 상태를 일일이 보고할 것이다.

스테이션에 앉아 볼펜을 까딱거리던 레지던트가 정신이 어떻게 된 게 아니냐고 하며 잔뜩 짜증이 실린 목소리로 말했다. 스테이션 앞에서 체온과 혈압을 재던 해인은 '죄송합니다.' 하려다 입을 다물었다. 무엇이 죄송하다는 말인가.

"엄마, 내 이름을 왜 선재라고 지었어? 선재가 뭐냐? 나는 선하지도 않은데."

"너희 할아버지가……. 화엄경에도 나온대. 맘에 안 들면 나중에 네 마음에 드는 걸로 바꿔."

엄마의 말에 목을 꼬던 해인이 쓰고 있던 모자를 벗어 모자챙을 만지작거리다 바보처럼 웃었다. 무섭고 더럽던 유년의 추억. 팔자의 반은 부모라 했던 걸 떠올리며 해인은 다시 쓴웃음을 삼켰다.

아찔했던가. '무엇이 잘못된 것이었을까.' 탐탁찮은 기색으로 입을 빼물고 쭈뼛거리던 해인이 '가자' 하고 비척거리며 병실로 향했다.

하얀 지팡이를 들고 길바닥을 탁탁 치자 땅바닥을 치는 지팡이 소리가 비 내리는 거리에 울려 퍼졌다. 해인이 콜록콜록 기침을 삼켰다. 목 속에서 가래가 끓었다. 세상의 길은 평탄치만은 않았다. 경사진 곳도 있었고 고르지 않았으며 계단 투성이였다. 연신 깜짝깜짝 놀랐다. 얼굴을 잔뜩 찌푸린 해인은 허방을 밟은 듯 균형을 잃고 소스라치게 놀랐다가 자세를 바로잡았다.

"제길. 몸 하나도 제대로 가누지 못하는데 무슨 복수를?"

화들짝 놀라 등에 멘 걸망을 추슬러 멨다. 걸망이 점점 더 무거워졌다. 윤기라곤 하나도 없는 백랍 같은 얼굴, 왼쪽 발을 딛고 그 힘을 견디지 못해 잽싸게 오른 발을 내딛는 살집 없는 짝 궁둥이. 거죽만 남은 몸뚱이로 힘겹게 걷던 해인이 바랑을 추슬러 멨다. 허리께에 찌르르한 통증이 지나갔다. 양 갈래로 플라타너스들이 간격을 맞춰 늘어서 있다고 했다. 그 사이, 차들은 차도에서 목숨을 내놓고 달리고 있었다. 걸음을 옮길 때마다 한쪽으로 크게 기울었다. 누가 보아도 죽을힘을 다해 걷는 게 눈에 보일 것이다. 한쪽 다리가 더 짧은 다리. 기우뚱 절뚝, 파도가 치듯 걸을 때마다 머리가 흔들렸다. 흔들리는 머리가 옆으로 기울어졌다 다시 출렁 거리듯 바로 세워졌다.

지혜가 '오빠, 슬프고 고통스러웠어? 그렇게 죽고 싶을만큼?' 하고 묻는 거 같았다. '후유' 하는 한숨과 함께 해인은 불명호를 주워 삼켰다. '스님의 고통은 제 마음의 평안은커녕 몸에 걸칠 옷 한 벌도 되지 못했어요.' 라던 기존의 상처들은 아물었지만 부딪히고 넘어져 찢어지고 터지고 멍든 상처들이 하나둘 생겨나곤 했다.

삼촌과 서울로 올라왔을 때 서울역 지하도에서 삼촌이 했던 말을 떠올렸다.

"올 때 한 물건도 가져오지 않았고, 갈 때 또한 빈손으로 간다. 아무리 많아도 아무것도 가져가지 못하고, 오직 지은 업業을 따라갈 뿐이야. 절처지도絶處之道, 길이 끊어졌다면 이어라. 길이 끝났다면 새로운 길을 트면 된다. 네가 가는 곳이 길이다. 너희 엄마 아버지의 피를 밟고 가는 자가 새로운 길을 만드는 것이야. 서 있으면 땅이지만 걸으면, 우리가 가면 길이 되는 것이지."

삼촌은 그렇게 말했지만 해인의 눈에는 그것이 궁상스럽고 초라하게만 보였다.

"스님, 마음이 바로 부처卽心是佛라는데 맞아요?"

해인은 허리를 펴고 시쁜 입맛을 다시며 물었다.

"……눈과 비 그친 산하대지山河大地, 일월성신日月星辰이 마음이다."

웅석조로 우는 해인을 달래듯 삼촌이 말했다.

"마음이 불심에 있다면 어느 곳이나 다 선방禪房이고 무시선無時禪 무처선無處禪에 들 수 있다고 하셨잖아요."

"……."

"그런데 스님은 왜 여기, 서울역까지 오신 거예요?"

"누구 한 사람을 만나러 왔다."

"누구요?"

"바로 나다."

이번에는 삼촌이 뜸을 들였다. 삼촌의 말에 두 사람은 한동안 침묵을 지켰다.

"염념보리심念念菩提心하시면 처처안락국處處安樂國이 돼요?"

"나한테 지금 고문하는 거냐?"

삼촌의 말에 해인이 쿡 웃었다.

"일심일체법一心一切法과 일체법일심一切法一心의 차이는요?"

"……마음과 사물은 하난데 마음과 사물의 관계 속에서 전체를 파악하려는 것이냐? 이 천지 분간도 못하는 놈아."

"……."

그날, 지하도 위로는 희뜩희뜩 눈이 내리고 있었다. 잠이 오지 않았다. 평생 가난하고 주변머리 없이 살아온 삼촌을 따라 노숙의 밤을 보내려니 잠이 올리 없었다. 그 와중에도 드르렁드르렁 코를 고는 이도 있었다. 지하도 차가운 벽에 등을 기대앉은 해인은 차고 눅눅한 지하도 공기를 들이마시며 바다에 둥둥 떠 있는 거 같았다.

"산하대지山河大地와 일월성신日月星辰이 하나죠. 그저 우리가 이름 지어준 것들일뿐."

"너의 경계는 아직 멀었구나……. 춘래초자청春來草自靑, 봄이 오니 초목이 스스로 푸르다이지."

"산하대지 장벽와력山河大地 牆壁瓦礫, 돌 하나 혹은 기왓장 한 조각이라고요?"

"그럼, 일화일엽一花一葉, 일색일향一色一香, 일산일수一山一水라고요?"

"그럼, 일체색은 색불이 되며一切色是佛色 일체소리는 불성이 一切聲是佛聲이 되는 건 뭐죠?"

"바로 나다."

"그 경계는 일체처에 도 아닌 것이 없다一切處無不是道인가요?"

"도道, 그건 내 알 바 아니고."

삼촌의 말에 나름대로 설득력이 있어 해인은 쓸쓸하게 웃었다.

"그래. 나는 수행을 잘 못해서 이렇게 가지만 그래도 너는 폼나게 살아야지."

"……."

뿌옇한 불빛 속에서 먼지의 입자들이 춤추는 게 눈에 들어왔다. 저만치에 앉아 이쪽을 힐끔거리며 쳐다보는 제법 말쑥한 차림의 노인의 눈빛을 해인은 결코 놓치지 않았다.

무엇을 위해 여기까지 왔던 길이었던가. 떠나온 길은 언제나 굽은 길이었다. 길 위에 서면 길들은 말을 건넸다. 떠나왔듯이 떠나야 하는 길. 머물기 위해 떠나온 길. 내가 무얼 하고 살아온 걸까. 지금까지의 나의 삶은 무엇이었을까. 해인은 앉을 수만 있다면, 설 수만 있다면, 걸을 수만 있다면, 볼 수만 있다면, 이렇게나마 살 수만 있다면 하던 간절한 바람을 가졌었다. 죄의 길, 고통의 길, 통곡의 길에 머물렀다 해도 다시 그렇게 왔듯이 그렇게 떠나야 하는 길이었다.

버스에서 몸을 일으키며 '다른 사람들에겐 쉬운 일들이 나에겐 왜 이리 어려운 것일까. 문수는 잘 살았을까. 무엇을 이리도 많이 지고 다니는지' 하며 양 어깨를 꿈틀거리던 해인은 달아나는 소리에 흠칫 놀라며 승강장에 섰다. 순간 발을 헛디뎠다. 그때 여대생이 해인의 팔을 잡아 주지 않았다면 그저 픽 주저앉을 뻔했다. 균형을 잡으며 민망하고 쑥스러움에 흑숨을 들이마시던 해인은 멋쩍게 웃었다.

"자, 가시죠."

상황은 바뀌어도 달라진 건 아무것도 없었다.

"네, 감사합니다."

어두운 얼굴을 하고 선 해인에게 여대생의 낮은 목소리가 속살거렸다. 목숨의 바다 저 밑에서 가래 끓는 소리가 올라왔다.

"괜찮으세요? S대 병원 가신다고 했죠. 이제 3번 출구로 나가시면 돼요. 여기가 3번 출구예요."

"……네. 고마웠습니다."

해인이 어둠 속의 캄캄절벽에 선 사람처럼 갈라지고 터진 목소리로 말했다.

"출구까지만 제가 부축해 드릴게요. 나가서서 직진해서 삼십여 미터 가면 우측으로 병원 후문이 있어요."

"이거 고마워서 어쩌죠?"

"아니에요. 여기가 계단이에요."

"……아, 그렇군요. 감사했습니다."

해인은 흠칫 가슴에 두 손을 모으고 합장하며 꾸벅 허리를 수그렸다. 왼쪽 발을 계단 위쪽에 올려놓고 팔로 계단 난간을 잡고 힘을 주며 오른발을 계단 위쪽에 올려놓았다. 불안한지 옷깃을 잡은 여대생의 손이 힘을 주어 끌어 올리는 듯했다. 출구에 다다랐다. 여대생이 '목적지까지 잘 가세요' 하며 꾸벅 인사를 하고 멀어져 갔다. 혼자가 된 해인은 '고맙습니다. 학생을 위해 기도 올리겠습니다. 관세음보살' 하고 숨이 가빠 쌕쌕거리며 가슴에 두 손을 모으고 고개를 수그렸다.

온통 전신이 걸리고 막히는 길이었다. 그래도 걱정했던 것과 달리 부딪히면 헤쳐 나갈 수 있었다. 행동이 굼뜨고 느려 터졌지만 바쁠 게 없었다. 이젠 잃을 것도 얻을 것도 없는 날들이었다. 남은 건 목숨뿐. 갈등하고 요동칠 일도 가져갈 것도 버릴 것도 없을 것이다.

계단의 높이는 18센티미터고 너비는 26센티미터였다. 눈을 잃기 전에는 생각도 못했던 것들이었다. 지하도를 오르니 자동차 지나가는 소음, 행인들의 소리가 들렸다. 다행히 비는 그쳐 있었다.

"스님, 핸드폰 좀 줘 보실래요?"

"……."

백 수사관이 비죽이 웃으며 말했다.

"어서요."

"네."

뭉그적거리던 해인이 주머니에서 두시입니다, 하고 말하는 핸드폰을 꺼내 내밀었다.

"음, 위치 추적 어플이 깔려 있네요."

"……네? 그게 뭐예요?"

한동안 머뭇거리던 해인이 물었다.

"스님이 어디에 있든 위치를 알려 주는 앱이에요."

"그걸 누가 깔았는지요?"

해인은 어딘가 좀 모자라는 듯한 소년 표정을 지었다. 한동안 머뭇거리다 비죽이 웃는 백 수사관의 말이 멀고 아득하게 느껴졌다.

"······그건 알아봐야죠. 010-4452-00**."

그리고 몽그작거리던 백 수사관이 말했다.

"누군지 아세요?"

해인은 흐리멍덩한 웃음을 지으며 조용히 고개를 끄덕였다. 도연의 전화번호였다.

"저도 스님의 신변 보호용 앱 하나 깔게요. 1번입니다. 길을 못 찾겠다 싶으면 핸드폰에서 1번을 누르면 스피커폰 화상 통화로 바뀌어요. 위치 추적은 물론 핸드폰을 들어 주변을 비추면 제게 길 안내를 받으실 수 있어요. 제가 그 화면을 보고 도움을 드릴 수 있을 거예요. 참고로 전봇대나 KT 전화 전신주마다 번호가 있어요. 그 번호만 알아도 위치 파악이 가능해요. 만일 미로에 빠진 듯 곤란한 경우를 당하시면 언제라도 사용하세요. 반지나 귀중품은 들고 다니지 마시구요."

백 수사관이 '살아남는다는 거, 살아낸다는 건 그만큼 힘든 일이죠' 하고 힘없이 말했다.

"그 말씀을 들으니 갑자기 든든해지는데요."

그제야 멍해져 있던 해인의 차갑게 굳은 표정이 조금씩 풀어졌다.

휠체어에 앉아 있던 해인은 길게 몸을 뒤로 젖뜨리다 자세를 바로 했다. 핸드폰에 친구 찾기라는 그런 기능이 있는지 알지 못했다. 어리둥절해하던 해인은 숨을 들이키고는 고개를 끄덕였다.

"그리고 이건 가스총, 전기 충격기입니다."

백 수사관이 손에 가스총과 전기 충격기를 쥐어 주며 누르듯 말했다.

"이건 왜요?"

해인이 백 수사관의 말허리를 잘랐다. 목이 말랐다. 해인은 눈꺼풀을 깜박이다 '이럴 거까지는 없는데요?' 하려다 조용히 고개를 끄덕였고 묵묵히 받아들였다.

"호루라기와 함께 제가 스님께 선물로 드리는 겁니다. 걸망은 뒤로 메셨으니 통장과 도장, 지갑과 가스총, 전기 충격기를 앞으로 넣어 멜 수 있는 가방도 장만했어요. 안은 막히고 밖은 꽉 닫힌 세상입니다. 나쁜 놈들이 눈 뜬 사람들 경동맥 자르는데 3초도 안 걸려요. 돈과 권력, 명예에 개떼처럼 달려드는 게 나쁜 놈들입니다. 돈 냄새만 맡으면 개떼들처럼 달려들어요. 서울은 눈 떴는데도 코 베어 간답니다. 눈 뜬 것들한테도 별의별 것들이 다 똥파리처럼 달라붙어서 대책 없이 당하는 사람들이 한둘이 아니에요."

그 말에 해인은 바보 같은 웃음을 흘렸다. 백 수사관과 함께 병실에서 나와 마을버스까지 반복해서 길을 숙지하고 있을 때였다. 병원 입구에 잡화점, 약국, 식당, 생선 횟집, 여관이 있다고 했다.

"본래무일물本來無一物인데요 뭐. 겁 안나요."

눈치를 살피던 해인이 씽긋이 웃으며 말했다. 억눌린 듯 그러나 얇고 무거운 목소리였다.

"글쎄 소지하고 계시라니까요. 눈 뜬 놈들은 다 도둑놈들이라니까요. 미친놈, 미친년들이 한둘이 아니라니까요. 이렇게 가스총 한 자루만 있어도 힘을 받으실 거예요. 나쁜 놈들을 만나면 가차 없이 총을 쏘세요. 될 수 있으면 현금은 십만 원 이상 가지고 다니지 마시고요."

백 수사관의 소 잃고 외양간 고치지 말고요, 하는 말에 말문이 턱 막혔다. 어느덧 자연스럽고 친숙한 분위기가 흘렀다. 그때 백 수사관의 몸에서 로션 냄새를 맡았다. 고가라 일반인들은 쓸 수 없다는 은은한 냄새가 풍겨 났다. 분명 정형외과 주치의가 쓰던 천연 로션이었다.

"눈이 보이지 않는다는 게 참 불편하네요."

해인이 몸을 흔들며 고맙다고 돌아보며 말했다.

"눈 뜬 사람도 마찬가지예요."

백 수사관이 해인의 말을 받아쳤다. 휠체어 바퀴가 지익직 바닥을 긁는 소리를 냈다. 그제야 달아올랐던 해인의 얼굴에 잔잔한 평화가 깃들어 있었다. 어느새 가을이었다. 아침저녁으로 바깥 날씨가 부쩍 더 추워졌다. 한동안 차가 사방에서 달려드는 환청에 시달렸다. 한 대, 두 대, 한꺼번에 각종 차들이 달려드는 꿈이었다. 꿈에서 깨면 꼭 가위에 눌리곤 했던 세월이었다. '쌈닭이 되세요. 문제가 생겼다고 포기하고 도망가지 마시고요.' 툭하면 지혜가 종알거렸다.

"그나저나 이렇게 비가 오는데 혼자 가실 수 있겠어요?"

이내 말꼬리를 삼키던 백 수사관은 걱정스런 말투로 바뀌 물어 왔다.

"S대 병원에서 만나기로 한 친구가 있어요."

'저 대신 울어주는 비인데요, 뭐' 하려다 말았다.

"아, 그렇죠. 그럼 택시를 타고 가시지."

"아니에요. 마을버스와 전철을 타고 가려고요. 그동안 호강했는데요 뭐."

"스니임."

"저, 이제 스님 아니라니깐요."

해인의 과장된 말에 백 수사관이 픽 웃었다. 짤막한 순간이었지만 차갑게 굳은 얼굴, 저음의 쇳소리. 찬찬한 그의 행동거지에서 무척이나 예민하고 예의 바른 사람이라는 걸 알 수 있었다. 그 사이에 거리가 더 가까워진 듯했다.

이 모든 사태가 친구 문수 때문이었다. 문수가 맞고 있을 때 '형들 왜 그래요? 때리지 마세요' 하고 나서지 않고 모른 척 지나갔으면 인생이 어떻게 변했을까. 해인은 숨을 크게 들이켰다. 그래도 설렘과 두려움이 묘하게 뒤섞여 있었다.

해인이 가야할 곳에는 앞에는 개울이 흐르고 뒤로는 400고지인 산이 있다고 했다. 뒤쪽에 바위산과 추사 김정희의 세한도라는 그림 속의 소나무들처럼 송림이 있다고 했다. 계곡의 흐르는 물 한쪽 절벽에는 기암괴석들이 자리하고 있다고 했다. 탑만 없을 뿐이지 그 옛날 삼촌, 지효 스님이 폐사를 복원했던 무불암터와 비슷하리라는 생각이 들었다.

고려 시대와 조선 시대의 와편, 기왓장 조각들이 여기저기 널려져 있다고도 했다. 산 밑 마을 사람들에 의하면 절골로 불렸으며 백운암이라는 암자도 있었다는데 6.25때 폭격으로 폐사터가 되었다고 했다.

"구들장 놓을 돌들은 있어요?"

"네, 초막의 터가 있어요. 천년을 이어온 구들장 돌들이 들어 있겠더라고요. 그나저나 감기약 드셔야겠어요."

이제 뻐끔 담배가 아니었다. 잠시 멍해진 해인은 담배 연기를 깊숙이 들이마셨다. 담배를 피워서인지 기침이 나왔다. 명치 쪽이 아릿하게 아파왔다. 쿨럭쿨럭 자꾸만 기침이 터져 나왔다. 웩웩거리기는 했어도 머리가 좀 띵하고 속이 불편해서 그렇지 옛날처럼 전기를 먹은 듯했던 잔인한 통증은 아니었다.

"꿈이로다. 꿈이로다. 도시몽중, 모두가 다 꿈이로다. 꿈 깨니 또 꿈이요, 깨었던 꿈도 꿈이로다."

해인은 입가에 자조적인 웃음을 매달았다.

"가자, 어디 간들 이 해골 하나 눕힐 곳 없으랴……."

해인은 또다시 혼잣말을 웅얼거렸다. 가을은 또 얼마만큼의 무게와 크기로 헤집어 놓을는지. 해인은 가만히 헛기침을 삼켰다.

이제 눈에 뵈는 게 없으니 작아지고 주눅 들고 무서워하고 두려워하지 않아도 될 것이다. 인간 실격이 아니라 잘하고 있어. 그래 괜찮아. 잘 살 수 있어. 비명을 더 잘 지를 수 있다고, 하며 꿍얼거렸다. '백짓장 같은 공포와 두려움 같은 것들. 앞으로 나아간다는 건 똑바로 가는 것이지. 내 팔 내가 흔들며 내 다리로' 하고 히죽 웃었다.

"젠장, 그런데 이게 무슨 꼴이람. 왜 이리 기분이 엉망이 되어 가는 거지."

순간, 해인은 갑자기 지혜가 보고 싶다는 생각에 한숨이 절로 나왔다. 마음이 자꾸 졸아드는 게 괜히 서글픈 생각이 들었다.

"누구 탓할 거 없어. 다, 네 수행이 부족한 탓이야. 나아갈 길도 없고 물러설 길도 없을 때 그때가 좋은 거야. 누구도 완벽하게 사는 사람은 없어. 완전주의자인 척하지만 우린 다 미완성품이야. 그러면서도 다 제멋에 사는 거라고."

"머물기 위해 떠나는 길, 쉬었다 가자."

해인은 혼자 말하고 혼자 대답하다 걸음을 멈추었다. 해인은 목이 말랐다. 가슴의 작은 가방을 더듬어 물통을 꺼내 목을 축인 해인은 병원 로비에 서서 다시 물통을 가슴 가방에 끼워 넣었다.

나그네에겐 걸림도 막힘도 없어야 했다. 그렇게 떠나기 완전할 때 떠나왔듯이 떠나가는 길이었다.

처음 관음사를 떠나고자 할 때는 콩닥콩닥 가슴이 두근거렸다.

"그래, 어디로 가려느냐?"

삼촌이 말했다.

"스님의 번뇌에 물들 거 같아서요."

삼촌이 똥 밟은 얼굴을 하고 있다가 쿡 웃었다. 절집에서는 오는 이는 반기고 가는 이는 잡지 않았다.

"열흘 가는 꽃 없다. 네놈도 금방 늙는단 말이다. 어딜 가든 열심히 공부해라."

이별의 끝이었다. 그리고 '잘 가라'가 아니고 '잘 살아라'였다.

만행은 그리움, 괴로움을 넘어가는 길이었다. 머뭇하던 비가 다시 내리기 시작했다. 머리로 어깨로 떨어지는 빗소리가 제법 커졌다. 더부룩했던 수염, 그리고 머리는 깎았다. 예술가들이나 쓸 빵모자에 검은 색안경을 쓰고 삐쩍 마른 얼굴, 몰골과 행색이 참 기괴할 것이다. 자꾸 주눅이 들었다. 해인은 속으로 '괜찮아, 괜찮아' 했지만 칠흑 같은 어둠이 가로막아 쉬이 발걸음은 떼어지지 않았다. 그래도 조심스레 걸음을 만들었다.

그랬다. 가는 자는 가지 않는다. 간다 했지만 본래 그 자리요, 닿았다 했지만 떠나왔던 그 자리인 것을行行本處 至至發處. 떠돌다 돌아보니 본지本地 혹은 본처本處, 본래 그 자리였다.

머리에 불붙은 놈 불을 끄듯, 마치 얇은 어름을 밟고 강을 건너듯, 어미 닭이 병아리를 품듯, 마치 부모님을 여읜 듯 떠돌았다. 부족함이 없는 것이 잘 사는 것이요, 구할 것이 없는 것이 잘 사는 것이요, 원망이 없는 것이 잘 사는 것이요, 성냄이 없는 것이 잘 사는 것이요, 미움과 질투가 없는 것이 잘 사는 것이요, 공포와 불안이 없는 것이 잘 사는 것이요, 해탈과 자유가 있는 것이 잘 사는 것이요, 늙지 않고 병들지 않고 죽지 않고 영원히 사는 것이 잘 사는 것이요, 마음에 흡족한 것이 잘 사는 것이거늘.

"나를 기다리는 자리. 해야 할 일들은 무엇일까."

해인은 천천히 고개를 끄덕이며 실망하는 기색도 당황해하는 기색도 없이 혼잣말을 했다. 그렇다면 가는 자도 아니고 가는 놈을 보는 자도 아니라면 사는 놈은 과연 누구란 말인가? 서 있는 자는 서 있는 자였다. 가는 자는 가는 자다. 그렇다. 가는 자는 가지 않았다. 다름과 섞임, 신념처 수념처身念處 受念處, 심념처 법념처心念處 法念處 속에 무시선 무처선의 화엄의 바다로 가는 길목, 가는 데마다 본래 그 자리, 이르는 곳마다 출발지인 해인으로 가는 길. 행복한 여행길이었다.

"선재, 강선재 오빠가 맞아요?"

어렵게 병실을 찾아 들어가니 해인을 반기는 이가 있었다.

"누구?"

탁자를 사이에 두고 고분고분하고 낮고 부드러운 목소리가 귀를 찔렀다. 706호실. 1인용 병실이라고 했다. 알루미늄으로 된 지팡이를 돌려 접어 가슴에 멘 가방에 집어넣으며 숨을 고르던 해인이 물었다.

"저, 보현이에요."

"……보현이가 누구?"

"저 문수 오빠 동생이에요."

여자가 부끄러운 듯 말했다. 긴장한 듯 해인의 귀가 씰룩거렸다. 원숭이 머리였던 문수의 얼굴은 기억하지만 눈이 예뻤다는 거 말고는 보현의 얼굴은 전혀 떠오르지 않았다.

"오빠."

"……."

두 사람이 선 채로 더듬거리듯 손을 서로 찾아 덥석 잡았다. 짙지 않은 토마토 냄새가 풍겨 왔다. 보현의 목소리엔 다정함이랄까 상냥함 그리고 울먹거림이 배어 있었다. 기억에 쌍꺼풀이 없는 눈에 또랑또랑한 눈빛이었다. 얼굴이 달걀형이었고 코가 오뚝하며 입술도 도톰해 엄마랑 분위기가 비슷했다.

"그래, 보현이 너였구나. 그런데 내 친구, 문수는?"

보현이 울먹울먹하더니 기어코 눈물을 흘리기 시작했다.

"선재, 나다. 나 여기 있다. 문수야. 내가 너에게 몹쓸 짓을 했지."

그때 중저음의 굵은 목소리가 들려왔다. '문수?' 손을 잡은 보현이 해인을 침대 맡으로 데려갔고 한 사내가 해인의 손을 잡았다. 해인은 그만 왈 울어 버리고 싶었다.

"몹쓸 짓은 무슨……."

"그 날, 니가……. 그냥 모른 척하고 그냥 갈 수도 있었는데."

울지 않으려 애써 숨을 골랐는데 문수가 터트린 울음 때문에 해인도 콧잔등이 시큰해지고 왈칵 울음을 쏟아 내고 말았다. 문수의 떨리는 목소리에서 그 인생도 결코 쉽지 않았음을 느낄 수 있었다. 침대에 앉아 있던 문수가 '미안하다. 정말 미안해. 그땐 정말 고마웠어.' 하며 잡은 손을 잡아당겼다. 그날, 못 본 척 그냥 외면했더라면, 얼마나 그렇게 생각했었던가. 해인은 침대에 걸터앉았고, 문수가 해인을 덥석 안았다. 그리고 뒤에서 보현이 '오빠' 하며 해인을 안았다. 세 사람은 한동안 울었다. '자아, 이제 그만.' 어깨를 들썩거리며 우는 문수의 등을 해인이 토닥거렸다.

가끔 그렇게 해인도 가슴이 저려 올 때가 있었다. 멍하니 눈물을 흘리기도 했고 가슴을 쥐어뜯기도 했다. 문수로 인해 이번 생은 망했다고 여기지 않았다. '잘했다, 잘했어. 그래, 네가 내 뒤에 있었구나.' 엄마도 그랬다.

"어떻게 알았어?"

"스님이 되었다는 얘긴 너희 엄마로부터 들었지. 양명원에서 달걀 수매하던 양씨 아저씨. 그 아저씨가 우리들 뒤를 봐줬어. 그리고 나중엔 내차 운전을 해 주셨지. 양씨 아저씨가 스님을 그림자처럼 따라다녔어."

"스님……? 나 이젠 스님이 아니야."

"그게 무슨 말이야? 나한테 너는 영원한 스님이야."

해인은 아무 대답도 하지 않았다. 그 대신 바보처럼 입을 헤벌렸다.

"몸이 다 젖었구나. 어떻게 살았니?"

"비참함, 참혹함이 무엇인지 체험하면서……."

해인이 장난하듯 말하자 문수가 잡은 해인의 손등을 쓰다듬었다.

"대체 너 그때 무엇 때문에 날 구해준 거니?"

"나도 모르겠어."

"그때 왜 같이 도망 안 갔어?"

"……엄마, 아빠 때문에."

"그때 우리가 같이 도망갔으면 어떻게 되었을까."

"사느라고 조금 바빴겠지 뭐. 그래도 이렇게 떳떳하고 당당하게 살아 있잖아. 나 나름 꽃길이었고 꿀 빨며 살았어."

해인은 또다시 가슴이 콱 막혔다. 세 사람이 다시 끌어안았다. 양명원, 햇살의 집 보육원, 아무도 그때 이야기를 꺼내지 않았다. 해인은 가슴을 펴고 숨을 깊이 들이마셨다. 그렇다고 세 사람 중 아무도 지나간 일은 지나간 일이라고 아무것도 아니었다는 말도 하지 않았다.

"보고 싶었어. 그런데 내가 이래서 나서질 못했어. 소아마비로 한쪽 다리를 못 써."

"옛날에도 그랬잖아. 네가 어떤데?"

"다리를 절며 그렇게 허덕거렸는데, 이번에는 폐암이라네. 말기래."

"어쩌다……."

잔뜩 풀이 죽은 음성으로 묻던 해인은 문수의 등을 가만가만 쓸어 주었다. 그게 누구인지는 모르지만 부처님의 자비라 여기며 살았던 해인이었다. 몸이 둥둥 뜨는 기분이었다. 해인은 바보처럼 입을 헤벌렸다. 세 사람의 대화가 잠시 끊겼다. 운명을 멈출 수도 없었고 숙명을 끝낼 수도 없었다. 해인은 숨을 모았다가 길게 한숨을 뽑아냈다. 문수와 해인의 거친 숨소리가 병실을 가득 채웠다. 의외로 보현은 냉정한 성격인 것 같았다.

해인은 보현이 이끄는 대로 내민 의자에 한동안 멍청하게 앉아 있었다. 이젠 도망칠 곳도 숨을 구멍도 없었다. 하고 싶은 것도 많고 갖고 싶은 것도 많았던 어린 시절과 달리 하고 싶은 것도 갖고 싶은 것도 없었다. 넘어지고 쓰러지고 깨지고. 피가 나고 깜깜한 날들. 등불도 없이. 그냥 마냥 피로하기만 했다.

"오는데 힘들지 않았어?"

문수의 목소리에 귀를 기울였다.

"……힘들었지. 여대생 한 아이가 도와줘서 재밌기도 했어……. 내 주제에 어떻게 그렇게 젊은 여대생이랑 데이트를 하겠냐? 보현아, 목이 마르네. 나 물 한 잔만 줄래?"

"부탁이 있어 불렀어."

"무슨?"

"나, ……죽으면 니가 내 사십구재 좀 지내 달라고."

"……뭐?"

해인이 문수의 손을 떼어 놓으며 한숨을 쉬었다. 침대에 걸터앉았는데 은근히 옆구리가 결려 왔다. 문수가 사십구재 이야기를 꺼내자 갑자기 숨이 콱 막혔다. 보현이 내미는 물 잔을 받아 마시고 다시 잔을 내밀었다.

"선재야, 이거."

그때 문수가 생각이 났다는 듯 해인을 불렀다.

"이게 뭐야?"

부스럭거리는 소리와 함께 포장된 물건을 문수가 내밀었다.

"뭐야?"

"불이선란."

문수가 '이제 조금이나마 너에게 진 빚을 갚을 수 있어, 난 좋다' 하고 비장한 목소리로 말했다.

"뭐……추사?"

울어서 그런지 해인은 눈시울이 따끔거려 손등으로 눈을 비볐다. 그때 문수가 손을 내밀어서 포장된 물건에 해인의 손을 가져다 댔다. 손을 더듬어 보니 액자인 것 같았다. 미심쩍은 표정을 짓던 해인은 이빨을 깨물고 입술을 꾹 다물었다.

갑자기 머리가 뜨거워졌다. 그림만 생각하면, 성운 스님만 생각하면 해인의 눈빛은 흐리멍덩해졌다.

"어떻게 이 그림이 너한테 가 있냐?"

"자비행 보살을 내세워 너희 주변을 맴돌았어. 너희 엄마 친구이기도 하지만 우리 엄마 친구이기도 했잖아. 교대 동창인 성운 스님이 자비행 보살님에게 와서 팔아 달라기에 오천만 원을 주고 내가 소장하게 된 거야. 언젠가는 너에게 반드시 돌려주려고 했어."

해인은 '그거 가짠데.' 하며 고개를 떨어트렸다. 액자를 받아 가슴에 안았다. 다시 해인의 귀가 씰룩거렸다. 어느새 액자를 끌어안고 엉거주춤 앉은 채 헛기침을 삼켰다. 그림으로 인한 야릇한 압박감이 가슴을 짓눌러 왔다.

"응, 나도 너처럼 죽음 속에 살면서 삶을 되돌려 보려고 애쓰며 살았어. 양명원을 나와 양아버지 밑에서 보석 세공을 배웠어. 다이아몬드. 그때 달걀 수매를 하러 왔던 양씨 아저씨가 소개를 해서 서울 장사동에서 보석상을 하는 양아버지, 양 엄마를 만났어. 다이아몬드 세공 쪽에서 나는 거의 전설이라고."

"……."

"그런데 세상이 나를 가만히 두지 않더라고."

"……그래, 그래. 사느라고 수고가 많았구나."

해인의 말에 문수가 하얗게 이를 드러내며 웃는 모양이었다. 해인도 매일매일 난감했고 매일매일 참담했으며 구차하기만 했던 날들이었다.

문수가 그림을 애지중지했다는 걸 짐작할 수 있었다. 해인은 불이선란을 손으로 한참 쓰다듬다가 도로 그림을 내밀었다. 또다시 먼지와 티끌을 일으키고 싶지 않았다.

"자아, 이 그림 도로 받아. 이제 내 그림이 아냐."

"⋯⋯왜, 무슨 말을?"

문수의 목소리 톤이 조금 높아졌다.

"추사의 난은 내 마음속에 있어. 이건 너의 그림이야. 난 이제 그림을 볼 수도 없잖아."

"그래도 너의 것이었잖아⋯⋯."

문수의 말에 해인이 희미한 웃음을 삼켰다. 욕망이 환상이라면 그 욕망의 꺼짐은 환멸이었다. 성운 사형이 몸소 죽음으로 가르쳐 주지 않았던가.

"이 그림, 진품이 아니고 모사품이야."

해인의 말에 문수가 꿍 신음을 삼키는 모양이었다.

"아냐, 스님아."

"⋯⋯."

"고미술 감정원에 감정까지 받았어. 탄소 측정도 하고. 나도 가짜 줄 알았어. 그런데 실제로 국보급이더라고."

"그 그림은 개인이 소장하고 있으면 탈이 나는 그림이야. 그러니 국립 중앙박물관에 기증해. 많은 사람들이 볼 수 있도록⋯⋯."

문수의 양부모가 불자여서 해인의 이야기를 했고 양부모는 무불암을 찾아가 불사를 도왔다고 했다.

"⋯⋯그랬구나. 잘했네."

"그래, 이제⋯⋯어디로 갈 거야? 내가 절 하나 시주할게."

"아니야. 세상에 절 많아. 어디로 간들 이 세상에 내 해골 하나 눕힐 곳 없겠니."

"보현이가 너한테 죄가 크다고 절 하나 시주한다던데."

"돈 많이 번 모양이지?"

"돈 있음 돈 벌긴 쉬워. 네가 상상도 못할 만큼."

"오빠, 강남에 빌딩이 두 개에요."

얌전히 듣기만 하던 보현이 끼어들었다.

"그래도 매일 밤 악몽에 시달렸어. 난 지금 네가 가려는 곳도 알아."

문수의 그 말에 해인이 씁쓸하게 웃었다.

"그날 이후 너도 나도 편한 날이 없었구나."

"이제, 오빠도 행복하게 살 권리가 있어."

그때, 보현이 끼어들었다. 지혜도 그런 비슷한 말을 했었다는 생각이 들었다.

"오늘은 어떤 씬을 찍었어?"

"오늘은 나쁜 놈들 두 손 두 발을 자르고 눈알을 뽑고 귀에 대못을 박았어."

지혜는 한숨을 쉬었다. '힘들었지?' 했는데 해인은 자신도 모르게 움찔했다. '미운 오빠를 생각하며 연기했지' 하는 말에.

"그나저나 이제 그 낯선 곳에 가서는 뭐할 거야?"

문수가 미세한 떨림 속에 낮은 목소리를 던졌다.

"눈이 보이지 않으니 손으로 더듬어 인두골人頭骨, 두개골頭蓋骨이나 만들어 팔지 뭐."

"······뭐라고? 해골 장사를 하겠다고?"

문수가 해인의 농담에 '그래. 사는 게 재미없었는데 이제부터라도 재밌게 살겠다고?' 하며 희미하게 웃었다.

"그런데 눈이 멀어서 악관절하고 이소골耳小骨 만드는 게 좀 힘들 거 같아."

"해골 장사, 그거 재밌겠네······. 그런데 부자는 못 되겠다 야."

"근심과 탄식을 건너가기 딱이야. 해골을 걸망에 넣고 전국 팔도 각지를 돌아다니며 해골 팝니다, 해골 사려. 부처를 팔아먹고 사는 거보다 훨 인간적이지 않니? 죽음을 잊고 사는 이들에게 숨을 쉬고 있는가內息. 入息, 뼈다귀에서 뼈다귀를 관찰身隨觀해 봐라. 정품 인증, 해골물 마실 수 있는 해골 팝니다. 이거 대박 날 거 같지 않아?"

문수가 '히이' 하고 어이없다는 양 웃었다.

"그러느니 그냥 지혜랑 결혼해서 사는 건 어때?"

문수와 보현의 말이 귓속을 날카롭게 파고들었다. 마치 다 알고 있다는 양. 해인은 희미하게 웃었다.

"히이, 보현이라면 모를까?"

"우와, 우리 스님이 욕심도 과하시다. 보현이는 우리나라 대배우야, 국민 배우."

"……국민 배우가 교통사고 내고 뺑소니를 치냐?"

해인의 말이 물을 뿌린 듯 문수가 입을 다물었다.

"오빠라면, 내 인생 맡길 만도 하지. 그런데 좋고 싫고가 확실한 지혜 언니랑 삼각관계는 싫은데."

옆에 서 있던 보현이 잘못했다고 '이번 작품만 끝나면 자수할 거'라며 용서해 달라며 해인을 뒤에서 슬쩍 안았다.

"업보라는 게 참 무섭네요. 오빠를 그렇게 슬프게 하고도. ……이렇게 만든 저를 용서해 주세요. 참회로 매일 아침저녁 오체투지로 백팔배를 해요."

해인이 보현의 손을 떼어 놓았다.

"……다 지나간 일이야. 이젠 잊고 살아."

"……꼭 자수할게요."

"점심, 먹고 가. 여기 병원 밥 기가 막히게 맛있어. 스님 것까지 주문해 놓았어."

문수가 끼어들었다.

"아냐. 밥이 넘어갈 거 같지가 않아. 몸조리 잘하고……."

"……."

울먹거리는 문수를 뒤로 하고 해인은 병실을 나왔다.

"……오빠, 택시 타고 가요."

"응. 알았어, 들어가."

"……오빠. 저 한 번만 안아 주고 가요."

보현이 병원 로비 문 앞까지 배웅 나왔다. 비는 어느새 그쳐 있었다.

해인이 두 팔을 벌렸다. 해인에게 안긴 보현이 '오빠, 정말 미안해.'라고 말했고 해인은 '아니야.'라고 말했다. 해인이 보현이를 떼어 놓았다. 그리고 돌아서서 지팡이를 두드리며 걷기 시작했다. 병원 건물 밖에 선 보현이 두 손으로 얼굴을 가린 채 해인의 뒷모습을 보며 주저앉아 울고 있다는 걸 해인은 느낄 수 있었다.

해인은 절룩거리며 길을 걷기 시작했다. 허리를 펴지 못하고 기우뚱절뚝. 중심을 겨우 잡으며 세상을 향해 걸어 나갔다.

콩, 감자, 옥수수, 양파, 양배추, 파, 깨, 호박, 고수, 고추, 가지, 호박잎, 열무 같은 것들을 심고 싶었다. 텃밭 하나 갖고 싶었다.

고속버스 터미널을 찾아가는 길이었다. 해인이 찾아가야 할 곳은 성운 스님이 불사를 하려고 장만했었다는 땅이었다. '아, 언제나 꿈에서 깰 수 있을까?' 하다 하마터면 해인은 내리막길에서 그만 발을 헛디뎌 균형을 잃고 넘어질 뻔했다. 그래도 해인은 균형을 잡고 침을 꼴깍 삼켰다. 얼마나 정문 쪽으로 걸어 내려갔을까. 병원이라 그런지 보도블록은 잘 깔려 있었다. 해인은 '그래, 모든 경계는 다 마음에 있지' 하고 중얼거리다 그만 앞으로 퍽 엎어지고 말았다. 패대기쳐진 개구리처럼 대자로 쭉 뻗은 해인은 숨이 딱 끊어지는 것 같았다. 지나가던 여자가 '어떡해?' 하며 다가와 해인을 부축해 일으켜 주었다.

"감사합니다."

인사를 한 해인은 어금니를 깨물며 속으로 '아파' 하고 말했다. 그러나 도무지 걸음을 더 옮길 수가 없었다. 그래도 해인은 다른 이들의 길을 방해할까 봐 지팡이를 더듬어 오른쪽 길가 쪽의 경계석이 놓인 곳을 찾아 앉았다. 무릎이 까지고 피가 나는 모양이었다. 무릎이 아프고 쓰라렸다.

"관세음보살……."

불명호를 중얼거리던 해인은 쩝 입을 다시고 까진 왼쪽 무릎을 주물럭거리다 호주머니 속을 뒤적거렸다. 웬일인지 온몸이 스멀스멀 간지럽고 따가워졌다. 지팡이를 든 손으로 눈가를 비비던 해인은 '제기랄, 넘어진 김에 쉬어 가자. 이제 단풍이 지겠지?' 하며 호주머니에서 담배와 라이터를 꺼냈다. 해인은 뱃속 깊숙이 담배 연기를 빨아들였다. 순간 해인은 머리가 핑글 돌았다. 무엇인가로 머리를 세게 얻어맞은 기분이었다. 순간 땅벌이 양 눈을 쏘는 듯했는데 눈두덩이 뜨거워졌다. 당혹감에 손으로 눈을 감쌌다. 그렇게 조금 지나자 통증이 사라졌다.

그제야 엉덩이가 축축하다는 걸 느낄 수 있었다.

"제기랄."

다시 한 모금 담배 연기를 빠는 순간 해인은 갑자기 머리가 아뜩해져 왔다. '왜 이러지?' 하는데 섬광, 강렬한 빛으로 인해 해인은 눈을 감아 버렸다. 열이 펄펄 끓었다. 순간 그 무엇인지 모를 둔기로 머리통을 한 방 얻어맞은 기분이 들었다.

"이대로 결단이 나는 건가?"

순간, 해인은 '환자분 여기가 어디인지 아세요?' 하던 말을 떠올렸다. 정신 차려야 한다. 섬광, 눈이 아릿했다가 찌릿찌릿해져 왔다. 또다시 병원, 응급실로 실려 가야 하는 건 아니겠지 했는데 몸이 부르르 떨렸다. 한편으로 해인은 눈에 들어왔던 빛이 사라질까 노심초사했다. 해인은 손에 들었던 담배를 땅바닥에 비벼 담뱃불을 껐다. 그리고 꽁초를 호주머니에 집어넣었다.

　순간 서서히 빛이 보이는 거였다. 가쁜 숨을 힘겹게 토해 내던 해인은 눈을 씀벅거렸다. 눈이 부셨다. 서서히 사물과 풍경들이, 세상이 아지랑이 속에 헤적이는 게 눈에 들어왔다. 갑갑했던 기분이 한결 나아졌다. 시신경이 마비되어 왼쪽 눈은 거의 실명 상태라고 했는데 오히려 왼쪽 눈으로 시각을 느낄 수 있었다. 일순 해인은 몸을 파르르 떨었다. 몸을 떨던 해인은 그만 자제력을 잃고 두 손으로 급하게 눈을 감쌌다. 울컥 솟구치는 격정을 주체할 수 없었다.

　꿈이 아닌가, 다시 눈을 감았다 떠 보았다. 세상이 똑바로 눈에 들어왔다. 해인은 가슴을 펴고 숨을 크게 들이켰다. 해인은 고개를 들어 하늘을 보았다. 의사들이 고통의 척도를 잴 때 최고의 고통을 10이라 보았을 때 마비, 경련, 발작은 얼마나 아프냐고 물었다. 그게 NRS 척도라는 걸 알았다. 그렇게 분간했을 때 2쯤 보였다. 길을 걸을 수는 있을 거 같았다. 사람의 형태가 완전히 구분되지는 않았다. 해인은 두 눈을 틀어막았던 손을 뗐다. 이내 오른쪽 눈도 보이기 시작했다. NRS 척도로 10까지 눈이 보였다. 순간 해인은 울먹울먹하다가 그만 다시 땅바닥에 주저앉아 어린 아이처럼 엉엉 소리 내어 울기 시작했다.

　해인은 삶과 죽음의 정거장에서 나와 절름거리다 두 손을 가슴에 모으고 관세음보살이라 주절거리며 합장을 했다. 심장이 터져 버릴 거 같았다. 그동안의 병상 생활이 파노라마처럼 스쳐 지나갔다. 해인이 얼마나 그렇게 길바닥에 앉아 울음을 터트렸을까. 넘어지는 바람에 벗겨진 걸망이 날아가 국화가 심겨진 화단의 노란 꽃들을 짓누르고 있었다. 해인은 급하게 손으로 걸망을 집어 꽃들 사이에서 꺼냈다. 걸망 속에는 목탁과 요령, 가사와 장삼, 병원에서 쓰던 비누, 수건과 칫솔, 치약 등 허접한 것들이 들어있을 뿐이었다.

해인은 몸을 일으켰다. 어지럼증에 잠시 눈을 감았던 해인은 다시 눈을 떴다. 전율하던 해인이 눈을 크게 뜬 채 두 손을 하늘을 향해 벌리고 얼마나 그렇게 서 있었을까. 해인의 옆에 서 있는 단풍나무에서는 물들어가는 단풍잎들이 파르르 몸을 떨고 있었다. 비가 내리고 난 이후 가을 찬 바람에 떨어지는 나뭇잎들이 나비처럼 이리저리 허공으로 날아다니고 땅에는 뒤엉킨 나뭇잎들이 무리지어 바람과 함께 뜀박질하고 있었다.

"관세음보살, 관세음보살."

해인은 자신도 모르게 말을 더듬거렸다. 향 사르던 손이요, 촛불 켜던 손이었다. 염주 쥐던 몸이요, 목탁 치던 마음이었다. 무명의 바다, 운수납자雲水衲子로 살든 속세진객俗世塵客으로 살든 무슨 상관이랴. 가만히 주위를 살펴보니 백 수사관인 듯 도대체 무슨 일이지, 하며 '스님, 스님.' 하며 가까이 다가와 불러 대고 있었다. 고개를 돌려 보니 잘난 척하던 지혜와 도연이 승용차로 비상등을 켠 채 병원 도로 한쪽에 차를 세우고 내다보고 있다가 얼굴에 마스크도 하지 않은 지혜가 차 문을 열고 튀어 나와 해인에게 달려오고 있었다.

해인은 그런 지혜를 바라보다 함박웃음을 지었다. 그리고 어서 오라고 손짓하며 두 팔을 활짝 벌렸다. 그때였다. 순간 '보여요?' 하고 백 수사관이 물었을 때 누군가 위독한지 앰뷸런스 한 대가 사이렌을 울리며 응급실을 향해 질주해 올라가고 있었다.

혜범스님 편
반야심경 해제

혜범스님 편
반야심경 해제

摩訶般若波羅蜜多心經
마하반야바라밀다심경

觀自在菩薩 行深般若波羅密多時 照見 五蘊皆空 度一切苦厄
관자재보살 행심반야바라밀다시 조견 오온개공 도일체고액

舍利子 色不異空 空不異色 色卽是空 空卽是色 受想行識 亦復如是
사리자 색불이공 공불이색 색즉시공 공즉시생 수상행식 역부여시

舍利子 是諸法空相 不生不滅 不垢不淨 不增不減
사리자 시제법공상 불생불멸 불구부정 부증불감

是故 空中無色 無受想行識
시고 공중무색 무수상행식

無眼耳鼻舌身意 無色聲香味觸法 無眼界 乃至 無意識界
무안이비설신의 무색성향미촉법 무안계 내지 무의식계

無無明 亦無無明盡 乃至 無老死 亦無老死盡 無苦集滅道 無智亦無得
무무명 역무무명진 내지 무노사 역무노사진 무고집멸도 무지역무득

以無所得故 菩提薩埵 依般若波羅密多故
이무소득고 보리살타 의반야바라밀다고

心無罣碍 無罣碍故 無有恐怖 遠離顚倒夢想 究竟涅槃
심무가애 무가애고 무유공포 원리전도몽상 구경열반

三世諸佛 依般若波羅密多故 得阿耨多羅三藐三菩提
삼세제불 의반야바라밀다고 득아뇩다라삼먁삼보리

故知 般若波羅密多 是大神呪 是大明呪 是無上呪 是無等等呪
고지 반야바라밀다 시대신주 시대명주 시무상주 시무등등주

能除 一切苦 眞實不虛
능제 일체고 진실불허

故說 般若波羅密多呪
고설 반야바라밀다주

卽說呪曰
즉설주왈

揭諦揭諦 波羅揭諦 波羅僧揭諦 菩提 娑婆訶
아제아제 바라아제 바라승아제 모지 사바하
揭諦揭諦 波羅揭諦 波羅僧揭諦 菩提 娑婆訶
아제아제 바라아제 바라승아제 모지 사바하
揭諦揭諦 波羅揭諦 波羅僧揭諦 菩提 娑婆訶
아제아제 바라아제 바라승아제 모지 사바하

펼친 반야심경

펼친 반야심경 1

불교는 부처님의 종교요. 상구보리相求菩提, 깨달음의 종교요. 하화중생下化衆生, 자비의 종교다.

그런데 이 부분에 대해서 중심적으로 말씀하신 경전을 대승 불교의 삼부경三部經에서 찾아볼 수 있다. 다시 말해서 부처님의 근본과 부처님의 공덕을 잘 설명하고 있는 경전은 바로 법화경法華經이다.

법화경을 통해서 석가모니 부처님의 위신력威信力과 불가사의한 능력을 알 수 있다. 그리고 부처님의 자비 공덕과 본원력本願力을 소상히 이해할 수 있다.

법화경의 여래수량품如來壽量品에서는 석가모니 부처님께서 이렇게 이 세상에 나오셨으며, 어떻게 성불하셨으며, 어떻게 중생으로 교화하셨는가에 대해서 분명히 말하고 있다. 그러므로 법화경은 부처님에 대한 근본 입장을 밝힌 경전이라고 할 수 있다.

모든 생명체들 속에는 불성이 존재한다—切衆生個有佛性.

그리고 화엄경華嚴經에서는 모든 보살菩薩들의 자비 실천으로서 보살행을 말씀하고 있다. 화엄경은 보살들의 끝없는 세월 속에서 끝없이 보살행을 닦아 가는 것을 낱낱이 세밀하게 말하고 있다. 그러므로 화엄경은 바로 보살의 자비 실천을 제시하고 있다.

이에 반해 금강경金剛經에서는 해탈을 말하고 있다. 금강경에서는 모든 분야에서 해탈할 것을 천명하여 절대적인 해탈의 세계를 남김없이 밝히고 있다.

그런데 우리나라에서는 법화경, 화엄경, 금강경을 다 독송하고 연구하고 신앙하고 있다. 이 점은 매우 중요한 것으로 대승 불교의 진수를 다 신봉하고 실천하고 있다는 것이다.

대승 불교에는 많은 경전이 있지만 그 중에서도 특히 금강경, 법화경, 화엄경은 대승 삼부大乘三部 경전이라 할 수 있을 정도로 중요하다. 그 특색을 살펴보면, 부처님의 실상을 말씀하신 경전은 법화경이고, 보살의 자비행을 말씀하신 경전은 화엄경이며, 불교의 절대 해탈의 세계를 말씀하신 경전은 금강경이라 한다.

이리하여 불교는 부처님의 종교, 자비의 종교, 해탈의 종교라 할 수 있다. 그리고 이러한 내용을 말씀한 경전 가운데 부처님에 대해서는 법화경, 자비에 대해서는 화엄경, 해탈에 대해서는 금강경이라고 말할 수 있다.

해탈의 세계를 말씀한 금강경에 대하여 간략히 서술해 보면, 금강경은 금강반야바라밀경으로서 우리가 항상 독송하고 신앙하는 경전이다.

여기에 속한 경으로는 금강반야바라밀경만 있는 것이 아니라, 대반야바라밀경 600권을 포함해서 약 800여 권의 반야부정전이 있다. 반야심경은 이렇게 많은 반야부 경전 중의 하나이다.

금강반야바라밀경보통 독송본은 중국 현장 법사가 번역한 600권 대반야바라밀경 중에 제 577권째에 해당되는 것이다. 이 경은 전체 600권의 대반야경의 결론 부분에 속한다.

반야심경과 천수경은 우리나라의 불교 행사 중에 제일 많이 읽혀지는 경이다. 반야심경과 천수경은 불교의 일반 법회에서 항상 봉독되고 있다. 천수경과 반야심경의 특징을 간략히 살펴보면 천수경에서는 그대로 관세음보살의 원력과 위신력을 말했다. 그리고 중생이 어떻게 관세음보살을 신앙하며 중생의 입장에서 어떠한 발원을 해야 하는가에 대하여 말씀했다. 이에 비해서 반야심경에서는 반야 중도 해탈의 세계를 중심으로 말하고 있다.

펼친 반야심경 2

큰 지혜로 참 마음으로 돌아서는 관자재보살의 말씀이 지혜로써 도를 닦아 참 마음자리를 깨닫고 보니 물질, 느낌, 따짐, 저지름, 버릇 등의 다섯 가지 마음의 고난에서 벗어나느니라.

사리불이여, 물질이 허공과 다르지 않고 허공이 물질과 다르지 않으므로 물질이 바로 허공이며 허공이 바로 물질이니라.

이와 같이 중생들의 느낌과 따짐과 저지름과 버릇들이 바로 부처님의 밝은 지혜이며 부처님의 광명 지혜가 바로 중생들의 나쁜 생각이니라.

사리불이여, 이 모든 것들이 없어진 참 마음자리는 생겨나는 것도 없어지는 것도 아니며, 더러워지거나 깨끗해지는 것도 아니며, 불어나는 것도 줄어드는 것도 아니니라.

그러므로 아무것도 아닌 이 마음 가운데는 물질도 없고, 느낌, 따짐, 저지름, 버릇들도 없으며, 눈, 귀, 코, 혀, 몸, 생각도 없으며, 또한 형상, 소리, 냄새, 맛, 닿일 것, 이치도 없으며, 쳐다보는 일, 들어 보는 일, 맡아 보는 일, 맛보는 일, 대어 보는 일, 생각해 보는 일도 없다.

허망한 육신을 나自我라고 하는 그릇된 생각無明도 없고, 나라는 그릇된 생각이 없어졌다는 생각마저 없으므로 나를 위한 움직임行도 없으며 생명도 없어지고 주관과 객관의 대립도 감각, 욕심, 가짐, 업業, 출생, 사망 등 열두 가지 인연 법칙이 모두 없다.

늙고 죽는 것도, 늙고 죽은 후 다 없어지는 것도 없으며, 그 괴로움의 원인과, 그 괴로움을 벗어난 것과, 그 괴로움을 벗어난 방법까지도 없으므로 지혜도 없고 또한 얻는 것도 없느니라. 마음은 본래 아무것도 얻을 것이 없기 때문에 보살이 반야바라밀이 되어 아무 곳에도 걸린 데가 없어서 겁나는 일이 없으며, 꿈같은 허망한 생각이 없어서 최후의 열반에 이르게 되며 과거, 현재, 미래의 모든 부처님도 이 마음자리를 깨달아 가장 높고 바르고 밝은 지혜로써 생사를 초월했고 자유자재한 경지를 성취했느니라.

그러므로 생각의 주체인 이 마음도 아닌 마음이 가장 신비하고 가장 밝고 가장 높은 주문呪文이며, 절대 아닌 절대로서 이 마음은 모든 것과는 다르면서 또한 만물과 둘이 아닌 주문이다.

그러므로 능히 모든 고난을 물리칠 수 있고 진실하여 허망됨이 없느니라. 이에 이 마음을 깨닫는 주문을 말해 주노라.

아제아제 바라아제 바라승아제 모지 사바하

펼친 반야심경 3

우리를 제도하기 위해 스스로 구도자의 지위에 내려서서 보살행을 하는 관음성자에게 전지전능의 반야지혜를 성취하는 진리의 요체가 있다.

그 요체는 모든 생명의 다섯 가지 구성 요소인 오온五蘊: 물질色, 감각
受, 사고想, 의지와 경험行, 최후 인식識이 현상으로는 뚜렷이 있지만 본성
으로부터 볼 때 그 실체가 전혀 없음을 보는 반야관조법般若觀照法이다.

사리자舍利子=샤리프트리야.

이 세상에 있는 일체一切의 물질적 현상, 즉 색色은 그 실체가 있는 것
이 아니다. 시간時間과 공간空間을 따라 변화무쌍할 따름이다. 일정한 실
체가 없기 때문에 공空하다. 삼라森羅의 물질적 현상을 나타내는 것이기
도 하다.

실체가 없다空고 하지만 그러나 실체가 없는 본래의 그 성품은 물질적
현상色을 저버리고 있는 것도 아니며 또 물질적 현상色이 실체가 없는 공
空의 원리를 떠나서 존재하지도 못하는 것이다. 곧 거짓이 있고 거짓 없는
것이나 다름없다.

그러므로 물질적 현상은 그 실체를 살펴보면 곧 아무것도 없는 공空으
로 되고 또 실체가 없는 본성空도 물질적 현상, 그것과 전혀 동떨어진 별
개의 것은 아니다. 곧 묘하게 있고 묘하게 없는 것이다.

이와 같은 원리에 의해서 감각感覺=受, 사고知覺=想, 의지意志와 경험行,
최후 인식識도 다 그 실체가 없는 것이다.

감각은 우리의 감각 기관인 귀, 코, 몸, 혀가 감각 대상인 물질物質=色
을 접촉해서 성립되는 것인데 감각의 객관客觀인 물질色이 그 실체가 없
고 감각 기관인 오관五官도 그 실체가 없어서 다 공空한 것이므로 감각 작
용을 근거로 해서 이루어지는 지각知覺=表象=想과 지식 등도 따라서 실체
가 없는 것이다.

사리자야. 이 세상에 있는 모든 존재는 무엇이나 다 그 실체가 없다는
특성特性이 있다. 실다운 체성體性을 항상 지니고 있는 존재란 없으며 시

간時間과 공간空間을 따라 질質과 양量이 끊임없이 변하고 있다. 또 물질을 구성하고 있는 근본을 추구해 보면 원자原子에서 전자電子로 전자에서 마침내는 어느 것도 공空으로 귀결歸結된다. 우리의 정신 활동을 살펴봐도 생주이멸生住異滅일 뿐 끝내 공空의 원리에 도달된다. 그러므로 생겼다生, 없어졌다滅, 났다生, 죽었다死고 할 것도 없다. 더러운 것도 없고 깨끗한 것도 없으며 늘었다는 사실도 있을 수 없고 줄었다는 사실도 있을 수 없다. 실체가 없는 원리에서 볼 때, 물질적 현상色도 없고 감각受도 없고 사고想도 없고 의지와 경험行도 없고 지식識도 없는 것이다.

드러나 있는 현상계現象界를 볼 때엔, 모든 것이 다 영원한 존재이고 실다운 것처럼 보인다. 우리의 육신도 그렇게 보이고 다섯 가지 감각 기관인 눈眼, 귀耳, 코鼻, 혀舌, 몸身도 다 완전하고 참다운 것으로만 보인다.

그러나 몸뚱이의 내용인 모든 세포 조직細胞組織은 일 찰나도 쉬운 일이 없이 변화하고 생멸生滅하여 마지않기 때문에 1초도 고정된 실체를 지녀볼 수 없는 것이 우리의 육체다.

또 생명체의 육신적肉身的 구성 요소가 세포라고 하지만 그 세포를 더욱 분석하고 궁극까지 추구해 나가면 마침내 실체가 없는 공空에 다다를 수밖에 없지 않은가? 그러므로 눈도 없고, 귀도 없고, 코도 없고, 혀도 없고, 몸도 없다고 한 것이다. 그러나 여기서 없다, 무無라는 말의 개념에 대해 주의할 점이 있다. 곧 어떤 존재가 있다, 없다 하는 유有의 상대적 의미로 해석해서는 안 된다는 것이다.

물질은 그 실체가 없고 공했지만 그 공空은 물질과 따로 격리된 전혀 별개의 공空이 아니라는 것이며, 물질色이 곧 공空이고 공空=無이 곧 물질이었음과 같다.

우리의 눈과, 귀와, 입과, 몸과, 뜻도 그 실체가 없고 공이지만 실체가 없는 그 공空=無은 곧 눈이고 귀, 코, 혀, 몸, 뜻이 된다는 것이다. 그러므로 있는 것도 공한 가운데 있고, 없는 것도 묘하게 없다는 뜻이 된다.

이렇게 실체가 없다는 우주의 근본 원리에서 볼 때는 눈으로 볼 수 있는 물체나 귀로 들을 수 있는 소리, 코로 맡을 수 있는 냄새香도 없으며, 혀로 맛볼 수 있는 맛味도, 몸으로 닿을 수 있는 촉감觸感의 대상觸도 없고, 마음으로 생각하고 분별하는 인식의 대상法도 사실은 없는 것이다.

또 눈으로 객관色境을 보고 빛깔이나 모습을 분별眼識하는 눈의 영역領域=眼根으로부터 귀耳根로 소리聲境를 듣고 무슨 소리耳識인지를 아는 귀의 영역耳界과 내지 코鼻, 혀舌, 몸身, 의식意識의 영역領域=鼻界, 舌界, 身界, 意識界까지 다 없는 것이다.

밝은 마음의 근본이 미혹된 어둔 마음도 없고 어둔 마음無明이 다 없어진 경지까지도 없다. 이 어둔 마음無明은 중생衆生이 생로병사生老病死를 거듭하는 이른바 12인연법因緣法의 가장 근본이 된다. 그러나 실체가 본래 없는 것처럼 12인연법의 나머지 순서인 행行, 식識, 명색名色, 육처六處, 촉觸, 수受, 애愛, 취取, 유有, 생生, 노老, 사死까지 없고, 행行으로부터 노사老死까지 다 없어진 경지도 또한 없는 것이다.

모든 것은 다 괴로움이라는 진리苦도 없고, 괴로움의 원인은 번뇌라는 진리集도 없으며, 괴로움을 없애고 성취해야 할 것은 열반이라는 진리滅도 없고, 열반을 이루기 위한 수도의 진리道도 없다.

우주의 큰 지혜智도 없고 큰 지혜에 의해 증득證得된 얻음得도 없다.

얻을 것得이 없으므로 진리를 깨닫고, 전지전능全知全能의 지혜를 완성하기 위하여 만행萬行을 닦는 구도자들도 이 반야바라밀다般若波羅蜜多에 의지하기 때문에 그 마음 가운데 조금이라도 무엇을 꺼리거나 구애하지 않으며 이렇게 걸림이 없으므로 두려운 마음이 없게 되고 그래서 물질이 있느니 오온五蘊이 있느니 괴로움이 있느니 하는 중생들의 꿈같은 뒤집힌 생각을 멀리 여의고 영원히 편안한 생生의 기쁨 속에 오직 즐거움만이 있는 열반을 얻게 되는 것이다.

무한한 과거에 계셨던 부처님이나, 무한한 미래에 계실 모든 부처님도 다 이 반야바라밀다를 의지하기 때문에 전지전능全知全能의 더 위없이 높고 바르고 두루한 큰 깨달음을 성취하는 것이다.

반야바라밀다의 위대한 의의意義는 감히 말로 표현할 수 없는 신비부사의神秘不思議한 내용으로 충만해 있는 그것이며 온 우주를 다 하고도 남는 위력偉力을 지닌 문자 그대로의 싱그러운 주문이고 최상의 주문이다.

무지無知와 몽매蒙昧를 밝혀 주는 광명의 주문이며 이 이상은 더 생각할 수도 없고 있을 수도 없는 최고 무비無比의 주문이다. 모든 중생의 괴로움을 없애 주는 위력을 지닌 광명, 진리, 본연의 실체가 반야바라밀이다. 반야바라밀의 이와 같이 위대한 뜻을 언어言語와 문자文字를 초월하여 비밀한 뜻으로 표현하는 진언이 있으니 그 진언은 다음과 같다.

아제아제 바라아제 바라승아제 모지 사바하

반야심경의 제역본

(1) 불설제석반야바라밀다심경佛說帝釋般若波羅蜜多心經

: 시호역施護譯, AD 980년

(2) 마하반야바라밀대명주경摩訶般若波羅蜜大明呪經

: 구마라집역鳩摩羅什譯, 412년

(3) 반야바라밀다심경般若波羅蜜多心經

: 현장역玄奘譯 ,648년

(4) 보변지장반야바라밀다심경普遍智藏般若波羅蜜多心經

: 법월중역法月重譯 , 731년

(5) 반야바라밀다심경般若波羅蜜多心經
: 반야공이언등역般若共利言等譯, 790년
(6) 반야바라밀다심경般若波羅蜜多心經
: 지혜륜역智慧輪譯, 861년
(7) 반야바라밀다심경般若波羅蜜多心經
: 법성역法成譯, 856년

위와 같이 반야심경에는 일곱 가지 번역본이 있다. 그러나 이 중에서 제일 많이 봉독되는 경은 (3)의 현장역이다.

대반야바라밀다경大般若波羅蜜多經, 반야부는 총 600권이다. 반야부 앞쪽은 금강경이고 뒷부분은 반야경이 들어 있다. 그 600권의 반야경을 요약한 것이 260자, 반야심경인 것이다.

심경心經에서 가장 강조하는 것은 마음자리다. 육근인 눈, 귀, 코, 혀, 몸, 마음意이 대상 육경인 색, 성, 향, 미, 촉, 법을 만나 짓는 알음알이識로부터 '근, 경, 식'의 '감각적인 접촉' 즉 '색色'이 연기하는 것이다.

이것이 있으므로 저것이 있고,
차유고피유此有故彼有
이것이 생하므로 저것이 생한다.
차생고피생此生故彼生
이것이 없으므로 저것이 없고,
차무고피무此無故彼無
이것이 멸하므로 저것이 멸한다.

차멸고피멸此滅故彼滅

경전의 내용을 이해하고자 하는 데는 경의 제목이 중요한 의미를 지닌다. 본래 현장역에는 '반야바라밀다심경'이었지만 중간에 봉독되면서 경 제목의 처음에 마하 두 자를 더 붙여서 '마하반야바라밀다심경'으로 정착되었다. 그러면 이 제목의 열자에는 어떤 뜻이 담겨 있는지 알아보도록 하겠다.

1. 마하摩訶

마하는 범어Maha로서 많다, 크다大는 뜻이다. 마하의 크다는 뜻은 그냥 단순히 크다는 뜻이 아니라, 무한한 의미로서 큼을 의미한다. 절대적인 의미로서의 큼이며, 영원한 의미로서의 큰 실상이 바로 '마하'이다. 다시 말하면 공간적으로 무한하고 시간적으로 영원한 의미이며, 마하란 훌륭하다라는 말로 표현한 것이다.

2. 반야般若

반야pranjna는 지혜智慧라고 번역한다. 그러나 이건 세속적인 지혜가 아니라 진리를 깨달은 지혜를 뜻하는 것이다. 그리하여 반야를 최상의 지혜最上智라고 하며 가장 완전한 지혜라고도 한다.

우주와 인생의 참다운 진리를 체험한 진실한 지혜를 반야라고 하는 것이다. 그리고 반야는 해탈을 성취하면서 이루어진 지혜이다. 그리하여 반야를 '해탈지견解脫知見'이라고도 한다.

남양 혜충 국사는 이 반야를 '마음을 등지고 객관 현상을 따라다니는 범부의 망령된 집착과 어리석음을 깨뜨린 지혜'라고 했다. 그리하여 중생으로 하여금 객관 경계를 버리고 마음을 관하여 이 어리석은 고뇌에서 벗

어나는 길, 즉 이 반야의 성취는 오직 반야바라밀다를 통해서 가능하다고
했다.

반야는 그대로 생명의 실상을 체험한 지혜이며, 우주의 진리와 하나
가 된 진리이다. 그러므로 이 반야의 광명이 나타났을 때 인간의 온갖 괴
로움은 존재하지 않는 것이다.

인간의 모든 고뇌는 이 반야의 완전한 구현이 되어 있지 않기 때문에
나타난 현상이다. 그리하여 반야에 대해서는 그 가치와 중요성을 아무리
강조해도 지나침이 없다.

3. 바라밀다波羅蜜多

바라밀다paramita는 피안의 세계에 간다는 뜻이다. 해탈의 세계에 도
달한다는 말이며 극락의 세계에 친히 도달한다는 뜻이 바라밀이다. 이것
을 조금 깊이 해석하면 스스로 새로운 세계를 이루는 것이며 무엇이든지
새롭게 만드는 것이라는 것을 알 수 있다.

4. 심경心經

반야바라밀다심경을 줄여서 말할 때 '반야심경'이며, 더 간략히 표현
하면 '심경'이다. 그런데 이 '心'이란 글자를 어떻게 보느냐 하는 데는 두 가
지 견해가 있다. 하나는 이 '心'을 '반야심般若心'으로 보는 견해이다. 다시
말하면 심경은 '반야의 마음을 말한 경전'이란 뜻으로 보는 의견이다. 이
견해에 따라서 흔히 해석하기를 '반야바라밀다의 마음 경전이다'라고 말
하는 경우를 본다.

이와 다른 또 하나의 해석으로는 여기에 쓰인 '心'자는 마음이란 글자
가 아니고 심장心臟이라는 뜻이란 설도 있다. 그리하여 '心'은 비유란 것이
다. 거듭 말하면 반야바라밀다를 말한 경전으로서는 800여 권이 있는데

그 중에서도 심장과 같이 중요한 경전이 바로 '반야심경'이란 뜻이다. 이 견해로 해석하면 '반야바라밀다의 핵심核心적인 경전이 반야심경이다'라고 해야 한다.

심경에 대한 이상의 두 가지 해석을 놓고 예부터 대부분 뒤의 해석을 따랐다. 왜냐하면, 반야는 이미 마음인데 다시 마음이란 '心'자를 붙인다는 것은 체제상 맞지 않는다는 것이다. 그러므로 심경에서 '心'자는 전체 반야부의 핵심적인 경이란 의미에서 심경이다. 마음의 경이라고 해석하는 것은 옳지 않다. 이에 대한 고인古人의 예를 들어 보면 다음과 같다.

(1) 신라 시대의 고승이신 원측圓測. 613~696 스님께서 '반야심경찬般若心經贊, 신수대장경 33권 p.542'를 지으셨는데 마음 '心'자를 심장이란 비유로 해석했다. '모든 반야부에서 이 경, 심경이 가장 높다. 그리하여 비유로서 명칭을 정했기 때문에 心이라 한다.'

(2) 중국의 규기窺基. 632~682 법사께서는 '반야심경 유찬般若心經 幽贊, 동상 p.523'을 지으면서 '반야바라밀다는 반야대경을 통칭해서 부르는 명칭이고, 심경이란 이 경에만 해당하는 별칭이다. 그러므로 반야의 심경이다.'라고 하셨다. 이는 바로 심경이란 '반야심'이 아니고 '반야의 심장'이란 뜻이다.

(3) 반야심경약소연주기般若心經略疏連珠記, 동상 p.561 저술에서는 '이 반야의 경은 600권 반야경의 중심이다. 그래서 심장을 인용하여 비유한 것이다. 이 간략한 경은 대 반야부의 심장임을 비유함이다.'라고 했다.

이상의 기술을 종합해 보면 '심'이란, 마음을 뜻하는 것이 아니고 '심장, 핵심, 중심'이란 의미임을 알 수 있다. 전체의 반야부에서 심장과 같이 핵심적인 내용을 말씀한 경전이 반야심경이다.

경經이란 범어의 수트라sutra로서 부처님의 말씀을 기록한 책을 경이라 한다.

경의 제목을 낱낱이 해석하면 이렇지만 우리는 이것을 다시 종합해서 쉽게 음미해 볼 필요가 있다.

이 마하반야바라밀다심경이란 열 자의 제목 중에서 가장 중요한 것은 '반야'이다. 다른 말은 다 반야를 수식하는 말이고 반야의 마하와 바라밀다라는 의미에 해당 보통 어미의 '다'를 생략하고 '바라밀'로만 쓰는 경우가 많은데 이는 반야에 대한 서술어이다.

첫째로 마하라고 하는 것은 끝없이 크고 한없이 불가사의하며 무엇으로도 비유할 수 없다는 뜻이다. 모든 상대의 세계를 초월한 절대적인 존재가 마하이다. 바로 반야가 그러한 존재다. 그런 까닭에 '마하반야'라고 했다. 반야는 크고 깊고 영원하고 빛나고 우렁찬 존재다.

왜냐하면 반야는 바로 진리요, 지혜요, 말씀이기 때문에 그렇다. 이것을 예부터 실상반야實相般若, 관조반야觀照般若, 문자반야文字般若라 했다.

반야는 근본 마음, 밝은 마음, 항상스러운 마음, 무엇이든지 다 이룰 수 있는 마음이다. 반야는 곧 청정심淸淨心이고 해탈심解脫心 본래심本來心이다.

이러한 반야는 모든 공덕을 성취해 나가고 일체의 일을 다 이루어 가고 있으며 중생을 기쁘게 하고 부처님 나라를 건설한다. 이렇게 한없는 공덕을 쌓아 가고 있기 때문에 이것을 바라밀이라 한다. 바라밀이란 새로운 세계로 간다는 뜻이다.

그러나 이것은 어떤 장소로 가는 것이 아니라 새롭게 만들어 가는 것을 뜻한다. 이 세상을 아름답게 만들고 어두운 자기 자신이 밝아지는 것이 바라밀이다.

이리하여 달라지고 변하고 새롭게 이루어지는 것은 다 바라밀이다. 그런 까닭에 한없이 크고 밝은 마음으로 해탈 세계를 이루어 가는 것이

마하반야바라밀이다. 반야의 지혜로서 행복을 성취하는 것이 반야바라밀이다.

반야는 늘 새로운 정신이다. 반야는 창조의 정신이다. 새로움이란 창조를 뜻하는 것이다.

그러므로 우리는 늘 새로운 정신으로 새로운 세계를 창조해 가야 한다. 창조적인 활동을 계속해 나갈 때 진정한 바라밀이 이루어진다. 이렇게 될 때 대승 불교의 최상의 해탈이 되는 것이다.

대승 불교에서는 창조적 행위가 없는 해탈이란 있을 수 없다. 우리는 이러한 새로운 정신에 의한 새로운 창조를 이룩하기 위하여 반야심경을 깊이 알아야겠다.

5. 관자재보살 행심반야바라밀다시 조견오온개공 도일체고액

觀自在菩薩 行深般若波羅密多時 照見五蘊皆空 度一切苦厄

관자재보살께서는 깊은 반야바라밀다를 실행하실 때에 오온이 다 공한 것을 체험하시고 온갖 고통으로부터 최대의 기쁨을 이루시었다.

반야심경의 일곱 가지 번역 중에는 간략한 번역이 있는가 하면 앞뒤의 체제를 맞추어서 구체적으로 된 번역도 있다.

간략한 반야심경을 약본略本이라 하고, 구체적으로 된 반야심경을 광본廣本이라 한다. 그런데 광본에는 서론, 본론, 결론이 다 갖추어져 있으나 약본은 서론과 결론이 생략되고 본론만으로 이루어져 있다.

우리가 지금 읽는 반야심경은 약본이다. 그러므로 서론이 없이 바로 본론으로 들어간다.

관자재보살은 바로 관세음보살이다. 관세음보살은 반야심경의 설법주說法主다. 설법주란 반야심경이 관세음보살에 의해 설해졌다는 뜻이다.

반야심경은 관세음보살이 석가모니 부처님의 뜻을 받들어 말씀하신 경전이다.

대승 경전은 이러한 격식으로 설해지는 경우가 많다. 예를 들면 화엄경을 설할 때에 석가모니 부처님께서 직접 말씀하신 것은 39품 중에 이승지품 1편과 기타의 일부분에 지나지 않는다. 나머지 38품은 다 무수, 보현, 금강장 등의 보살이 설법주가 되어 설한 것이다.

그러나 이런 보살은 자의에 의해서 설한 것이 아니라 부처님의 가호력에 의하여 부처님의 뜻을 받들어 설한 것이다. 반야심경에서의 관세음보살도 이와 마찬가지이다.

관세음보살은 반야에 의한 바라밀행을 실천하시는 분이다. 이것이 자비행이다.

자비는 반야에서 나온다. 반야의 힘으로 우주와 인간의 근본 실상을 확실히 보았을 때 자비의 실행은 왕성하게 실천된다. 자비가 없는 반야는 있을 수가 없다. 이러한 내용은 반야심경의 관세음보살에게서도 확연히 증명되고 있다.

관세음보살이 깊은 반야바라밀을 실행하실 때에 인간의 근본을 확실히 보신 것이다. 이것이 바로 '조견오온개공'이다.

반야는 조견의 능력이 있다. 조견照見은 관觀이다. 조견하는 능력에 따라서 참된 것과 헛된 것을 구별할 수 있다.

이에 따라서 창조적 보살행이 전개되는 것이다. 조견은 인식이다. 반야는 참다운 존재를 인식할 수 있다. 존재의 확실한 인식에 의하여 용기와 행위가 일어난다.

인식은 지식이 아니다. 알음알이다. 지식은 알고 있으나 보지는 못한다. 그러나 반야는 아는 것이 아니라 보는 것이다. 지식이 과거적이라면 인식은 현재적이다. 인식의 모체가 되는 반야는 항상 현재 속에 있다.

현재 속에서 과거를 보고 현재 속에서 미래를 판단한다. 이러하기 때문에 반야는 삼세인 과거, 현재, 미래를 통괄하는 인식이다.

이러한 인식에는 미심쩍은 것이 없다. 모든 것이 명백하고 분명하다. 이에 망설임이 없고 주저함이 없다.

반야에는 일체 두려움도 있을 수 없다. 두려움이란 모르는 데서 생기는 망상妄想이다. 이 공포의 망상은 인간의 힘을 여지없이 빼앗아 간다. 그리하여 두려움에 떨고 있는 사람은 바보가 된다. 그러나 반야로서 사실 존재에 대하여 철저히 인식하면 용기있는 실천으로 일관이 된다. 바로 부처님이 그러하시며, 관세음보살이 그러하다. 이에 반야심경에는 '인식'의 문제를 '오온개공'으로 체험했고, '실천'의 문제를 '도일체고액度一切苦厄'으로 전개한다.

오온五蘊이란 인간을 말하는 것이며 개공皆空은 우주의 절대 평등을 의미한다. 이 평등의 세계를 반야심경에서는 불생불멸不生不滅이라고 하였다.

이러한 반야의 체험에 의해 끝없는 자비행이 전개된다. 이것이 모든 고통을 없애는 일이다度一切苦厄. 반야의 확실한 인식에 의하여 자신의 고통은 일시에 없어졌으며, 모든 중생의 고통을 자기화시켜서 노력하는 것이 자비이다. 이러한 분이 보살이다. 관세음보살이 바로 그러한 보살인 것이다.

그런데 경전 구성상 알아야 할 일이 있다. 무엇이냐 하면 반야심경의 설법주는 관세음보살이신데 어찌하여 관세음보살의 이야기가 나오는가 하는 문제이다. 반야심경을 관세음보살이 말씀했다면 관세음보살 스스로가 자신에 대하여 말할 수 있는가 하는 문제이다.

그러나 이 부분은 관세음보살의 말씀이 아니다.

관자재보살로부터 도일체고액까지의 경문은 아란阿難존자께서 관세음보살에 대하여 소개한 말씀이다. 관세음보살께서 사리불舍利佛을 향하여 반야심경을 설하고자 하실 때에 아란존자는 관세음보살을 위와 같이 소개한 것이다.

사리자에서부터는 관세음보살의 설법이다. 이와 같은 내용은 반야공이언등般若共利言等의 번역본에 의하여 확실히 알 수 있는 것이다.

6. 사리자 색불이공 공불이색 색즉시공 공즉시색 수상행식 역부여시
舍利子 色不異空 空不異色 色卽是空 空卽是色 受想行識 亦復如是

사리자여. 색이 공과 다르지 않고 공이 색과 다르지 않다. 색이 곧 공이며 공이 곧 색이다. 수, 상, 행, 식도 이와 마찬가지다.

색이란 인간의 육체를 뜻한다. 색은 바로 물질이다. 그러므로, 색은 인간의 육체를 비롯하여 세상의 모든 물질이다.

이것을 인도에서는 사대四大라 했다. 즉 땅, 물, 불, 바람地水火風이다. 이것이 어디든지 다 있다고 해도 4대라 했다. 여기에 허공을 포함해서 5대를 말하기도 했다. 여하튼 색이란, 색깔과 부피와 무게를 가지고 있는 것을 의미한다.

수는 감정의 느낌이며, 상은 상상想像, 공상空相 등이 모두 여기에 속한다. 행은 행동行動, 동작動作이다. 그리고 식은 종합적인 인식認識을 말한다. 이에 수, 상, 행, 식은 모두 정신 작용이다. 그리하여 색수상행식의 오온은 육체와 정신을 통칭하는 것으로서 인간을 의미한다.

나는 네가 아니고 너는 내가 아니다.
그런데 나는 너다.

불교의 사상중 공空 사상이 차지하는 부분이 많다. 그래서 불문佛門을 공문空門이라 하기도 하는 이유가 여기에 있다. 이를테면 자自는 색色이고 식識이고 속俗이고 타他는 공空이다. 위대한 불교 사상 중 '나는 너다'의 뒷배경에는 나도 없고 너도 없는 것이다.

식識이 곧 공空이고 공空이 곧 식識이다.

오온은 불교의 인간관이다. 불교에서는 인간을 5온으로 보는 것이다. 보통 영혼이니 생각이니 말하지만 사실은 다름이 아니라 수상행식을 말하는 것이다. 이 수상행식의 작용은 항상 복잡하고 민활하게 돌아간다. 육근이 안이비설신의 그 대상인 육경, 색성향미촉법을 만나 짓는 알음알이 육식으로 108번뇌 망상이 생긴다. 예를 하나 든다면 시장에 가서 물건을 살 때도 사고자 하는 물건을 고르다 보면 '좋다'는 느낌을 받게 된다. 그러면서 동시에 상상을 한다. 이것을 사다가 어떻게 쓸 것인가. 필요에 의해 직접 돈, 댓가를 치르고 물건을 산다. 이것이 행이다. 이에 식이란 이 물건에 대하여 세밀히 관찰하고 구상하고 용도에 알맞게 배치하고 하는 등이다. 어떤 존재도 존재 그 자체를 실체實體라 할 수 없다. 모든 것이 그렇듯 관계성으로 존재하는 것이다. 여기서 색은 다의성을 띤다.

이 수상행식의 작용은 항상 이렇게 연쇄적으로 진행되고 있다. 설사 육체가 잠을 자더라도 행식의 작용은 꿈으로 나타나고 있다. 그뿐 아니라 이 몸이 죽는다 하더라도 행식의 작용은 계속된다. 이것이 윤회輪廻다.

색이 공이 아니고 공은 색이 아니라는, 색이 공이고 공이 색이라는 이 관계성. 4공이란 무엇인가. 불교의 사상이 공 사상이고 공문이라고까지 한다는데. 공을 알게 되면 삼장 법사의 제자인 원숭이 손오공의 이름이 왜 손오공인지 알게 되는 것이다. 공이란 공성과 연기하는 존재, 자성이 없다는 것이다. 그 조건에 의지하는 것은 모두 실체가 없다, 본질이 없다는 뜻이다.

연기법이 분명 공을 의미하는 면도 있다. 어떤 베스트셀러가 된 반야심경의 책에 보면 공이 연기법이라 되어 있는데 그건 잘못된 견해다. 연기법은 공을 의미할 뿐이다. 이사무애법계에 비춘다면 나自,理事한테 너他.事事는 없다. 내가 있기 전에 너는 없다.

색한테 공은 없다. 색이 되기 전에는 공은 없다. 색을 사법事法이라 보면 공을 이법理法으로 볼 수 있을 뿐이다. 경전에서 살펴보면 이와 같다.

나는 이와 같이 들었다.

"세존이시여! 세간은 공空이라 하셨는데, 어떤 것을 세간의 공이라 하십니까?"

"눈이 공이요, 영원히 변하지 않는다고 말하는 법도 공이며, 내 것이라는 것도 공이다. 이는 본바탕이 그렇기 때문이다. 눈이 사물을 보고 느끼는 감정인 즐거움이나 괴로움, 또는 즐겁지도 괴롭지도 않은 것 역시 공이니라. 귀 · 코 · 혀 · 몸 · 뜻에 있어서도 마찬가지이다."

—『잡아함경』

선남자여, 일체 중생이 비롯함이 없는 옛부터 갖가지로 뒤바뀐 것이 마치 어리석은 사람이 사방을 장소를 바꾼 것과 같아서, 사대四大를 잘못 알아 자기의 몸이라 하며, 육진六塵의 그림자를 자기의 마음이라 한다. 비유하면 병든 눈이 허공꽃空花이나 제2의 달第二月을 보는 것과 같다. 선남자여, 허공에는 실제로 꽃이 없는데 병든 자가 망령되이 집착을 하나니, 허망한 집착 때문에 허공의 자성을 미혹할 뿐 아니라, 또한 실제의 꽃이 나는 곳도 미혹하느니라.

이런 까닭에 허망하게 생사에 헤매임이 있으니 그러므로 무명이라 하느니라. 선남자여, 이 무명이란 것은 실제로 체體가 있는 것이 아니다. 마치 꿈속의 사람이 꿈꿀 때는 없지 아니하나 꿈을 깨고 나서는 마침내 얻을 바가 없는 것과 같으며, 뭇 허공의 꽃이 허공에서 사라지나 일정하게 사라진 곳이 있다고 말하지 못함과 같다. 왜냐하면 난 곳이 없기 때문이다. 일체 중생이 남이 없는 가운데서 허망하게 생멸生滅을 보니, 그러므로 생사를 윤회한다고 이름하느니라.

—『원각경』

공空이란 범어의 슈나타sunyata로서 유有와 무無를 초월한 존재이다. 대반야경에서는 20공空을 말한다.

①내공內空 ②외공外空 ③내외공內外空 ④공공空空 ⑤대공大空 ⑥승의 공勝義空 ⑦유위공有爲空 ⑧무위공無爲空 ⑨필경공畢竟空 ⑩무제공無際空 ⑪산공散空 ⑫무변이공無變異空 ⑬본성공本性空 ⑭자상공自相空 ⑮공상공空相空 ⑯일체법공一體法空 ⑰불가득공不可得空 ⑱무성공無性空 ⑲자성공自性空 ⑳무성자성공無性自性空

위 20공의 명칭을 통해서도 알 수 있듯이 공이란 어떤 단순한 내용을 말하는 것이 아니다. 있는 현상과 없는 현상을 다 포함했으면서도 이러한 유와 무의 세계를 초월한 내용이 '공'이다. 공이란 절대로 단순한 허무의 세계가 아니다.

완전한 허무虛無는 존재하지 않는다. 완전한 실존實存도 존재하지 않는다. 허무와 실존은 중생의 수상행식의 착각이다. 이 세상의 존재는 오직 '공' 그것일 뿐이다.

공에는 '있는 것'이란 존재하지 않는다. 공에는 '없는 것'도 존재하지 않는다. 유무를 초월한 그 공의 실상實相의 존재만이 존재할 뿐이다. 이 점은 반야심경의 다음 구절을 보면 명확해진다.

'색이 공과 다르지 않고, 공과 색이 다르지 않다. 색이 공이며 공이 색이다. 수상행식이 공과 다르지 않고, 공이 수상행식과 다르지 않다. 수상행식이 공이며, 공이 수상행식이다.'

이러한 말씀은 바로 공의 본질空性을 천명한 것이다. 공의 본질은 바로 5온色受想行識이요, 5온의 본질은 공이란 것이다.

그러므로 색의 본질은 공이다. 우리 몸의 본질은 공이다. 모든 물질의 본질은 공이다. 감정의 본질은 공이다. 상상의 본질, 행동의 본질, 인식의 본질은 공이다. 인간의 육체와 정신의 본질은 공이다. 이 세상의 어떠한 존재도 본질에 있어서는 다 공이다.

그러면 공의 본질은 무엇일까? 공의 본질은 색이다. 공의 본질은 우리의 육체다. 공의 본질은 이 세상의 모든 물질이다. 공의 본질은 수상행식이다. 공의 본질은 우리의 정신이다. 공의 본질은 이 세상의 모든 사상 체계이다. 세상은 그대로 공이요, 공은 그대로 세상이다. 모든 존재는 바로 '공' 그것이다. 이것이 바로 반야심경에서 밝히고 있는 공의 본질이다.

7. 사리자 시제법공상 불생불멸 불구부정 부증불감
舍利子 是諸法空相 不生不滅 不垢不淨 不增不減

사리자여. 이 제법의 공한 형상은 생기는 것도 아니며 없어지는 것도 아니며, 더러운 것도 아니며 깨끗한 것도 아니며, 불어나는 것도 아니며 줄어드는 것도 아니다.

이 대목은 공의 형태空相를 밝히는 구절이다. 앞의 구절에서는 공의 본질을 천명한 데 이어 지금의 대목에 와서는 공의 형상을 서술하고 있다.

공은 어떠한 모양일까 하는 문제이다. 제법공이라면 공은 어떤 생김새를 가지고 있을까 하는 문제이다. 여기서 제법이란 색수상행식 오온을 말한다. 공空은 텅 비어 있음이다. 텅 비어 있기 때문에 유有가 가능하다. 텅 비어 있기 때문에 무無일 수도 있다. 그것은 그러므로 있는 것도 아니고 없는 것도 아니다非有非無. 막걸리에 물을 탄다면, 그것은 대립적인 개념을 거부한다. 공空은 텅 비어 있음이다. 그러한 공空은 존재의 본질이다. 존재의 본질은 텅 비어 있다. 텅 비어 있기 때문에 그것은 있을 수도 있고, 없을 수도 있다. 유무, 물질, 영혼의 현상은 연기緣起에서 비롯되는 것이다. 현상, 존재의 양상樣相은 연기에 의해 움직인다. 조건이 만나면 생生 하고, 조건이 흩어지면 멸滅한다

5온이 다 공한 모양에 대해서는 반야심경에서 6상六相으로 설명하고 있다. 불생상, 불멸상이다. 공의 형태는 불생불멸의 형태이다. 공에는 태어나는 본질이 없고 없어지는 본질이 없다. 공에는 있는 본질도 없고, 없는 본질도 없다. 모든 사물法의 공한 모양은 불생불멸不生不滅, 불구부정不垢不淨, 부증불감不增不減이라 한다. 그것은 원래 텅 비어 있어 새로 생기지도 않고 멸하지도 않고, 더럽지도 않고 깨끗하지도 않고, 좋지도 않고 나쁘지도 않고, 옳지도 않고 그르지도 않고, 늘어나지도 않고 줄어들지도 않는다. 그것은 생겼다 멸하는 실상의 모습이 아니라 존재의 본질이기 때문에 그렇다. 존재의 본질은 불생불멸이며, 불구부정이며, 부증불감이다. 그것은 있는 것도 아니고 없는 것도 아니다. 그래서 텅 비어 있음空이다.

일체개공一切皆空, 모든 현상은 실체가 텅빈略 진공묘유眞空妙有인 것이다. 그 어디에도 실체로써 존재하는 것은 그 무엇도 없다.

유와 무를 초월했다. 오로지 불생불멸의 중도상中道相일 뿐이다. 공은 유무를 초월한 진실상眞實相일 뿐이다. 진실상이기에 공에는 공상이 없다. 공상이 없기에 불생상이다.

공에는 없지만 없는 모습이 없다. 이것이 불멸상이다. 있는 본질도 없고, 없는 본질도 없다. 없지 않은 본질도 또한 없다. 그대로 불생불멸상일

따름이다.

불구상, 부정상이 공상이다. 공의 얼굴에는 더러운 모습이 없고, 깨끗한 모습도 없다. 더러움이란 존재하지 않는 것이다. 다만 더러운 것으로 잘못 보았을 뿐이다.

깨끗함이란 존재하지 않는다. 다만 깨끗한 것으로 잘못 보았을 뿐이다. 더럽고 깨끗한 것은 사실상 존재하지 않는다. 중생의 수상행식의 착각에 의해서만 더럽고 깨끗한 감정이 일어나게 되는 것이다.

부증상, 불감상이다. 불어나는 것과 줄어드는 본질은 존재하지 않는다. 부증불감일 따름이다. 커지는 듯하다가 작아지며, 작아지는 듯 보이다가 커지는 현상을 감각적으로 느끼는 것은 사실이다.

그러나 이것은 중생의 허망한 인식에 불과하다. 큰 것에 큰 본질이 없고 작은 것에 작은 본질이 없다. 크고 작은 것은 존재하지 않는다. 부증불감 바로 그것이다.

이와 같이 불생불멸, 불구부정, 부증불감이 공상이다. 공상은 생사를 초월했고 유무를 초월한다.

시비是非와 애증愛憎을 초월했다. 진리眞理 그 자체로서 진실상, 중도상일 뿐이다.

공상을 감정적으로 잘못 생각해서는 안 된다. 공상은 생각되어지는 것이 아니다. 보여지는 내용이다. 반야에 의해서 공상이 보여진다. 반야는 공상 그 자체다實相般若. 그러므로 제석반야바라밀다심경에서는 제법이 평등하기 때문에 반야바라밀도 평등하고 진리가 불생불멸하기 때문에 반야바라밀도 불생불멸이라고 했다.

공은 중도中道이다. 그러므로 반야도 중도이다. 이에 중생의 망상은 공연한 망상일 뿐이다. 공의 중도상은 망상에 의해서 인식되어지지 않는다.

비유해서 말하자면 허공虛空을 붙잡을 수 없고, 공기를 만질 수 없으며, 물에 녹은 소금을 건질 수 없듯이 '공'은 망상으로 인식되지 않는다. 오직 반야의 정관正觀에 의해서만 공이 보여진다.

수상행식이 반야의 눈을 뜰 때 반야는 곧 공이다. 그대로 불생불멸의 광명이다. 경봉 스님이 공空에 대해 귀신 씨나락 까먹는 시詩로 게송을 읊었다. 예로 들어 가만히 살펴보면,

요견본래면공마要見本來面孔嚜
거두청학과산성擧頭靑鶴過山城
본래의 모습 비공鼻孔을 보려느냐.
머리를 드니 푸른 학이 산성으로 날아가도다

라고 했다. 이게 무슨 헛소리인가? 수상행식도 다 공鼻孔이라는 것이다. 생시몽 몽시생, 몽생몽사인 우리네 생에서 꿈이 꿈인 줄 알며 사는 것과 꿈이 꿈인 줄 모르고 사는 것은 차이가 있다. 인과와 연기가 우리들의 존재, 바로 실존인 것이다.

8. 시고공중무색 무수상행식是故空中無色 無受想行識
이런 까닭에 공에는 색이 없으며, 수상행식이 없다.

공중空中에는 5온이 없다는 뜻이다. 오온은 사람이다. 사람이란 무엇인가, 공이란 뜻이다. 공은 불생불멸이다. 그리하여 인간의 존재는 불생불멸의 존재이다. 이것이 바로 공에는 색이 없고 수상행식이 없다는 뜻인 것이다.

반야심경에서의 5온 개공과 공중무색 무수상행식은 불교의 무아론無

我論이다. 5온의 본질은 공이다. 공상은 불생불멸이다. 그리하여 공중에서는 색수상행식이 없다. 자아自我란 존재하지 않는다. 무아無我이다. 이것이 불교의 무아론이다.

그러나 공의 본질은 곧 색이다空卽是色. 공의 본질로서의 수상행식은 동작을 계속하고 있다. 육체가 소멸되어도 행식의 동작은 중지되지 않는다.

행은 곧 업동작, 활동이다. 그리하여 행식은 업식業識이란 말로 많이 표현한다. 공의 본질로서의 업식은 그 활동을 계속하고 있다. 한 육체가 소멸되어도 또 다른 육체를 형성해 가고 있다. 이것이 바로 윤회론輪廻論이다.

불교는 무아론과 윤회론을 동시에 수용하고 있다. 색즉시공 공즉시색이다. 이런 까닭에 불교는 어렵다고 한다. 그러나 불교가 어려운 것이 아니라 진리가 그러한 것뿐이다.

공은 불생불멸이기에 분명히 무아이나 업식의 작용 또한 계속되어서 윤회를 하고 있다. 이것이 바로 무아론과 윤회론인 것이다. 분명히 무아無我이고 분명히 윤회輪廻이다. 틀림없이 색즉시공이고 공즉시색이다.

그러므로 불생불멸이면서 능생능멸能生能滅인 것이다. 이 일을 어찌하면 좋단 말인가. 불생불멸이면 어째서 능생능멸이며, 무아이면 어째서 윤회가 있단 말인가.

이 점을 경에서는 주행안이舟行岸移: 배가 빠른 속도로 달려가니까 배를 정박했던 언덕이 달려가는 것처럼 보이는 것이라고 비유했다. 배가 움직이니까 부두가 움직이는 것처럼 느껴지나 사실은 부두는 움직이지 않는다는 것이다.

예를 들어, 중생의 업식業識 작용이 계속되니까 불생불멸 속에서 생멸이 있는 것과 같이 느껴지는 것은 사실이나 그러나 실상으로는 무아요,

불생불멸뿐이란 것이다.

9. 무안이비설신의 무색성향미촉법無眼耳鼻舌身意 無色聲香味觸法

눈, 귀, 코, 혀, 몸, 생각이 없으며, 공에는 빛과 소리, 냄새, 맛, 촉감, 그리고 생각에 의해 되어지는 모든 존재法境가 없다.

이것을 보통 육근六根, 육경六境이라 한다. 인간은 주관적으로 여섯 가지 감각 기관을 갖추고 있다. 눈의 시각, 귀의 청각, 코의 후각, 혀의 미각, 몸의 촉각, 의식의 지각이 그것이다. 이에 따라서 외부로부터 사물의 존재를 느낀다.

시각에 의하여 색상의 존재를 느끼며, 청각에 의해서 소리의 존재를, 후각에 의해 냄새의 존재를, 미각에 의해 맛의 존재를, 몸에 의해 여러 감촉의 존재를, 의식에 의해 온갖 사물의 의미를 각각 느끼고 있다. 이것을 십이처十二處라고 한다.

주관, 객관의 궤도軌道가 아주 분명하다. 눈이 소리를 직접 느낄 수 없으며, 귀가 어떤 사물의 색상을 느낄 수는 없다. 다 각자 해당되는 감각의 일이 있다. 이를 '처處'라 하는 것이다. 그리하여 인간에게는 12처가 있다.

십이처를 구분하면 주관적인 감각 기관인 안이비설신의를 6근이라 하고, 객관적인 색성향미촉법을 6경이라 한다. 6근이 있으므로 6경이 있을 수 있고, 6경이 있으므로 6근이 있을 수 있다.

의식意識이 없다면 과연 사물의 의미를 느낄 수 있겠느냐 하는 것이다. 뿐만 아니라 미각이 없다면 맛을 느낄 수 있겠느냐 하는 것이다. 우리는 이와 같은 12처의 굴레 속에서 생존하고 있다.

그런데 공에는 12처가 없다. 공은 불생불멸이기에 12처는 따로 존재하지 않는다. 공은 바로 반야바라밀이다. 반야바라밀을 실행하는 보살은

십이처를 초월한다照見五蘊皆空. 이를 '무안이비설신의 무색성향미촉법'이
라 하는 것이다.

10. 무안계 내지 무의식계無眼界 乃至 無意識界
안식계에서부터 의식계에 이르기까지 모두 다 없는 것이다.

여기서는 18계를 말하는 것이다. 반야바라밀의 공 중에는 18계가 없
다는 것이다. 18계란 1안계眼界, 색계色界, 안식계眼識界 2이계耳界, 성계聲
界, 이식계耳識界 3비계鼻界, 향계香界, 비식계鼻識界, 4설계舌界, 미계味界,
설식계舌識界, 5신계身界, 촉계觸界, 신식계身識界, 6의계意界, 법계法界, 의
식계意識界이다. 18계는 6근 6경에다 6식을 더 합한 것이다.

눈에는 안식이 있고 귀에는 이식이 있다. 이렇게 해서 6근에는 6식이
있다. 이것은 그 나름의 독립성과 세계성을 가지고 있다 하여 각자 계界라
는 명칭을 붙이게 된다.

6근, 6경, 6식은 항상 동일한 궤도를 돌고 있으므로 똑같이 18계를 형
성한다. 그러나 공의 세계에는 18계가 본래 없는 것이다.

18계가 없는 본질이 불생불멸이다. 불생불멸의 세계에 자유자재하는
것이 반야바라밀이다.

반야심경에서는 18계의 명칭을 다 열거하지 않고 제일 처음의 안계眼
界와 맨 마지막의 의식계意識界만을 들었다. 그리고 중간에 있는 내용은
내지乃至란 말로 생략했다.

18계가 본래 불생불멸인데 중생은 그 참다운 본질을 깨닫지 못하고
괴로움에 시달린다. 꿈속에서 꿈인 줄 모르고 걱정하는 것과 같다. 중생
은 18계의 업습業習에 의해 계속 윤회하고 있다. 계속 꿈에서 헤매는 것과
마찬가지다.

불교에서는 108번뇌라는 말을 많이 쓴다. 108번뇌를 설명하자면 이러하다. 우리의 안이비설신의의 6근이 색성향미촉법의 6경을 대하면 (1)좋다好 (2)나쁘다惡 (3)좋지도 나쁘지도 않다平는 세 가지 감각을 느낀다. 그리고 여기서 다시 (1)좋은 데서는 즐거움을 느끼고樂受 (2)나쁜 데서는 괴로움을 느끼며苦受 (3)좋지도 나쁘지도 않은 데서는 즐겁지도 괴롭지도 않은 감정을 느낀다不樂不苦受.

우리의 6근은 여섯 가지씩의 감정을 느끼기 때문에 36이 된다. 이 36은 과거에도 있었고, 현재에도 있고, 미래에도 있다. 그래서 36이 셋이 되니까 108이 된다.

이름을 붙이자니 이렇게 108번뇌가 되는 것이지 사실은 우리의 6근 감각에 있다. 우리 감각이 평정하면 번뇌는 존재하지 않는다. 그러나 우리의 인식이 미혹에 빠지면 그때에는 108번뇌 뿐만 아니라 이루 헤아릴 수 없는 팔만사천 번뇌가 일어나게 된다.

그러므로 불생불멸의 세계에 도달해야 한다. 반야바라밀을 성취해야 한다. 이렇게 될 때 18계에 있으면서 18계를 초월한다. 이것이 바로 수도이고 해탈의 감정이다.

11. 무무명 역무무명진 내지 무노사 역무노사진
無無明 亦無無明盡 乃至 無老死 亦無老死盡

무명이 없으며 무명이 다 없어진 것도 없으며, 그뿐 아니라 노사가 없으며 노사가 다 없어진 것도 또한 없음이다.

여기서는 12연기十二緣起가 없다는 진리를 밝힌다. 12연기는 중생 세계를 고찰하는 데는 중요한 교리이다. 12연기의 항목을 보면 (1)무명無明 (2)행行 (3)식識 (4)명색名色 (5)육입六入 (6)촉觸 (7)수受 (8)애愛 (9)취取

(10)유有 (11)생生 (12)노사老死이다.

(1) 무명은 범어의 아비디야Avidya로서 불생불멸의 실상을 모르는 인식을 말한다. 잘못된 감각을 말한다. 진리를 모르는 어리석음을 무명이라 한다. 밝은 지혜가 없다는 뜻이다.

(2) 행은 무명에 의해서 행동이 계속되는 것이다.

(3) 식은 행에 의해서 다시 새로운 육체를 받게 되는 것을 말한다. 이것을 업식業識: 영혼이라 한다.

(4) 명색은, 명明은 수상행식受相行識의 4온이고 색色은 육체이다. 명색은 5온으로서 완전히 정신과 육체가 결합되어 새로운 생명체가 이루어진 것을 말한다.

(5) 육입은 6근의 인식 작용에 의하여 밖의 사물에서 감각을 느끼게 되는 것을 말한다.

(6) 촉은 좋고 나쁜 촉감을 완전히 구분하는 것을 뜻한다.

(7) 수는 촉에서 더 발달하여 좋은 것을 즐거워하고 나쁜 것을 싫어하는 것을 뜻한다.

(8) 애는 좋은 것에 더욱 애착을 느끼고 자기 것으로 하고자 하는 것이다.

(9) 취는 좋은 것은 언제까지나 소유하고자 하는 것이다.

(10) 유는 다시 생명을 받을 수 있는 업식 능력이 존재한다는 뜻이다.

(11) 생은 다시 태어나는 것을 말한다.

(12) 노사는 태어남으로 말미암아 늙어서 죽는 것을 말한다.

이것이 12연기의 항목별 해석이다. 이 12연기는 낱낱이 해석하면 이러하지만 사실은 다 함께 연결되는 것이다. 무명이 있으면 자연히 생·노사까지 있게 되며, 노사가 있는 데는 무명과 기타의 항목이 다 있게 된다. 이 12연기는 연쇄적 메커니즘을 이루고 있다. 그리하여 12연기는 발생 과정順觀과 소멸 과정逆觀을 다음과 같이 이야기한다.

(1) 무명에 의하여 행이 있고, 행에 의하여 식이 있고, 식에 의하여 명색이 있고, 촉에 의하여 수가 있고, 수에 의하여 애가 있고, 애에 의하여 취가 있고, 취에 의하여 유가 있고, 유에 의하여 생이 있고, 생에 의하여 노사우비고뇌老死憂悲苦惱가 있다順觀.

(2) 무명이 없으면 행이 없고, 행이 없으면 식이 없고, 식이 없으면 명색이 없고, 명색이 없으면 육입이 없고, 육입이 없으면 촉이 없고, 촉이 없으면 수가 없고, 수가 없으면 애가 없고, 애가 없으면 취가 없고, 취가 없으면 유가 없고, 유가 없으면 생이 없고, 생이 없으면 노사우비고뇌가 없다逆觀.

여기서 근본 문제와 현상 문제를 파악할 때 근본 문제는 '무명'이다. 그리고 현상 문제는 생·노사의 문제이다. 그런데 생로生老는 결국 무명의 소산물인 것이다.

무명이 없다면 노사의 고통은 존재하지 않는다. 그대로 반야바라밀의 불생불멸이 있을 뿐이다. 비유로 생각한다면 꿈을 꾸기 때문에 꿈속의 사연을 겪는 것이지, 꿈을 꾸지 않으면 꿈속의 일은 일체 존재하지 않는 것과 같다. 그러므로 12연기는 '무명 연기'라 할 수도 있다.

이 12연기를 더 간략하게 생각하면 세 가지 과정으로 이해된다. 이것을 (1)혹惑 (2)업業 (3)고苦라고 한다. 감정이 미혹하게 되면 그에 따른 행동이 일어나고 그 행동에 따라 스스로 괴로움을 당한다는 뜻이다.

문제는 미혹迷惑한 무명에서부터 모든 괴로움이 생긴다는 것이다. 미혹한 무명만 없다면 고통은 존재하지 않는 것이다.

반야심경에서는 무명도 없고, 무명이 다 없어진 상태도 없다고 한다.

노사도 없고, 노사가 다 없어진 상태도 없다고 한다. 왜냐하면 반야심경은 반야바라밀을 말하는 경전이기 때문이다. 반야바라밀은 불생불멸이다. 그러므로 생과 사가 없다. 생과 사가 본래 없으니 생사가 다 없어진 상태인들 있을 수 있겠는가.

반야바라밀에는 본래 무명이 없으니 무명이 없어진 '흔적'인들 있겠는가. 그런 까닭에 무명도 없고無無明, 무명이 다 없어진 상태도 없다亦無無明盡는 것이다.

그뿐 아니라 노사도 없고無老死, 노사가 다 없어진 상태도 없다亦無老死盡. 이것이 바로 반야바라밀의 세계이다.

12. 무고집멸도無苦集滅道
고·집·멸·도가 없다.

고집멸도는 불교에 있어서 참으로 중요한 내용이다. 인간은 괴로움을 느낀다.

(1)고苦는 범어의 두흐카Duhkha로서 몸과 마음이 고통스러운 것은 다 '고'이다. 마음으로 느끼는 짜증, 불만, 공포, 초조, 절망, 불안, 고독, 허탈감 등은 정신적인 고통에 속하며, 육체적으로도 불편하고 괴로움을 느끼는 것은 모두 다 고이다.

(2)집集은 모든 번뇌를 뜻한다. 탐욕, 분노, 무지, '탐진치貪嗔癡'를 비롯한 온갖 마음의 번뇌를 말한다.

(3)멸滅은 열반을 말하는 것으로 온갖 번뇌의 불이 꺼진 상태로서 해탈의 세계를 말한다.

(4)도道는 팔정도八正道를 말하는 것이다. 이것은 사성제四聖諦로 불교

의 기본 교의이다.

그런데 반야바라밀에는 고집멸도가 본래 없다는 것이다. 반야바라밀은 불생불생의 실상으로서 고집이 없으니, 멸도 또한 있을 수가 없다. 그러므로 반야바라밀에는 고집멸도가 없다. 그러나 반야바라밀을 이루지 못하고 무명의 굴레에서 맴도는 중생은 어느 일찰나도 고통에서 벗어날 수가 없다. 그리고 중생은 자신의 고통을 심각하게 생각하는 나머지 다른 사람에게는 별로 괴로움이 없는 것으로 아는 경우가 많다. 그것은 다른 이의 괴로움을 깊이 이해하지 못하는 데서 오는 생각이다.

13. 무지역무득無智亦無得
지혜도 없고, 얻음도 없다.

지혜도 없고 얻음도 없다고 한다. 이에 대해서 많은 해석들이 있다. 그런데 신라 시대의 고승이신 원측 스님의 말씀을 따른다면 지혜는 '깨달음, 보리菩提'이고, 얻음은 '열반涅槃'이다. 지智와 득得은 바로 보리, 열반이다. 반야바라밀에는 보리, 열반이 모두 없다.

불교에 있어서 보리, 열반처럼 좋은 것이 없는데 어째서 반야바라밀에는 보리, 열반이 없을까.

어느 사람이 땅에 넘어졌다가 땅에서 일어났을 경우, 사람에게는 넘어지는 일도 있고 일어나는 일도 있지만, 땅은 넘어지는 일도 없고, 일어나는 일도 없는 것과 같다.

중생에게는 미혹이 있고, 깨달음이 있고, 속박이 있고 해탈이 있지만 불생불멸의 반야바라밀에는 이런 일이 본래 없다.

또 이것을 산으로 비유하기도 한다. 아주 큰 산이 하나 있다. 그 산에는 많은 사람들이 올라가기도 하고 내려가기도 한다. 그러나 그 산은 본래 올라가는 일도 없고, 내려가는 일도 없다. 오직 그대로 있으면서 모든 사람들로 하여금 산에 오르게 하고 기쁘게 할 뿐이다.

불생불멸의 반야바라밀에 있어서도 마찬가지이다. 모든 보살과 부처님이 다 반야바라밀에 의해서 탄생했지만 반야바라밀은 나는 일도 없고 소멸하는 일도 없다. 불생불멸이다.

이와 같이 반야바라밀에는 5온, 12처, 18계, 12연기, 4제, 보리, 열반이 모두 없다. 이런 것들이 하나도 없는 불생불멸, 불구부정, 부증불감의 세계다. 반야바라밀에는 온갖 것이 다 가명으로 존재하는 것이지 실존이란 없다.

반야심경에서는 반야의 공상에 의해 5온 12처를 초월한다. 18계를 여읜다. 12연기를 초월한다. 그런 까닭에 고집멸도, 사성제가 본래 존재하지 않는다.

반야의 공성에는 생사가 없다. 그러므로 열반도 없다. 생사열반이 모두 존재하지 않는다空空, 大空. 이것이 바로 실상實相 반야이다.

반야로서 진리와 하나가 된다. 이런 세계에는 공포가 없다. 공포가 없는 사람에게서 불가사의한 자비가 나온다. 이것은 관조觀照의 반야다.

14. 이무소득고 보리살타 의반야바라밀다
고심무가애 무가애고 무유공포 원리전도몽상 구경열반

以無所得故 菩提薩埵 依般若波羅密多

故心無罣碍 無罣碍故 無有恐怖 遠離顚倒夢想 究竟涅槃

존재하는 것이 없는 까닭에 보살들은 반야바라밀다에 의지한다. 그러므로 마음에 걸림이 없다. 그리하여 쓸데없는 집착을 다 버리고 가장 높은 열반의 세계에 들어간다.

반야바라밀의 공상에는 얻을 것이 없다. 절대 평등의 세계이기에 그러하다. 평등에는 생사와 열반이 존재하지 않는다. 보살은 어디에도 집착하지 않는 반야바라밀다에 의지한다. 그러므로 보살은 마음에 걸림이 없다.

걸림이 없으므로 두려움이 없다. 두려움이 없으므로 온갖 망상과 집착에서 벗어난다. 그리하여 보살은 궁극적인 열반의 세계에 들어간다. 생사와 열반이 없는 세계에 들어가기 때문에 구경열반인 것이다. 이것이 반야바라밀이다.

실상은 얻어지는 것이 아닌데, 감정은 얻으려는 생각으로 급급하고 있다. 얻고자 하는 마음이 있을 때 늘 괴로움이 따라다닌다有求皆苦. 그러나 얻으려는 생각이 없으면 항상 즐겁다無求皆樂.

얻으려는 마음은 바로 구하려는 마음이다. 중생의 속성은 구하는 데 있다. 구하지 않고는 견딜 수 없는 것이 중생이다. 중생은 뭣이든 좋다고 하는 것은 구하고자 노력한다. 이 구하는 마음은 바로 의존심이다.

중생은 어디든지 의존하려고 한다. 물질에 의존하고 사람에 의존하고 사상이나 학문에 의존한다. 이 의존심이 삶의 애착으로 나타날 때는 살고자 하는 욕망으로 가득하다가 마음이 차지 않으면 죽고자 하는 마음에 사로잡힌다.

구하는 마음, 의존하는 마음은 바로 욕망이다. 욕망이 자유롭지 못한 것이 중생이다. 세상을 다 자기 소유로 만들고 싶은 욕망, 세상을 모두 버리고자 하는 욕망, 구하지 않고 버리지도 않는 것이 좋은 세계라 하니까 또 그것을 구하려고 애를 쓴다.

파리가 온갖 곳에 넘나드는 것과 같이 욕망은 실로 염치도 없이 모든 것에 집착한다.

이러한 욕망은 항상 두려움에 떨고 있다. 구하는 마음이 강하면 강할수록, 행여 구하지 못하면 어쩌나 하는 두려움은 곱절로 불어난다. 중생은 욕망과 공포에 시달리고 있다. 이것이 걸림이다. 걸림에 사로잡힌 마음은 항상 현세의 만족을 인정하지 않는다. 그리하여 언제나 목마름에 있다.

그런 까닭에 우리의 마음은 늘 섭섭하고, 찜찜하고, 답답하고, 허전하고, 심심하고, 쓸쓸하다. 중생은 욕망과 공포가 기본이 되어서 언제나 마음의 여유가 없고 불안스러우니 이 일보다 더 큰 일이 어디에 있겠는가.

반야바라밀에 의지한 보살은 얻고자 하는 마음이 없다. 구하려는 마음도 없다. 삶을 구하지도 아니하고 죽음을 구하지도 아니한다. 세상을 취하려 하지도 않고 세상을 버리려고도 하지 않는다. 사랑하지도 않고, 미워하지도 않는다.

이리하여 반야바라밀다에 의지하는 이는 일체 걸림이 없다. 걸림이 없기에 공포도 없다. 온갖 쓸데없는 망상을 다 버렸다. 전도몽상을 다 여읜 것이다. 보살은 이리하여 대해탈, 대열반을 성취하는 것이다.

15. 삼세제불 의반야바라밀다고 득아뇩다라삼먁삼보리

三世諸佛 依般若波羅蜜多故 得阿耨多羅三藐三菩提

삼세 제불께서도 반야바라밀다에 의지하셨기 때문에 최고의 정각을 이루셨다.

보살들만 반야바라밀에 의지해서 열반에 드는 것이 아니라 과거, 현재, 미래의 부처님께서도 다 반야바라밀에 의해 정각을 이룬 것이다. 아뇩다라삼먁삼보리는 '무상정변정각無上正編正覺'을 의미한다. 이는 가장 높고 가장 보편적인 깨달음이라는 뜻이다. 줄여서 표현할 때 무상정각無

上正覺이라 한다.

부처님의 이런 결과도 다 반야바라밀에 의해서 이룬 것이다.

16. 고지반야바라밀다 시대신주 시대명주 시무상주 시무등등주
故知般若波羅密多 是大神呪 是大明呪 是無上呪 是無等等呪

그러므로 반야바라밀다는 대신주이며, 대명주이며, 무상주이며, 무등
등주임을 알아야 한다.

반야바라밀다는 가장 신비한 주문이며, 크게 밝은 주문이며, 최상의
주문이며, 비교될 만한 주문이 없는 월등한 주문이란 뜻이다.

지금까지는 일반적인 언어를 가지고 반야바라밀을 이야기했으나 여
기서부터는 비밀한 언어로 말하는 것이다. 그래서 앞의 부분을 현설반야
顯說般若라 하고 뒤의 반야를 밀설반야密說般若라 하기도 한다. 밀설반야란
비밀로 이뤄진 반야라는 뜻이다.

주주란 범어의 다라니Dharani로서 진언眞言이라 번역하기도 한다. 이
에 포함된 뜻은 모든 것을 다 총섭하고 있다總持는 뜻이다. 그리고 여러
가지 액난을 막는다는 의미도 있다.

예로부터 주문의 의미를 여러 가지 각도로 이해하려고 노력했다.

(1) 주문은 귀신왕鬼神王의 명칭이라는 것이다. 그러므로 귀신왕의 이
름을 부르면 다른 귀신들은 다 항복을 당한다는 뜻이다.

(2) 주문은 군중의 암호軍中密號와 같다고도 한다. 군중에선 암호로 통
하는 것처럼 주문도 외우게 되면 자신이 원하는 일을 바로 성취할 수 있
는 것이다.

(3) 그리고 주문은 원願으로 보았다. 부처님께서 중생들로 하여금 최
고의 결과를 성취할 수 있도록 원하신 것이 바로 다라니呪文란 것이다. 다

라니를 외우면 부처님의 원에 따라서 최선의 공덕을 성취하게 된다.

주문의 뜻은 이러하거니와 반야바라밀다의 주문은 대신주大神呪라고 했다. 신비로움을 헤아릴 수 없어서 온갖 번뇌를 다 소멸시킨다能破煩惱는 뜻이다.

대명주大明呪란, 모든 어려움을 근본적으로 물리친다能破無明는 뜻이며, 무상주無上呪란, 모든 보살행을 다 원만히 이루게 한다令因行滿는 뜻이며, 무등등주無等等呪란, 최고의 덕상을 성취해서 대해탈, 대열반을 이루게 한다令果德圓는 뜻이다.

반야바라밀다의 주문은 신묘하고 불가사의한 위신력이 있는 것이다. 이것은 중생이 헤아릴 수 없는 신앙의 세계이다. 앞의 부분에서 반야바라밀의 세계를 성취한 사람은 바로 보살행으로서 자족할 수 있다.

보살행은 아무리 어려운 상황에 있다고 해도 전혀 괴롭지 않다度一切苦厄. 그러나 그렇게 되지 않는 사람은 비밀한 말씀을 통해 신앙으로 들어가야 한다. 이것이 비밀로서 설해지는 반야바라밀에 의해서 중생의 소원을 성취하는 길이다.

17. 능제일체고 진실불허能除一切苦 眞實不虛
능히 일체의 고통을 제거한다. 진실하여 헛됨이 없다.

반야바라밀의 주문은 신비하고 헤아릴 수 없어 일체의 고통을 다 제거하게 된다. 반야바라밀을 실행할 때에는 깊은 관조의 능력을 통해서 일체의 고통을 다 제거한다度一切苦厄.

반야바라밀의 신비한 위신력을 믿는 사람은 '대신주, 대명주, 무상주, 무등등주'의 힘으로 모든 괴로움을 다 제거한다. 반야바라밀다는 진실한 내용이다. 전혀 헛됨이 없다眞實不虛.

이는 불가사의한 능력을 말한 것이다. 반야바라밀은 불가사의한 능력이 있다. 그리하여 비밀한 언어의 반야바라밀로 중생의 고통을 다 제거하도록 하는 것이다.

18. 고설반야바라밀다주 즉설주왈
아제아제 바라아제 바라승아제 모지 사바하

故說般若波羅蜜多呪 卽說呪曰

羯諦羯諦 婆羅羯諦 婆羅僧羯諦 菩提 娑婆訶

그러므로 반야바라밀다의 주문을 설한다. 곧 주문을 설한다.

아제아제 바라아제 바라승아제 모제 사바하.

이 부분은 반야심경의 마지막 주문이다. 우선 다라니의 음부터 살펴보자. 우리나라에서는 '아제아제 바라아제 바라승아제 모지 사바하'로 읽는다. 그런데 범어의 음에 가깝도록 발음을 하면 '가테가테 파라가테 파라상가테 보디 사바하'가 가깝다.

우리나라에서 '아제아제'로 읽는데는 첫째, 우리 음계의 특성이 인도와 다르기 때문에 '가테'가 중국으로 넘어갔다가 우리나라에 와서는 '아제'로 변했다고 추측하며, 둘째로는 범어의 반야심경에 '가테가테'로 된 주문이 있고 '아제아제'로 된 주문이 있지 않았나 추측할 수 있다. 왜냐하면 한문 반야심경에는 '아제아제'로 표기된 경이 있기 때문이다. 그 예를 보면 다음과 같다.

(1)지혜륜 역智慧輪 譯

옴 아제아제 파라아제 파라상아제 모지 사박하.

(2)법성 역法性 譯, 돈황석실본
아제아제 바라아제 바라승아제 보제 사하.

(3)반야공이언등 역般若共利言等 譯
얼제얼제 파라얼데 파라승얼데 보제 사바하.

(4)시호역施護 譯, 많은 주문 중 맨 끝에 있는 주문 중에
아제아제 파람아제 파제라승아제 모지 사바하.

이상과 같은 표기를 통해서 반야심경에는 조금씩 발음이 다른 점이
있다는 걸 알 수 있다. 역본에 따라서 아제, 얼제로 기록된 예가 바로 그
것이다. 끝부분에도 보제, 모지 등으로 인도의 원음에 조금 다른 점이 있
었던지, 아니면 번역하는 과정에서 주문의 음을 표기할 때 약간씩 달라진
형상이 아닌가 추측할 수 있다.

지금 우리나라의 방식은 지혜륜 역, 시호 역의 내용과 흡사한 걸 알 수
있다.

그러면 다음에는 진언의 뜻에 대해 언급할 순서이다. 여기에는 두 가
지 견해가 있어 왔다.

첫째는 진언에는 불가사의하고 무궁무진한 뜻이 있기 때문에 그 뜻을
생각할 수 없고 번역할 수도 없다는 것이다. 둘째는 진언에 있어서도 그
뜻을 알아볼 수 있는 데까지는 알아보고 번역할 수 있는 데까지는 해야
한다는 것이다.

이 두 가지 의견이 모두 옳은 것 같다. 진언은 총지이기 때문에 음성
으로 이루어진 만다라이다. 만다라에는 없는 것이 없다. 그런 까닭에 진
언은 쉽게 번역하기가 어렵다. 그대로 정성을 들여 독송하는 중에 중생의

업장이 소멸되고 소원이 성취된다. 이것은 진언에 대한 기본 준칙이다.

그러나 진언의 많은 뜻 중에 만분의 일이라도 알아보고자 하는 노력으로 조심스럽게 번역을 시도해 본 예가 있다.

중국의 법장, 화상法藏. 643-712은 다음과 같이 번역을 했다.

(1) 아제아제 : 도도度度

(2) 바라아제 : 피안도彼岸度

(3) 바라승아제 : 피안총도彼岸總度

(4) 모제 사바하 : 각속질覺速疾

이것을 다시 우리말로 옮기면,

(1) 갑시다 갑시다.

(2) 피안으로 갑시다.

(3) 피안으로 모두 갑시다.

(4) 깨달음의 세계로 속히 갑시다.

이와 같이 번역할 수 있다. '도'는 바라밀을 한문으로 나타낸 것으로 피안의 세계로 간다는 뜻이다.

그러나 '피안'의 뜻은 단순히 '다른 세상'을 말하는 것이 아니라 '해탈의 세계, 행복의 세계, 반야의 세계'를 의미하는 것이다.

간다는 것도 장소를 옮기는 것이 아니라 해탈을 이루고 행복을 이루고 부처님 나라를 이룬다는 의미가 있다. 그러므로 이 진언을 다음과 같이 옮길 수 있다.

(1) 이루겠습니다. 이루겠습니다.

(2) 해탈의 세계를 이루겠습니다.

(3) 해탈의 세계를 다 함께 이루겠습니다.

(4) 깨달음의 생활 속히 이루겠습니다.

진언에는 무궁한 뜻이 있는데 그중에 원의 의미가 강하기 때문에 반야심경의 진언을 발원의 의미로 본다는 것은 조금도 무리가 아니다. 이 밖에도 여러 측면에서 번역을 시도할 수 있다. 여기서 분명한 것은 반야심경의 마지막 진언은 경 제목의 반야바라밀을 다시 강조했다는 점이다.

진언에서는 반야바라밀을 거듭 비밀한 언어로 나타내고 있다. 진언에 있어서 반야바라밀을 떠나서는 따로 존재할 수 없기도 하다. 그리고 반야심경에서는 처음부터 끝까지 반야바라밀을 강조하고 있다.

마지막 진언은 반야바라밀의 내용을 재천명하여 강조한 것이다. 진언이란 정성스럽게 봉독하는 데서 그 생명력을 체험할 수 있다.

진언에 대한 해석을 어떻게 시도하든 그 진언이 내포하고 있는 것의 일부에 불과하다. 이에 우리는 진언의 참다운 면모를 신앙심으로 소화시켜야 한다.

끝맺음

반야심경은 반야부의 심장부에 해당하는 '심경'이다. 대단히 중요한 경전이다. 반야바라밀이 생명이다.

반야는 바로 생명의 실상이다. 이것을 공이라 하였고, 공은 불생불멸, 불구부정, 부증불감의 내용이라고 했다.

공의 세계는 반야와 별개의 존재가 아니라 반야 그 자체임을 알 것이다. 그러므로 반야의 본체는 '불생불멸'이다. 공은 반야를 떠나서 존재하는 것이 아님을 분명히 알아야 한다. 더구나 공은 어떤 상대적 허무의 내용과는 아무런 관계가 없다.

반야는 공능功能으로 최고의 해탈을 성취한다. 반야심경 본문에 보살은 반야바라밀에 의해서 무상정각을 성취하셨다는 내용이 바로 그것이다. 반야심경은 신앙과 발원을 강조한다.

경의 후반에 밀설密說 반야를 통해 반야바라밀은 '대신주, 대명주, 무상주, 무등등주'이기 때문에 온갖 고통을 다 제거한다고 했다. 이는 반야바라밀에 대한 신앙을 강조한 것이다.

작가의 말
'우리는 모두 고해苦海의 항해자'

우리는 모두 고해苦海의 항해자

1. 입몽入夢 그리고 각몽覺夢

글을 읽지도 쓰지도 못할 때가 있었다. 꿈같은 세상 조심스럽게 살았다. 현실은 그렇다. 얼음을 밟고 강을 건너듯, 머리에 불붙은 거 끄듯 산다. 그러나 꿈은 누구에게나 있다. 입몽入夢이란 그렇다. 꿈에 나서 꿈에 살고 꿈에 죽어 가는 인생이었다.

그렇게 글은 쓰지 못하고 병상에서 불보살의 명호만 주워 삼키며 아파했던 적이 있었다. 각몽覺夢, 꿈에서 깨어난 것이다.

2. 소설의 시작

살다 보면 '여긴 어디, 나는 누구?' 할 때가 누구에게나 있다. 깨지 못한 꿈과 같은 세상, 가슴은 막막하고 입에선 단내가 날 때가. 순간, 타사시구자拖死屍句子, "무엇이 너의 송장을 끌고 왔느냐?"는 화두를 트는 소설의 인물, 캐릭터 하나를 만날 수 있었다. "보는 법을 다시 배워라. 육안의 눈으로 보지 말고 심안 법안으로 보아라." 하던 스승의 말은 추상과 같았다. 집도 절도 없었다. 미래에 대한 기대감도 희망도 없이 숙명의 덫에 걸린 듯 생을 살아야 하는 구도자 한 명이 병상에 누워 있었다.

색깔 있는 옷들, 부모와 형제, 친구는 물론이고 애인도 버리고 떠나온 몸이었다. 내가 나를 찾아가는 수행자의 피안 여행기를 써 보기로 했다. 백팔 염주는 한 줄이지만 그 알갱이는 백팔 개였다. 소설의 한 알 한 알 알갱이들을 생각했다. 어떻게 하나로 꿰어 볼까.

소설의 배경을 어찌할까. 서울 외곽의 Y시로 정했다. 주인공은 1957년생. 주인공, 소년에게는 조상들에게 물려받은 선산, 토지를 제법 소유한 외조부가 있었다. 소설의 시작은 그 외조부가 물려받은 선산이 신도시 도시 개발 계획에 들고부터다. 미리 신도시 계획을 안 무리들이 외조부에게 토지를 매매하라고 권유하지만 외조부는 거절한다.

이후 외조부는 간첩 조작 사건에 연루되어 용공 세력들의 활동 자금을 댄 것으로 용공 세력으로 몰리고, 끌려가 몸이 으스러져 폐인이 되고 의문사 한다. 그런 과정에서 이모는 실종된다.

초등학교 교사였던 소년의 어머니는 괴로워한다. 아버지는 경찰관, 경사다. Y시의 변두리, 별 볼 일 없는 파출소의 차석으로 민중의 지팡이로서의 자부심이 강했던 인물이다. 유년 시절부터 겪는 소년의 역경. 소년의 아버지는 위에서 덮은 외조부가 의문사한 사건의 궤적을 추적하며 수사한다.

그러던 어느 날, 소년의 아버지는 평상시와 같이 근무를 하다가 삼도, 즉 경기도, 충청북도, 강원도 경계선의 다리에서 음주 차량을 적발한다. 운전자는 음주 측정을 거부한다.

"나 블루 하우스에 있어."

술 취한 이가 말했다.

"네놈이 블루 하우스에 있으면 난 화이트 하우스에 있다, 이놈아."

파출소 소장이 답변했다.

"너희들은 당장 모가지다."

"그렇게 열두 번도 더 떨어질 모가지였지."

별장으로 놀러온 사람들이었다. 파출소 소장과 차석은 탑승자 세 명을 전원 파출소로 연행한다. 그러나 곧이어 연락을 받은 검은 양복을 입은 사내들에게 음주 운전자들은 풀려나고 블루 하우스에 있는 이들에게 어처구니없게도 괘씸죄에 걸려 파출소 소장과 차석인 소년의 아버지는 아야, 소리도 못해 보고 폭행 그리고 굴욕을 당한다.

꿈인가, 했는데 생시였다. 그리고 며칠 후, 녹화 사업의 일환으로 괘씸죄에 걸린 소년의 가족과 파출소 소장의 가족들은 총을 들고 방역복을 입은 사내들에 의해 감염병 바이러스 연구소로 강제 이주당해 한센병 집단 수용 지역으로 수용된다.

집단 수용 지역 한쪽은 군부대로 삼청 교육이 진행되고 있었고 한쪽은 한센병 집단 거주 지역이었다. 가족들은 그 중간 지역, 자연계로부터 중간 숙주인 동물을 통해 인간에게 전염되는 과정을 연구하는 생화학 무기의 비밀 연구소에 갇히게 된다. 비밀 연구소로 납치되어 있던 두 가족은 한센병이 발발하자 집단 수용 지역으로 옮겨진다.

소년의 어머니는 승려인 소년의 삼촌에게 비밀리에 연락한다. 승려인 삼촌은 대구 모 사찰의 주지일 때 만났던 또 다른 군부 세력의 실세인 2인자의 부인이었던 보살에게 찾아가 감염병에 걸린 형님과 형수는 어찌할 수 없다 해도 미감아인 소년을 구해 달라고 비밀리에 청탁을 한다.

그렇게 삼촌, 지효 스님은 소년만 한센병 집단 거주 지역에서 겨우 빼낼 수 있었다.

3. 소설의 전개

그렇게 주인공 소년은 한센병 집단 거주 지역을 빠져나와 거처를 관음사로 옮긴다.

"일단 열여덟 살까지만 절에서 살아라. 불행하게 되면 절밥을 먹게 되지. 먼저 숨을 좀 돌리고 우리는 어디에서 왔는가? 우리는 무엇인가? 우리는 어디로 가는가?를 생각해 봐라. 그 다음은 너의 마음대로 해라."

효당 지월 노스님의 상좌가 된 소년 해인은 '너는 어디서 살았으며 무엇을 위해 살았느냐?'는 물음에 대답하지 못하고 눈을 반짝였다. 꼬박 밤을 새운 날들이 많았다. 통증은 황홀했다.

"성인이 되고 난 뒤에는 네가 하고 싶은 거 해도 된다."

소년은 병든 노스님을 시봉한다. 너무 가난해서 너무 행복한 삶, 미래의 시간은 미지로 두고 지금은 고통에 참여하는 시간이라고 노스님이 말씀해 준다. 그 말에 소유가 아닌 사용의 삶으로서 매일 방을 청소해 주고 서예가이자, 수묵 화가이기도 했던 노스님을 시봉한다.

소년은 가호적을 만들고 주민등록증을 새로 만들어 신분 세탁을 하고 사찰에서 무탈하게 성장해 고3이 된다. 살아 있는지 죽어 있는지 아침이면 문을 열고 들여다보던 노스님이 돌아가시고 노스님은 해인에게 적지 않은 4년 치의 대학 등록금과 함께 추사 김정희의 난蘭 그림을 유산으로 전해 준다.

해인은 의대에 들어가 승려 의사가 되고 싶었다. 그러나, 사형 성운은 그 노스님에게 물려받은 통장과 도장, 추사의 난 그림을 가지고 도망을 간다.

"성운이 마음의 눈을 뜨게 해 주는구나. 그래, 욕망은 꿈과 같은 거다. 마음의 눈을 떠라."

삼촌, 지효 스님은 "색은 공이다. 공은 색이고. 세상을 바꾸려 하지 말고 네가 바뀌어라."라며 실망하는 해인을 위로한다.

그쯤 해인은 괴로움으로 울다 큰 사형 성운 스님의 은처, 자비행 보살의 딸, 반야 지혜를 아무도 몰래 사랑한다. 세상은 바람 불고 춥고 어두웠다. 숨겨야 하고, 비밀스러워야 하는 절집 사랑, 만남에 세 살 어린 유년 시절부터 같이 자란 지혜는 늘 해인을 안타까워한다.

늘 가슴 한쪽이 비어있는 듯 그러면서도 해인과 함께 낄낄대고 깔깔대던 지혜의 조언대로 해인은 복주머니에 모시고 다니던 엄마 아빠의 유골을 염주로 만들어 목에 차고 다닌다.

힘들고 고통스러운 유년. 그리고 청년, 구도자, 수행자가 한 여자를 사랑한다는 건 죄였다. 부끄럽고 두려운 현실에 지혜와의 비밀 사랑은 해인의 상처들을 아물게 하기도 하지만 비밀이 되어 간다. 막막한 현실, 막막한 미래로 인해 적극적이지 못하고 피동적이다.

빈털터리가 되어 실망한 해인은 괴로워하다 가슴을 쥐어뜯는 지혜에게서 도망치듯 3년, 천일을 기약하고 무문관 선방으로 들어간다. 그렇게 산 나그네, 선방 나그네가 된 해인은 어느덧 30대 중반이 되고, 삼촌, 지효 스님의 위독함을 전보로 받는다. 갈까 말까, 망설이던 해인은 어릴 적 삼촌의 말을 떠올린다.

"고통이 널 붙잡는 게 아니라 네가 고통을 붙잡고 있는 것이다."

그렇게 유년 시절 재물과 욕망을 돌같이 보라던 삼촌 스님의 말들은 꼭 화두와 같았다. 이윽고 해인은 지옥과 같았던 한센병 집단 거주촌에서 탈출시켜 준, 죽음을 준비하는 삼촌을 찾아간다. 지효 스님은 죽기 전에 남산 타워에 올라가 보고 싶다는 말을 한다. 어이없고 황망해하던 해인은 삼촌의 말을 들어주기로 한다. 남산 타워와 청계천을 구경시켜 준 해인은 삼촌 지효 스님과 쓰러질 듯 서울역 지하도로 들어가 노숙 생활을 한다.

삼촌은 승복을 버리고 노숙자들에게 얻은 옷을 입고 야인으로서 지하도에 앉는다. 그리고 역 광장에서 노숙자들이랑 술을 마시다 입적한다. 그때 같은 노숙자가 준 불온서적을 소지한 죄로 인해 긴급 조치 위반으로 구류를 살고 나온 해인은 사제인 도연의 도움으로 무연고 사망자인 삼촌의 시신을 찾아 동해안 바닷가로 가서 엄마 아빠의 유골로 만든 염주까지 배를 빌려 바다에 던져 준다. 그리고 서울로 돌아오는 과정에서 교통사고를 당한다.

4. 소설의 결말

1994년, 성수대교가 무너지던 해. 1995년, 삼풍백화점이 무너지던 시점이다. 해인은 구도자이면서도 한 인간으로서 방황과 좌절, 깨달음, 나를 찾아가는 여행을 하던 도중에 교통사고로 실명한다. '아이고, 이 눈 먼 장님아. 외눈박이야' 하는 말을 들었는데 실제로 실명하여 장님이 된 것이다. 몸을 뒤척이게 하는 오랜 병상 생활로 꿈틀거리던 해인에게 사제 스님, 도연과 지혜는 극진히 병간호를 한다. 각막에 손상을 입어 두 눈을 잃은 해인은 살아 있는 게 악몽이라며 어찌할 수 없음에 버둥거리며 자살을 시도하지만 실패한다. 결국 운명을 받아들이고 먹먹해진 채 병상 생활을 이어가고 마침, 같은 중환자실에 입원했던 환자의 지정 각막 기증으로 각막 이식 수술을 한다. 그러나 국립 재활 병원의 3개월 입원 기간 제한으로 만신창이가 된 해인은 강제 퇴원을 당해 국립 재활원을 나온다.

해인은 병상 생활 중 한 불자인 간호사를 만난다. 간호사는 해인에게 불자를 소개해 준다. 그 옛날 해인을 알고 있던 신도를. 그 신도는 국가 기밀 기관의 차장으로 은퇴한 국가 고급 정보원이었다. 해인은 그에게 그간 일어난 자신의 개인사를 조사하게 한다. 그에게서 그간 불행에 얽힌

두 가족사의 비화를 들을 수 있게 된다.

간호사 생활을 하던 지혜는 여배우가 되어 있었다. 이 모든 아픈 과거에는 지난날들이 묻어 있었다. 한센병 집단 거주 지역에 있을 때 다리를 저는 한 친구, 박문수가 맞는 걸 보고 '형들 때리지 마' 하고 나섰던 게 이 모든 불행의 단초였다. 그 친구는 바로 아버지와 함께 감염병 바이러스 연구소로 강제 이주당한 아버지의 선배, 파출소 소장의 아들이었다. 그러나 자신들을 구해 준 은인이었던 해인의 눈을 멀게 해 어둠의 나락으로 뎅구르르 떨어지게 한 교통사고 유발자가 바로 어릴 적 양명원에서 탈출시켜 주었던 친구인 박문수의 동생 박보현이었던 것이다. 모두 다 세상의 운명을 이기지 못한 것이다.

한편, 사형인 성운 스님이 훔쳐 간 돈으로 절을 지어 불사를 하기로 한 땅을 해인의 명의로 매입한 사실도 국가 고급 정보원이었던 이에게 확인한다. 빈손 장애자가 되고 가진 것이 없어 마음 아파하던 해인이었다. 그러나 '지금 너에게 가장 시급한 일은 마음을 비우고 마음을 닦는 일이다.'라던 은사 스님의 말씀을 떠올리고는 '비승비속으로 인연으로 빚어진 이 모든 인과因果는 실존實存이다'라고 하며 평생 그리 크지 않은 오두막 같은 절을 짓고 기도하며 살기로 결심을 한다.

그렇게 아버지와 함께 한센병 집단 거주 지역으로 내몰렸던 친구가 암에 걸려 죽음에 임박했다는 소식을 듣고 찾아간다. 순간 주인공 해인은 다시 '색은 공이요, 공은 색이다.'같이 원점으로 돌아가는 느낌을 받는다. 해인은 '거거거중지去去去中知', 가고 가고 가는 중에 알게 되고 '행행행리각行行行裡覺', 행하고 행하고 행하는 중에 깨닫게 된다는 걸 체득한다. 비가 내리는 데도 해인은 대학로 S병원에 입원해 있다는 친구 박문수를 찾아가 면회를 하고 교통사고 가해자이면서 실명의 원인이 되게 한, 뺑소니를 쳤던 박문수의 동생 박보현에게 자수를 권하고 나온다. 병원을 나오던 해인은 '그래. 우리 인간은 생로병사를 피할 수 없지'라고 생각하고 갑자기 눈이 벌에 쏀 듯 통증을 느끼다가 눈을 뜨는 것으로 소설은 끝이 난다.

5. 작가의 말

사람들은 눈을 마음의 창이라고 부른다. 불연佛緣 그리고 불은佛恩으로 '만일, 당신의 눈이 멀게 된다면'이 이 소설의 의도다. 운명으로 잠시 빼앗긴 눈을 통해 주인공의 가족사와 개인사를 보여 주는 것이다. 이를 통해 우리는 어디에서 왔으며 어디로 가는가, 욕망과 물질의 굴레를 벗어나고자 하는 보람 있고 값진 삶이란 무엇인가를 생각해 볼 수 있다. 누구나 한 번은 겪을 수 있는 황당하고 즐거운(?) 평범하지 않은 일상 밖의 수행, 병상 기록을 통해 나를 찾아가는 세상 살이의 항해 일지이다.

불가에서 말하는 눈은 육신의 눈인 육안, 심안心眼, 법안法眼, 불안佛眼이다. 우리는 모두 욕망과 자본에 눈에 멀어 있다. 구부득고求不得苦, 우리들의 괴로움, 고통은 여덟 가지 고통 가운데 하나로 구하여도 얻지 못하는 데서 오는 괴로움으로 말미암는다.

그렇듯 생로병사를 피할 수 없는 우리는 탐욕과 성냄, 어리석음으로 눈이 머는 것이다. 소중한 건 눈에 보이지 않는 것들이다. 하여 우리는 마음의 눈을 뜨려 한다. 과연 깨달음이란 무엇인가. 육안으로 세상을 보는 눈은 마음의 눈을 멀게 할 뿐이다.

"이놈이 누구인가拖尸者誰?"

"이 송장을 끌고 다니는 자가 누구인가拖死屍的是誰?"

"타사시구자拖死屍句子, 즉 '무엇이 너의 송장을 끌고 왔느냐?'가 주제가 되는 것이다.

불교에서는 이걸 열반의 길, 해탈의 길이라고 한다. 직접적인 원인인인因과 간접적인 원인인 연緣에 얽혀 사는 것이다. 그렇듯 인과因果는 실존이다. 특히 병원에 누워 고통 받는 이들, 마음의 감옥에 갇힌 이들이 부족한 소설이나마 이 글을 읽고 위로받았으면 한다.

색즉시공 공즉시색이라는 얘기를 쉽고 재밌게 풀어 쓰려고 노력했다. 제행무상諸行無常. '왜 사느냐?', '어떻게 살아가느냐?'고 묻는 것은 어리석다. 사람 사는 일에 무슨 법칙이 있고 삶에 무슨 공식이 있는 것은 아니다. 생기는 것도 멸하는 것도 없고 더러워진 것, 또 더러움에서 벗어나는 것도 없으며, 늘어나지도 줄어들지도 않는다. 여몽환포영如夢幻泡影, 상처 투성이의 오온은 공해 모두 실체가 없다. 이 생에서 저 생으로 건너가는 동안 전도몽상에 빠지면 고통스럽고 바라밀다, 반야를 깨우치면 허무의 바다인 이 모든 고통에서 벗어나고 두려움이 없어진다는 뜻이다. 수행이란 거창한 것이 아니라 우리가 사는 게 바로 이 고해의 바다를 건너는 일이고 저 바다로 가는 길이 수행이고 깨달음으로 가는 길임을 역설한다. 영원한 것은 없다. 이 고통 또한 영원하지 않으니 괴로워만 할 일은 아닌 것이다.

도일체고액渡一切苦厄, 물은 파도를 여의지 않고 파도 또한 물을 여의지 않는다. 물을 떠난 파도는 없고 파도를 떠난 물 또한 있을 수 없다. 고해苦海의 생멸문生滅門이란 마음의 파도와 같은 것이다. 한 마음, 한 생각. 그 마음이 파도를 내고 격동의 시대를 넘어 마음의 길을 낸다. "가자, 가자. 피안 바다 건너가자. 저 언덕 넘어 행복의 바다로 모두 함께 건너가자." 우리는 모두 고통의 바다, 이 바다에서 저 바다로 건너가는 고해苦海의 항해자인 것이다.

2021년 봄, 문막 송정암 무설당에서

혜범 합장